在蓝色的天空跳舞

Dancing in the blue sky

小岸 著

山西出版传媒集团

北岳文艺出版社

BEIYUE LITERATURE & ART PUBLISHING HOUSE

图书在版编目（CIP）数据

在蓝色的天空跳舞 / 小岸著. — 太原 : 北岳文艺
出版社, 2014.1
ISBN 978-7-5378-4003-3

Ⅰ. ①在… Ⅱ. ①小… Ⅲ. ①长篇小说—中国—当代
Ⅳ. ①I247.5

中国版本图书馆CIP数据核字(2013)第293693号

书　　名	在蓝色的天空跳舞	
著　　者	小　岸	
责任编辑	关志英	
装帧设计	鸿儒文轩	
出版发行	山西出版传媒集团·北岳文艺出版社	
地　　址	山西省太原市并州南路57号	
邮　　编	030012	
电　　话	0351-5628696（太原发行部）	
	010-84364428（北京发行中心）	
	0351-5628688（总编室）	
传　　真	0351-5628680　010-84364428	
网　　址	http://www.bywy.com	
E - mail	bywycbs@163.com	
经 销 商	新华书店	
承 印 者	北京富达印务有限公司	
开　　本	710毫米×1000毫米　1/16	
字　　数	236千字	
印　　张	15.75	
版　　次	2014年1月第1版	
印　　次	2014年1月北京第1次印刷	
书　　号	ISBN 978-7-5378-4003-3	
定　　价	28.00元	

青春，青春，多么迷人的，美丽的，愚蠢的青春！！

　　　　　——摘自〔英〕康拉德《青春》

引　子

我不知应该从哪里开始这个故事。

这个名叫苏娅的女人静静地站在我面前，她眼睛明亮，前额饱满，肤色如麦麸。哦，最令我着迷的是她的脖颈，如同芭蕾舞演员一样颀长的脖颈。她的容貌算不上醒目漂亮，但是，如果你有耐心，你会发现她的与众不同，你会发现她的美，她的美是能够经得起时间检验的美。

这是我理想中的女性容貌，如果上帝可以让我自由选择成为什么样的人，如果我仍然做一名女性，那么，我希望自己长成她的模样。

当她出现在我眼前，长裙曳地，头发被一枚镶着明亮水钻的发卡绾在脑后，额前碎发逶迤而下。她的脖颈，她的颀长的脖颈系一条色泽暗沉的丝巾，如同她同样暗沉的神态与气质。

她手里牵着一个满头卷发的少年。我问他，你叫什么名字？他慵懒地扫了我一眼，没有答理我。我讨好地冲他笑一笑，他终于迟疑地告诉我，他叫毛毛。

苏娅和毛毛，就这样走进我的脑子里，走进我的小说中。

·目录·

第一章

1. 青春是一场擦肩而过的烟花

青春是个颇为复杂的词汇，在苏娅看来，与其说青春是一段年龄，一段时光，不如说是一种微妙的心理感受。

读小学的时候，苏娅脑子里有个遐想的情景：阳光灿烂的春日午后，贾方方穿着新置的漂亮衣服，站在楼下喊她的名字："苏娅，苏娅，快点出来玩。"她隔窗应一声，穿着同样漂亮的新衣服，欢快地从楼道里跑出去。她甚至想好两个人的衣服分别是什么样子，贾方方是绿色外套，她是碎花薄衫。贾方方酷爱绿色，她则钟情碎花。接下来，她们去哪里，做什么，玩什么，这些都不在她的遐想范围。她要的只是贾方方喊她下楼，然后，两个人穿着簇新的衣服，手牵手相约。这个情景便是苏娅意念中的青春，她认为这是一场仪式，青春的仪式。

苏娅遐想的情景不是没有发生过，贾方方不止一次在楼下喊她，她也不止一次听到贾方方的声音后飞奔下楼……可是，苏娅认为这些都不算，必得是春天，必得是阳光灿烂的午后，必得是两个人都穿着美丽的新衣。所以，意念中等待的这一天，竟从来没有隆重地，如她所愿般登场。直到有一天，贾方方家忽然搬走，楼下再也不会传来贾方方喊她的声音了。她才惊觉，等待中的"青春"永远不会来了。

长大后，苏娅常常觉得自己没有年轻过。青春于她，就像擦肩而过的烟花。烟花绚丽绽放的那刻，她没来得及抬头观望，当终于抬起头，夜空只剩烟花散落的残状。她一直以为还有下一场更为盛大的烟花等着她，然而，没有了，再也没有了。

2. 一只手的正反面

苏娅家住在青城市边缘，这里渐次排列着许多楼房。房间是三室一厅的格局，说是厅，其实算不上厅，只是巴掌大的过道，家具和电器把房间挤得满满当当。厨房建在客厅延伸出去的阳台。卫生间形同虚设。楼下就是公共厕所，居民习惯去那里方便，倘若某人躲在家中如厕，反会遭到左邻右舍奚落。遇到下水道堵塞，不得不找工人疏通，矛头就齐齐指向某家，仿佛下水道不堪重负出了毛病，皆因那户人家使用卫生间不当造成。

苏娅家对门就是一户饱受诟病的人家，那是一对老年夫妇。其实算不上老，不过五六十岁，但在年少的苏娅眼里，他们俨然是一对老人了。老夫妻无儿无女，常年足不出户，偶尔洞开房门一角，门缝里便散出浓重的馊腐气味，令人掩鼻。

有段时间，家里蟑螂层出不穷。杀虫剂用了不少，却都无济于事。今天灭了，隔几天又会从犄角旮旯钻出来。有的母蟑螂还拖着身孕，这可怕的生物一肚子就能产五百只卵。苏娅母亲徐静雅对蟑螂穷追猛打，寻根溯源后，无奈地说，这些杀之不尽，灭之不绝的蟑螂是从对门家里流窜过来的。

除了对不讲卫生，滋生蟑螂的邻居心怀不满，苏娅对楼下不远处的公厕也深恶痛绝。每天早晨，厕所门口都会排着歪歪扭扭的长队。不时有内急的人，一手拿着手纸，一手捂着肚子站在队伍里，弯腰撅臀，似乎一刻也等不及了。那样子真是既滑稽，又辛酸，令人对这漫长无趣的人生都要生出恨意。她一直希望离开这里，然而，愿望就像长在树梢的果实，始终够不着，只能远远看着。直到它从树上掉下来，已经腐烂变质了。

当然，就像一只手的正反面，这个从她出生就居住的地方除了令她嫌厌的一面，也有让她喜悦的一面。楼房后面，穿过一道河床就是蜿蜒起伏的山峦，从山底爬到山顶不过半个小时。春天，山上开满粉色的野桃花，漫山遍野，妖娆妩媚。她把野桃花采回家插到灌满水的罐头瓶里，看着它们吸足水分，看着它们开出艳丽的花。秋天，山上野生的黄栌变红了，像火，把整座山都烧红了。她采来红叶制作书签，用圆珠笔在叶片上写下"落花人独立，微雨燕双飞""林花谢了春红，太匆匆……"，叶柄穿一根彩色丝线，小心翼翼压在书中。几天后，水分抽干了，便成了一枚漂亮的书签。然而，这书签极脆弱，寿命都不长，一不小心，就碎了。

除了山，小区附近还生长着许多树。高大的女贞、优雅的悬铃木、茂密的楸树、修长的水杉、挺拔的白杨。炎热的夏日，白杨顶端的叶片在阳光照射下仿佛盛开的一簇簇白色花朵。楼与楼之间有一部分搭成长廊的葡萄架，清凉雅致，每年刚刚结成果实，就被顽劣的孩童摘走了。楼后的空地，还种植着几株矮小的樱桃，夏末时节，结出鲜红的果实。附近居民不屑于吃这种水果，他们嫌里面的籽太大。苏娅却懂得品尝它们的好，摘樱桃的时候，她总是叫上贾方方，两人各自端着一只碗。一个晌午，便能摘满满两碗。她们边吃边摘，抿着嘴唇，享受着樱桃的酸甜可口。贾方方家搬走以后，摘樱桃的便只剩苏娅一个。她仍旧一边摘果实，一边品尝樱桃。寂寞就像樱桃的汁液，一点一滴蜿蜒至口腔……苏娅对自己从小到大生长的环境，既充满依恋，又排斥嫌弃。然而，无论她怀着怎样的心情，这是她的家，唯一的家。有时候，她望着周遭的一切，心里灰蒙蒙的，空荡荡的。眼神是迷茫的，感觉一生就在这里结束了。

3. 痛苦的旅行

母亲徐静雅是个唱青衣的戏子，年龄大了，身段走了形，就被照顾到剧场卖票。剧场演出很少，多数时间赋闲在家。

徐静雅不是本地人，生母早逝，父亲续弦，接连生下几个弟妹，她便成了爹不亲娘不爱的多余人。草草读到中学毕业，逢戏校招生，自作主张报了名，从此离开家，再也没有回去过。幼时，苏娅见贾方方隔三差五总是去姥姥家，返回时，拎着一堆吃食，叫人眼馋。回到家，她缠着问母亲，姥姥家在哪里？徐静雅没好气地说，你没有姥姥。苏娅已经知道"妈妈的妈妈是姥姥"，懂得追问，没有姥姥，你是从哪里来的？徐静雅哄她，我嘛，我是从石头缝里蹦出来的。

苏娅信以为真，孙悟空不就是从石头缝里蹦出来的嘛，妈妈当然也可以从石头缝里蹦出来了。苏娅跟着徐静雅去剧场看戏，《孙悟空三打白骨精》。戏演完了，白骨精被孙悟空用金箍棒打倒在地，幕布缓缓拉上，白骨精躺在戏台中央，一动不动。苏娅问，白骨精被孙悟空打死了吗？徐静雅说，当然，孙悟空神通广大，小小的白骨精不是他的对手。苏娅再问，她真的死了？徐静雅说，当然，死了就是死了。苏娅哀伤地说，她真可怜。徐静雅纠正女儿的说法，白骨精是妖精，坏蛋，死不足惜，你怎么能可怜她呢？

夜里，苏娅辗转反侧，睡不着，一直琢磨戏台上的白骨精是不是真死了？是不是永远躺在戏台上起不来了？她心存疑惑和不安。

第二天，六岁的苏娅独自穿街过巷，经过人群熙攘的闹市，准确找到剧院。剧院大门紧锁，看管剧院的老伯认得她是徐静雅的女儿，惊奇地问："你怎么一个人跑到这里了？"

苏娅仰起小小的头说："我想来看看白骨精。"

"白骨精？这里没有白骨精呀。"

"有，昨天她被孙悟空打死了，我亲眼看见的，她就躺在戏台上，我想看看她还在不在？"

老伯看着苏娅一本正经的样子，禁不住哈哈大笑："白骨精是假的，她没死，她只是装死。"

"她为什么装死？"

"因为这是唱戏。"

"唱戏就要装死吗？"

"对，戏都是假的，都是装的。"

"孙悟空也是假的？"

"对。"

"孙悟空是不是从石头缝里蹦出来的？这也是假的吗？"

"这个……这个……"老伯被苏娅莫名其妙的问题难住了。

"我妈妈说她也是从石头缝里蹦出来的，她是不是也是装的？"

这个问题可把老伯逗乐了，他牵着苏娅的手，把她送回家。路上，老伯告诉她，你妈妈怎么可能是从石头缝里蹦出来的，不可能的，她是逗你玩的。

哦，苏娅终于证实了，母亲是骗她的，戏里的故事也都是骗人的。触类旁通，她一下子洞悉了很多骗人的把戏。楼下阿姨生了双胞胎，苏娅问："阿姨，为什么你一次能生两个，别人只能生一个？"阿姨说："我本来只生了一个，后来在纸上照着样子又画了一个，这才有了两个一模一样的孩子。"

苏娅突发奇想："那要是照着我的样子画一个孩子，我是不是也就成了双胞胎？"

阿姨摇摇头，惋惜地说："晚了，你已经长大了，这得刚生下来的时候画才行。"

苏娅甚为遗憾，她懊恼当初妈妈为什么不能照着她的样子画一个孩子呢，那样的话，她就能有个孪生姐姐或妹妹了。

经过白骨精事件之后，苏娅把邻居阿姨诓骗她的谎话也识破了，再碰到阿姨抱着两个一模一样的婴孩在楼下玩耍，她也没有兴致去探究哪一个是生的，哪一个是画的了。她想，大人们的话都是不可信的，他们都在骗她。她似乎就是从那时候开始，忽然长大了。

十岁那年，苏娅终于知道了姥姥家的确切方位，竟然在北京。这可是件了不得的大事，她第一时间就将这个消息传播给贾方方。贾方方说，不会吧，我听爸妈说，你妈是河北人，怎么变成北京人了。苏娅信誓旦旦保证，我妈亲口说，姥姥家在北京，她准备带我和哥哥去姥姥家。姥姥家既然在北京，我妈妈当然是北京人了。贾方方半信半疑，神情充满羡慕。是啊，北京是什么地方呀，北京有天安门、有长城、有故宫、还有八国联军烧过的圆明园。苏娅早知母亲是外地人，却不知竟来自伟大的首都。难怪母亲会说一口标准的普通话，原来她是北京人呐。

苏娅和哥哥跟随母亲去北京的姥姥家，他们先是坐了一夜火车，又转乘汽车，沿途一路颠簸。糟糕的是苏娅竟然晕车，她不晕火车，单晕汽车。什么是头晕目眩，什么是耳聋眼花，这些课堂上学过的成语，她总算深刻领悟了。她捧着塑料袋，吐得翻江倒海，眼泪鼻涕一塌糊涂，到了最后，欲哭都无泪了。

痛苦的旅途结束了，新的失望又席卷而来。姥姥家根本不在市区，而在远郊一个小镇。街道狭窄，楼房低矮。没有想象中的摩天大楼、霓虹灯火。这哪里是北京嘛，苏娅的失望就像一路风尘，覆盖了全身。她忽地理解了母亲，难怪母亲从不以"北京人"自居。

姥姥和姥爷对这两个突然冒出来的外孙和外孙女并不显得多么热情，他们不时瞟着徐静雅带来的两只沉甸甸的手提包，待徐静雅拉开拉链，把里面的东西一样样拿出来，香烟、白酒、茶叶、糕点、饼干。还有花生、核桃、红枣等青城特产。这些东西把姥姥家厅里的方桌占得满满的，姥姥和姥爷的两张脸笑得像两朵慈眉善目的老菊花。看过徐静雅送的礼物，他们才想起把两个外孙揽到怀里，嘘寒问暖，几岁了，几年级了，肚子饿不饿……姥爷怀里搂的是哥哥苏曼，姥姥怀里搂的是苏娅。饱受晕车之苦的苏娅只想找个舒服的床铺躺一会儿，对于姥姥这个僵硬的、不自在的怀抱持有本能的抵触。她坚持了不到十秒，就奋力挣脱，重新偎到母亲身边。一旁的姨妈笑着说，这孩子头一回到姥姥家，认生呢。母亲附和，可不是嘛，她从小就认生。姨妈比母亲小几岁，对于多年失去联系、忽然又认上门的姐姐表示了适度的礼貌和热情。

第二天，母亲带着兄妹俩去天安门。从姥姥家去天安门，还有两小时车程，母亲提前给苏娅吃了晕车药。在天安门广场，苏娅和哥哥合照了一张相，母亲搂着兄妹俩又照了一张。末了，苏娅还不满足，非要单独照一张。哥哥骂她臭美，母亲偏袒她，遂了她心愿。

那天，他们还去了故宫、颐和园。苏娅只记住了灰蒙蒙的天，熙攘的人群，相似的院落、相似的亭台楼阁。她觉得这些地方都不好玩，还不如自家楼后的风景呢。她这个没出息的家伙，出来才两天，就开始想家了。

从姥姥家回来以后，苏娅十分懊丧，她拿什么向贾方方炫耀呢？姥姥家根本不在北京，而是一个小镇。而且，姥姥给她带了好吃的食物吗？没有。姥姥送给她好玩的礼物吗？也没有，什么都没有。母亲拎去许多东西，回来时两手空空。

　　为了应付贾方方，苏娅把一只铅笔盒杜撰成了姥姥送给她的礼物，其实那就是在附近商店缠磨母亲给她买的。去了学校，同学们纷纷赞扬，铅笔盒真漂亮，哪买的？苏娅硬着头皮把谎话说到底。她告诉他们，铅笔盒是姥姥送给她的，姥姥家在北京。哦，来自北京的铅笔盒呀。大家再看铅笔盒的眼光就变了，增加了一些说不清道不明的东西。终于有人说，附近商店也卖这种铅笔盒，一模一样的呢。苏娅心一慌，脸"刷"地红了。她有个要命的毛病，特别容易脸红。当她感觉到自己脸红的时候，拼命想控制，却控制不了，就像火上浇油，变本加厉。她对这个毛病憎恨到极点，却屡屡束手无策。她红着脸，心慌气短，眼看谎言被拆穿。幸而贾方方救了她，贾方方眉毛一扬，北京有的东西，咱们这儿未必没有，但是价格不一样。她把话题引申到她母亲买的皮鞋，她说，一模一样的皮鞋，北京卖一百元，咱们这里呢，居然就卖二百元。大家纷纷谈起同类事件，不再关注苏娅的铅笔盒。

　　躲过一劫的苏娅心虚地瞥了一眼贾方方，疑心贾方方洞穿了她的谎言。所幸，她也掌握着贾方方的秘密。语文课新学了一篇课文，题目是《吐鲁番的葡萄》。一个姓王的女同学说自己去过吐鲁番，葡萄遍地都是，路边堆满各种各样的葡萄，想吃多少吃多少。王同学爱说大话，曾夸耀她家养过熊猫，想想吧，怎么可能，那可是国宝啊。贾方方看不惯王同学，听她在那里夸夸其谈，当即驳斥她撒谎。贾方方说，新疆确有许多葡萄，但也没到遍地都是的地步。两人为此争执不休，其他同学则在一旁起哄助兴。为了证明自己是正确的，贾方方说舅舅在新疆当兵，暑假时，她刚跟母亲去看过舅舅，亲眼见过吐鲁番的葡萄。苏娅吃惊地看着贾方方，她知道贾方方舅舅确实当兵，她也确跟随母亲去看过舅舅，可是，她舅舅明明是在山东当兵的，山东距离新疆可是十万八千里呀。苏娅心知肚明，她凑上前，漫不经心地问贾方方，你上次给我的葡萄干就是从新疆带回来的吧，真好吃，我哥哥都说新疆葡萄干到底不一般，以后你要再去，记得再带一些回来。苏娅的话使这场无休止的争论戛然而止，贾方方胜出，王同学悻悻落败，不少同学围着贾方方问个不停，纷纷打探吐鲁番的消息。

　　苏娅想，她和贾方方扯平了，真正的朋友就是这样的，关键时刻挺身而出，哪怕指鹿为马，信口雌黄。

后来，徐静雅每年都要去一趟北京，每次提出带苏娅去，苏娅就百般推脱。晕车经历令她心有余悸，姥姥家委实乏善可陈。徐静雅也不勉强，陪她回娘家的差事就落在儿子苏曼身上。

再大一些的时候，苏娅知道姥姥只是母亲继母。苏娅对母亲说，既然她不是亲生的，何必还要去看她，还给她买那么多东西。母亲说，姥姥虽然不是亲的，可姥爷是亲的呀，再怎么说，他都是生我养我的父亲。何况我去看他们又不是为了他们，我是为了我自己。

"为你自己？"苏娅不懂。

"是啊，等到有一天，他们不在人世了，我想起他们，心里不会有愧。"母亲还说了一句戏文里的唱词，"宁天下人负我，我不负天下人。"

"这话什么意思？"

"这话的意思就是别人可以对不起我，但我不可以对不起别人。"

这是母亲徐静雅灌输到苏娅脑子里的人生箴言，等她长大以后，她才明白，这话说起来容易，做起来难。长大后的苏娅再次和母亲谈起这个问题，"妈，你说过别人可以对不起你，你却不可以对不起别人，你都做到了吗？"

徐静雅说："这世上没有任何事情是绝对的，我只能说我努力去做了，怀着这样的心愿去做了，至于是否做到了，另当别论。就算有些事情结果背离初衷，也不是我的错。"

"那是谁的错？"

徐静雅深深地看了女儿一眼，"命运的错。"

是啊，命运的错，这话真是充满智慧！个体生命多么卑微弱小，而命运多么强大坚硬，谁能拗得过它的安排？

4. 特立独行的母亲

早几年，徐静雅是个无可争议的美人，无论脸蛋还是身段儿，都足以配得上美人称谓。徐静雅脸上最动人的部分当属她的眉毛，看了徐静雅的眉毛就会明白什么叫天生丽质。多数女人眉毛需要修剪，可是，徐静雅的眉毛浑然天成，浓密漆黑，弯而细长，轻轻一挑，说不出的生动、妥帖。整张脸因了这对眉毛，显得活色生香。为了这对眉毛，她没少受罪。读书时，有同学怀疑她的眉毛是修剪描画的，为了证明自己清白，她无数次当着众人的面擦洗眉毛。除了眉毛，她的眼睛也算好看，虽然不大，不注意的话，像是轻薄的单眼皮，细瞧之下就显出它的别致。它是俗称的内双眼，眼睑低垂时最见它的美。这也是一双天生的戏子眼，深墨重彩之中，眼梢斜飞入鬓角，一个媚眼飘过去，就露出摄人心魄的本事。身着戏装的徐静雅是个天生的尤物，然而，这美艳的尤物也终有老去、衰微的一天。

告别舞台的徐静雅时常抱着厚厚一摞相册，对着自己年轻时的剧照左翻右看。《连环计》里貌美如花的貂蝉，《宝莲灯》里思凡越轨的三圣母，《西厢记》中风情万种的崔莺莺……这些角色都曾是她的拿手好戏。苏娅每次看到母亲翘着兰花指"咿咿哑哑"哼唱戏文，就不由得想起"美人迟暮"这个词。漂亮女人一旦老了，反倒比平庸妇人更显老相，眼袋垂落，酒窝变成狭长的法令纹，美丽的眉毛也稀疏了。看着母亲这个样子，苏娅便会替她难过，但也说不上特别难过，她知道这是必然的结果，自己有一天也会苍老成这副模样。

时间是公平的，对待女人，很少厚此薄彼。青春永驻只是美好愿望，昂贵的化妆品也许能使这个愿望停留片刻，却无法停留一世。肉毒素、雌激素、整容、拉皮，这些试图挽留青春的手段也是治标不治本，一个人的衰老不止是肌肤，它是整个身体机能的退化。想想吧，一张貌似皮光肉滑的面孔下，包裹的却是衰朽的骨骼、血液、细胞、纤维，这是多么吃力、徒劳、甚至怅然的事实。在这一点上，徐静雅颇有自知之明，她从不为保持苗条身段而努力节食，也不为削减皱纹耗费心思。年轻时，她尽显美丽风采。老了，洗尽铅华，素面朝天。苏娅佩服母亲这一点，这是母亲有别于普通女人的地方。

徐静雅就是这样一个特立独行的女人，与众不同。有一次，母亲洗完衣服，拿着拖把擦洗门外的楼道台阶，也许是风把门吹上了，也许是她自己不小心把门锁碰上了，总之，她没拿钥匙，被关在门外。那阵子恰逢父亲出差，而哥哥苏曼在外求学。当时母亲腿上套着一条玫红色秋裤，上衣是件紧身薄衫，光脚跶塑料拖鞋。天色尚早，等苏娅放学回家，至少还需数个小时。母亲几乎没有犹豫，把拖把竖在家门口就下了楼。

苏娅家去学校要经过两条人群稠密的大街，徐静雅丝毫也不感到尴尬，她就那样穿着玫红色秋裤，光着脚，跶着拖鞋，大摇大摆，一路招摇过市到了苏娅学校。进了校门，打问到苏娅所在班级，堂而皇之敲开教室的门。全班同学（包括老师）的眼睛齐刷刷盯着这位不速之客。徐静雅肤色非常白，尤其跶着拖鞋的双脚异乎寻常地白，白得刺眼。有个男生小声嘀咕，快看那女人的脚，白得就像假的一样。苏娅不敢站起来，她像鸵鸟似的深埋着自己的头，恨不得找个地缝钻进去。可是，母亲没有放过她，她大大咧咧，旁若无人地喊她的名字："小娅，小娅，快把钥匙给我，我把钥匙锁家里了，进不了门。"于是乎，所有人都知道，这个异乎寻常的女人就是苏娅母亲了。

放学回家，苏娅与母亲大吵一番，她被母亲气哭了，她质问母亲："你怎么穿成这样就去学校了？你，你太不像话了。"

徐静雅却不在乎，"我要不穿成这样犯得着去你们学校吗？我去干什么了？我是去拿钥匙了。"

"你就不能耐心等我放学吗？"

"等你放学还得好几个钟头呢，而且……还烧着开水，等你回来，茶壶还不得烧漏了。"徐静雅狡黠地眨眨眼睛，"烧漏茶壶是小事，要是溢出的水把煤气扑灭了，酿成爆炸怎么办？"

母亲一眨眼睛，苏娅就知道她在撒谎。她戳穿母亲的谎言："你在撒谎，你每次撒谎，眼睛就眨得特别快，你根本没有烧水。"

谎言识破，徐静雅也不恼，"你这孩子，就算没有烧水，我总不能晾在楼道里好几个小时进不了门吧。"

苏娅不依不饶："你怎么就不觉得不好意思呢？你穿成那样儿走街过市就不怕人笑话？"

"没想过，也犯不着想。"

"你不觉得丢脸吗？"

"这有什么好丢脸的，我是杀人了还是放火了，碍着别人什么事了。"

苏娅悲愤地说："你没碍着别人，你碍着我了。我是你女儿，人家笑话你就连我一块儿笑话。"

母亲优点是性子好，任凭苏娅生气指责，她始终笑眯眯的，该怎样还怎样。她不觉得自己行为不妥，这可能归结于她在舞台上待久了，一举一动，一招一式，都带了表演性质。别人眼里难堪尴尬的行为，到了她那里，都成了自然而然的举动。

徐静雅与苏娅是完全不同的两类人，秉性迥异，简直不像母女。如果不是她五官与母亲有几分相似，她简直怀疑自己不是她的亲生女儿。

徐静雅还是一个患有轻微洁癖的女人，特别喜欢洗衣服。苏娅从没有见过比母亲更热衷于洗衣服的人了。洗衣盆、木搓板、小板凳、加酶加香洗衣粉是她最乐于亲近的物品。阳台上日日悬挂着洗净的衣物，房间时常弥漫着清凉的洗衣粉味道，晾衣绳兢兢业业，几乎无一日空闲。洗衣机反倒成了摆设，一年到头，也就年根大扫除，轰轰隆隆工作几天。以苏娅的眼光观察母亲这一生，似乎只有唱戏和洗衣服是她人生的两大乐趣。苏娅父亲挖苦妻子，说苏家的衣服从来都不是穿破的，而是洗破的。

第二章

1. 疏离的父亲

苏娅父亲名叫苏叔朋，木讷、寡言，高且瘦，满脸络腮胡，乍看有些彪悍呢。不过，不要紧，那是错觉，只要和他交谈几句，就会发现，他这个人与"彪悍"相距甚远。他是个很文气的男人，"人不可貌相"用在他身上再合适不过了。

若说苏叔朋留胡子是个性，那可冤枉了他。他是天生的络腮胡，两天不剃，鬓角至下巴就密密地盖一层坚硬卷曲的须毛。工作忙，顾不得日日修剪刮剃，人们见惯了他的连鬓胡。隔天对镜刮须，他便刻意留一层。年复一年，胡须成了他的标志。若哪天刮剃干净，他反倒不自然，旁人也觉得怪怪的。

苏叔朋是机械厂的工程师，与他同等资历年龄的都升任总工，抑或调至其他部门做官了，他仍然是个普通工程师。苏娅爷爷是一名老干部，可惜早早过世，儿子没能沾上他的光，否则，受其恩泽，苏叔朋没准能混个一官半职。那样的话，他们家也就和贾方方家一样搬离这里了。可惜，这事儿只能想一想。苏叔朋没有做官，他们家也不曾搬家。

在苏娅眼里，苏叔朋不是好父亲。他重男轻女，眼里只有儿子苏曼。表面上，他对女儿很客气，从未对苏娅动过一根指头，甚至连骂都很少骂。

偶尔出差，给儿子买礼物，女儿也少不了一份。吃的，用的，没有亏待过苏娅。然而，苏娅却未曾感觉到父亲的爱和关怀。她对苏叔朋的感情复杂极了，她知道自己应该爱他，感激他，像普天下所有女儿对父亲那样，可是，她没良心，她发现自己不爱他，不爱被她称作父亲的男人。她与他是生活在同一屋檐下的陌生人，心灵上，她没有贴心贴肺靠近过这个人。他们之间是疏离的，就像无法融合的两种液体。

苏叔朋对女儿态度如此淡定，对儿子则完全是另一种方式。从小到大，苏曼没少挨父亲的打。考试成绩欠佳挨打；学校捣乱被老师告状挨打；放学不回家，背书包下河上山也挨打。总之，父亲总是轻而易举能找到对苏曼体罚的理由。苏曼常常委屈地对妹妹说，我要是和你一样，是个女孩就好了。下辈子，我一定投胎当个女孩。苏曼不知道，当他对妹妹说这番话时，苏娅也在心里暗暗叹气，她希望自己来生投胎做个男孩，她想尝尝被父亲打骂是什么滋味。有次期中考试，她成绩差得离谱，数学不及格。她想看看父亲的反应，可父亲扫了眼试卷，一如既往，淡淡地说，这次没考好，下次努力。她没有得到预期想要的效果，反倒是母亲，唠唠叨叨，数落半天。

父亲对待苏曼，爱憎分明，打骂有之，宠爱亦有之。若是哪次苏曼考试成绩优异，父亲比谁都开心。那种开心是由衷的，从内到外散发出来，每个毛孔都透着喜悦。苏娅冷眼旁观，明白了一个事实，父亲虽然受过教育，骨子里却与山沟里的老农民并无二致。儿子传宗接代，是希望，是未来，是一切。至于女儿，只是个摆设，就像孔乙己之于咸亨酒店的看客，有是好的，无也便罢了。

有一次，苏娅从书里看到一句话：女儿是父亲前世的情人，因为舍不得离开这个男人，换了一种方式，从前世追寻到今生。她眼睛一湿，差点落泪。她也是父亲前世的情人吗？若是，也一定是令他厌弃的情人，即使做了他的女儿，也仍然得不到他的爱。她与父亲前世究竟有怎样的冤孽？她深深同情那个她不知晓的痴情女子，怀了怎样一颗心，固执地从前世追到今生。然而，那不就是她自己嘛，这么一想，她觉得自己很可怜。她对父亲的心渐渐硬起来，冷起来，父爱是她成长岁月里缺失的情愫。

幸好，这个家里并不只有父亲一个男性，苏娅还有哥哥，还有苏曼。

2. 英俊少年

苏曼把父母的优点结合得天衣无缝，漆目皓齿，早早长成令女孩子怦然心动的美少年。同班女生给他起了个绰号——佐罗，苏曼有着"佐罗"一样深邃的眼睛，挺拔的鼻梁，棱角分明的嘴唇。幼时，他眼睛天真无邪，作文书里描写的水灵灵的大眼睛就是指他那样的眼睛。当他长成一个少年郎，水灵灵的大眼睛变了，仿佛盖了一层轻纱，隐含着若有若无的忧郁。千万别以为他藏着忧郁的心事，这忧郁是有欺骗性的。只要他陷入沉思，忧郁就会从眼睛里流出来，哪怕他仅仅只是思考一道应用题。传说中的桃花眼就是苏曼这样的眼睛，倘若女人生了这样一双眼睛是很要命，很勾人的，幸好他是个男人。尽管他是个男人，这双致命的桃花眼仍然给他带来了灾难，不过，这是后话了。

有一次，徐静雅看看女儿，又看看儿子，她深深地叹了口气："你们兄妹俩要是换一换该多好。"她摸着儿子的脸庞，"把你的脸给你妹妹，你一个男孩子何必生得这么白，有什么用？"她佯作嗔怪道："小白脸，不安好心眼。"

苏曼无辜地说："你怎知我没安好心眼？我怎么没安好心眼了？"

苏娅更加不高兴，她撅起嘴巴大声说："我很丑吗？我是不是很丑？"

徐静雅大声笑了，她对儿子说："我这是给你打预防针，将来一定做个好人，别做李甲那样的小白脸。"

苏曼问："李甲是谁？"

苏娅在一旁嗤之以鼻，不屑地说："连李甲都不知道。"

徐静雅说："知不知道李甲不要紧，重要的是做个好男人。"

"什么样的男人才是好男人？"苏娅问母亲。

徐静雅看着一双儿女，她说："有担当，有责任心，宽容，豁达，就是好男人。"

"爸爸是好男人吗？"苏曼问。苏娅赞许地看了一眼哥哥，这也是她想要问的。

徐静雅顿了一下，似乎在考虑如何回答这个问题，最后，她犹豫地说，"应该是吧。"她很快补充，"当然是。"

苏曼得到答案满足地离开了，苏娅却觉得母亲的回答很勉强，话里有话。她缠着母亲，继续刚才的埋怨："我很丑吗？是不是？"

徐静雅安慰女儿："你不丑，我女儿怎么会丑呢？只是，你皮肤不够白，这也不能怨你。"

"当然不能怨我，要怨就怨你，把哥哥生得那么白，把我生得这么黑。把哥哥生得那么好看，把我生得这么难看。"苏娅愤愤不平。

徐静雅为了安慰苏娅，从抽屉的首饰盒里拿出一对银镯子送给她："你不要生气了，你不是一直想要这对镯子吗，我送给你了。"

苏娅接过镯子，立刻忘记了刚才的不快，只是她手腕太细，圈不住，幸好镯子是可以调节大小的，徐静雅帮她调到合适宽度。戴上手镯的苏娅按捺不住喜悦的心情，对着镜子左照右看，末了，遗憾地说："可惜不能戴到学校，老师会骂的。"

徐静雅说："那怎么行，要戴就一直戴着，摘来摘去的，就你这粗粗拉拉的性子，几天就弄丢了。要是这样的话，你还是给我，我帮你收着，等你长大了，再给你也不迟。"

苏娅急忙把双手藏到身后："不行，既然给了我就不能反悔。"

徐静雅说："学校也管得太宽了，女孩子戴镯子怎么了，以前小姑娘生下来就打耳洞，戴耳环的。"

"那是旧社会。"

"社会不分新旧，"徐静娴纠正苏娅的用词，"我替你想个法子，你们老师不是不让你们佩戴首饰吗？我有办法让她不管你。"

"什么办法？"

"需要你配合。"徐静雅眨眨眼睛。

"我怎么配合？"

徐静雅神秘地说："总之，你不用管，明天，我去一趟你们学校。"

事后，苏娅才知道母亲对老师说，女儿患有皮肤病，手臂常起红疹，中医建议佩戴银器，是偏方，可以削减病症。苏娅的确起过红疹，但吃了药早就好了。她心虚地对母亲说："妈妈，咱们这不是对老师撒谎吗？"

徐静雅说："这怎么是撒谎呢，佩戴银器对身体确实有好处，你胳膊上的红疹虽然消了，可保不齐哪天又长出来，戴上银镯子正好抑制它。否则，老吃抗过敏的药，对身体不好。"

"同学们问我，我就这么说？"

"当然，你必须这么说！"

"贾方方问我，我也这么说？"

"当然，要统一口径，即使你爸爸和哥哥问你，你也必须这么回答。"

苏娅点点头，她高兴地举起双手，看了看手腕上的镯子，对母亲说："妈，我估计我们班同学的家长没有你这样的。"

徐静雅掩嘴一笑："不是光你们班，就是你们学校，也找不出像我这样的妈妈。"她换了一种口气，"妈妈不求你大富大贵，只求你平平安安，你看，我没要求你当三好学生，当班干部，我只要你健健康康，平平安安就好。"

苏娅不耐烦地点点头，她没有认真听母亲的絮叨。

从此，苏娅手腕上多了一对漂亮、纤巧、结实的绞丝银镯。正是疯长身体的年龄，衣服总是显小，两只镯子常常暴露在袖口，伶仃站立在人群中的苏娅因了这对镯子，显得卓尔不群。许多女生羡慕不已，她们甚至暗暗生出患皮肤病的心愿。很多年以后她们忘记了苏娅的模样，却没有人忘记她手腕上的那对镯子。

贾方方不止一次对苏娅说："我要是和你一样也患皮肤病就好了，这样，我也可以堂而皇之跟我妈妈要银镯子了。"

苏娅愧疚地看着好友，想起母亲的告诫，话到嘴边，咽了回去。

3. 山顶上的"忍"

每逢假期，贾方方总是不见踪影，不是去姥姥家，就是去奶奶家，苏娅哪里也去不了。姥姥家不必再提，奶奶家也很少去。即使去，也是匆匆走一趟。奶奶也是个重男轻女的老封建，见着苏曼就宝贝疙瘩，对苏娅却没有好声气。苏娅对奶奶没有好感，在同奶奶的关系上，她与母亲态度一致。人小鬼大的她早就看出奶奶不喜欢妈妈，性格鲜明的妈妈也不愿讨好奶奶，婆媳关系不太和睦。

贾方方不在身边，苏娅就只能做哥哥的跟屁虫，幸好她与哥哥年龄相仿，只差两岁，算同龄人。在那些漫长的假期，哥哥带着她下河捉蝌蚪，捉小鱼。他们把蝌蚪和小鱼养在脸盆，眼巴巴盼望着蝌蚪长出四条腿，奇迹般变作青蛙。遗憾他们总是等不到那天，蝌蚪就早早死掉了。小鱼寿命略长，但也长不到哪儿，终归也是个死。徐静雅说兄妹俩残害生灵，这话一点不为过。除了养蝌蚪，养小鱼，他们还养过石头。兄妹俩把石头泡在清水里，期待着圆润的鹅卵石一天天长大。当然，那只是出于他们某次的奇思妙想，他们无法解释光滑漂亮的鹅卵石为什么有的大，有的小，于是便自作聪明地认为小石头慢慢长大，就变成大石头。可是，泡在水里的石头迟迟不见动静，失去耐心的兄妹俩只好转移兴趣。除此，他们还在火柴盒里养过苍蝇，想看看苍蝇是怎么产卵的。他们这一举动差点吓坏徐静雅，徐静雅偶然发现藏在角落的几只装满苍蝇的火柴盒时，惊叫着差一点晕过去。

夏季雨水丰沛，河道里猝不及防就会冲下浩浩荡荡的洪水。某一年，还淹死了一个孩子。自那以后，父母便阻止他们下河滩玩耍了。父亲只要发现他们去一次河滩，苏曼就免不了一顿饱揍。苏娅虽不致挨打，却也战战兢兢，总觉得自己应受株连之罚。

不能下河，他们就改爬山。父母对于兄妹俩爬山的态度倒是睁一眼闭一眼，山不算险峻，山道也不崎岖，便任由他们去了。可是，兄妹俩怎么能满足于只爬司空见惯的那座山呢，况且山又不是独立的，山的后面还有山。苏娅问哥哥，山的那一面还是山吗？苏曼老练地手搭凉棚看了半天，点点头。他们决定翻过去看一看山那面的山是否有不同之处，等到他们翻过去，除了发现路不好走，山仍旧是山的模样。苏娅精疲力竭，苏曼却执意攀登另一座高峰。苏娅只得跟着哥哥，一路攀爬，朝着最高处前进。终于到了山顶，竟然是一处开阔的，椭圆形空地，四周开满不知名的野花，以紫色居多，一簇簇蓝紫的、粉紫的、浅紫的，群花争妍，缤纷绚烂。他们面对面盘腿坐在山顶的空地，风从头顶呼呼吹过。他们高高在上，就像踏上云端。远处，山脚下的城市就像积木搭成的城堡，仿佛扔下块石子，楼群就纷纷倒下，碎成一片。

他们在山顶还发现了一块巨大的石头，偌大的石面上刻着一个"忍"。字的刻痕非常深，显然是用锤子一点一点凿出来的。字体也很漂亮，常见的行书楷体。苏曼对妹妹说，刻这个字的人心里一定怀着屈辱和仇恨。苏娅点点头。苏曼又说，忍耐是一种品德，也是一种本事。苏娅刚刚学会"忍无可忍"的成语，便问，若是忍无可忍了，怎么办？苏曼想了想，忍无可忍就无需再忍。

他们久久看着这个字，想象着"忍"字背后隐藏的秘密，他们无从想象刻字的人是如何揣着铁锤一路攀登到这里。他显然不是来一次就能把字刻好的，而是来了无数次。他把这个字刻在高山之巅，究竟是为了铭记，还是为了抛却。谁知道呢？恐怕连他自己也不清楚。

那座山峰太高了，没有路，兄妹俩靠着初生牛犊的胆识，以及孩童心性的顽劣才爬上去的。上山容易下山难，待到返回时，他们才觉出了害怕。苏曼在前面引路，苏娅跟在后面。在一处陡坡前，苏曼指挥妹妹倒爬着缓慢向下移动。过程中，苏娅扭头看到陡峭的，几乎呈垂直角度的山石，禁不住胆战心惊，手一松，顺着陡坡滚落下去。在苏曼的惊呼声中，苏娅跌落在一处枝藤缠绕的植物上。若不是那片植物缠住苏娅，她怕是要出大事的。苏曼吓坏了，脸色苍白，面无血色，跟跄地奔爬过去，抱起妹妹。幸运的是，苏娅除了右臂擦出一些血痕，竟无大碍。

那次历险，令他们心生畏惧。那座山峰，他们再也不曾去过。

日子过得很快，苏曼很快进入青春期。青春期的苏曼寡言少语，他和妹妹关系也生分起来。苏娅很快步其后尘，他们就像两颗沉默的棋子，各自为营。在苏娅的脑海里，关于哥哥，除了那次爬山历险比较完整，其余都是零碎的镜头。就像后现代电影里的蒙太奇，一个镜头接一个镜头，闪回、模糊、生疏，令她疑惑那些场景是否真得曾经发生过。然而，苏娅知道它们一定发生过。那是属于她和哥哥的共同记忆，是她生命里的一部分、无论时间过去多久，它们都不会改变。苏娅还知道，她深深地爱着哥哥，就像哥哥也深深地爱着她一样。

4. 记忆中的华美乐章

苏娅与贾方方同龄，友谊可以追溯到幼儿园。两家是隔楼的邻居，为了节省时间，两家大人商定，轮流接送孩子。今天贾家接送，明天苏家接送，两个小姑娘得以结伴同行，这段友谊从那时起便拉开序幕。

很快到了上学年纪，两个人在同一班级，自然形影不离，相携相伴。贾方方有姐姐，名叫贾圆圆。贾圆圆学习成绩好，相比之下，比贾方方讨父母喜欢。贾方方父亲脾气暴躁，时常对贾方方拳打脚踢。有一次，挨了打的贾方方推心置腹地对苏娅说："我告诉你一个秘密，我巴不得我爸爸快点死掉。"

苏娅心里一惊，她虽然也不喜欢自己的父亲，却从没有盼他死的念头。她问："你怎么这样想，就算他对你不好，你也不能这样想。"

小小年纪的贾方方叹了一口气："我爸只喜欢我姐，她学习好，又会装，每天不是看书就是写字。别看我姐比我大一岁，家务活从不沾手，你也知道，我们家刷锅洗碗都是我的事儿，人家是小姐，我是丫鬟。"

苏娅劝贾方方："那你也不能盼你爸死，他毕竟是你爸。"

"唉，他总是打我，上次数学没考好，他先问我，苏娅考了多少分，我不敢胡说，照实说了，一听你比我多考了十几分，一脚就把我踢到门外，在楼梯上滚了好几圈，世上哪有这么凶狠的父亲。"

"你妈呢？你妈不管？"

"我妈当时不在场。"

苏娅充满义气地说："以后你要是再没考好，一定把我成绩说得比你低，你爸问起我，我帮你扛着。"

"你真够意思。"贾方方说。

没过几天，贾方方再次挨了父亲一顿打，额头磕到床角，起了一个包。

据说是她偷了姐姐攒的邮票，没藏好，被发现了。她哭丧着脸对苏娅说："我恨死我爸了，等我长大了，翅膀硬了，一定离家出走，再也不认他这个父亲。"

"咱们不跟大人一般计较，你爸生了你养了你，没功劳也有苦劳。"苏娅安慰贾方方，同时也安慰自己，"其实，我也挺讨厌我爸。"

"你爸不错，对你挺和气，不打你也不骂你。"

"可我宁愿他打我一顿，他经常打我哥，从不打我。表面对我好，其实我清楚，他心里压根儿没我，只有我哥。"提起父亲，苏娅也是满肚子怨气。

贾方方说："是不是所有男人都喜欢儿子，跟你爸比，我爸挺可怜，他本来想要儿子，可我妈生了两个都是女儿。本来还想再生，可是再生就得罚款。他们倒不怕罚款，主要是担心影响工作。尤其我爸，特想当官。"

"男人为什么都喜欢儿子呢？"苏娅若有所思。

"不止男人喜欢儿子，女人也喜欢，我妈也喜欢儿子，她总说自己这辈子最大的遗憾是没能生个儿子。还是你家好，有儿子，又有女儿。我妈嘴上说你妈是个戏子，可她心里一定羡慕你妈有儿子。"

苏娅警觉地问："你妈说我妈是戏子？戏子怎么了？戏子低人一等吗？"

贾方方自知失言，急忙解释："不，不，我不是那意思，你别生气，你可千万别把这话告诉你妈，要不然，你妈追究起来，我可闯祸了。"

苏娅没揪住不放，自她懂事起，就常听别人说母亲是戏子，奶奶说过，姑姑说过，现在她知道了，连贾方方母亲也说过。一定还有她不知道的很多人都说过。母亲本来就是戏子，她们说的都是实情，可为什么她听到这话，总觉得里面包含着轻侮和蔑视呢？

不管别人怎么说，贾方方却真心羡慕苏娅有个会唱戏的母亲。

苏娅家有两件漂亮戏服，都是徐静雅收藏的，一件月白色，一件淡青色，胸襟裙摆绣着精美图案。徐静雅还有许多珠花、水钻，插在头上，颤巍巍，闪亮亮。这些东西全是扮戏的行头，它们装在一只纸盒里。苏娅常趁大人不在家，把贾方方唤到家中，将箱子里戏服头饰拿出来，既是显摆，又是慷慨地分享。两人把戏服饰物披挂在身，甩着长长的水袖，迈着小碎步，扭扭捏捏，从这间屋子跑到那间屋子，折腾得不亦乐乎。苏娅是白素贞，贾方方是小青，模仿戏里腔调，这个唤一声"青儿"，那个呼一声"姐姐"。苏娅无师自通地学会了白素贞的唱词："鱼水情，山盟誓，全然不顾，不由人咬银牙恨许郎无情……"贾方方边咯咯笑，边识相地配合苏娅的表演。什么是鱼水情？什么是山盟誓？她们全然不懂。她们遗憾的是，谁是许郎呢？还缺一个许郎呢。

长大后的苏娅不是戏迷，也谈不上喜欢戏曲，却独爱《白蛇传》。她总能在每一出《白蛇传》里挑出毛病，貌美如花的白素贞怎么能用扮相不佳的演员演呢？别看戏曲演员一张脸被油彩涂抹得面目全非，可那一招一式，一颦一笑，无不显露出演员的真实年龄与本来样貌，怎你怎么遮掩也遮掩不住的。最糟糕的还是许郎，看了那么多出《白蛇传》，竟没能碰到一个令她满意的俊美许郎。她常撇着嘴慨叹，能令白素贞动心的男子长相怎么如此不堪？不是五官差劲，就是唱腔不入耳，举止不周正，倒胃口，倒胃口。母亲听到她的外行话，就白她一眼，你呀，根本不懂戏。母亲说的没错，苏娅的确不懂戏，再好的戏到了她眼里，也瞧不出所以然，就像一场无法倾心投入的爱情，终是要辜负的。至于对《白蛇传》的百看不厌，百般挑剔，也无非是这个剧目能够令她想到过往，想起自己的豆蔻年华。少年往事总是温暖人心，贾方方是她记忆里的一段华美乐章，在时间的清洗中，这段华章字字珠玑，声声悦耳。有时候，她甚至想，她与贾方方生来就是陪伴彼此度过漫长乏味的成长岁月的。若是没有贾方方，她青春期的所有回忆都是苍白的，不值一提的。

5. 青春的分水岭

初潮是青春的分水岭，它在一个夏日傍晚来临。

家里没有其他人，苏娅站在水池边清洗一件第二天穿的白衬衫，水龙头接出冰凉的水。她用手指捏紧衬衫领口，"哗啦"一下把衣服从水里拎起来，再"啪"地投入水中。她反复沉迷于这个简单动作，享受着水花飞溅的清爽愉悦。先是小腹胀痛，她没有放在心上，渐渐的，若有若无的腥味钻进鼻孔。她诧异极了，嗅着鼻子想闻一闻这古怪的味道出自何处？胀痛感觉愈加重了。她忽然意识到什么，心里一惊，匆匆把衬衫晾在阳台，跑回卧室。褪下短裤，上面果然沾满血迹。噢，她知道这是怎么了，心情平静下来，无师自通翻出卫生纸，叠成长条状，垫在裤裆。窗外已被夜色吞噬，一扇扇窗户亮了起来。她坐在黑暗中，巴望母亲早点回家。她想把这个秘密，不，也不算秘密，是消息，她想把这个消息告诉她。

最先回家的是苏曼，苏曼看到妹妹端坐在黑暗中一动不动，诧异地问："为什么不开灯？"

"哦，我开着窗户，怕招蚊子。"苏娅脸色有些不自然。她成了一个大姑娘了，这让她感觉自己与哥哥的距离更加遥远了。

苏曼没有发现妹妹的异常，他放下书包，走到厨房烧水。他责怪地说："你放学早，怎么不烧点水，都几点了，妈妈今晚有演出。"

苏娅说："爸爸一会儿就回来了。"

"万一爸爸加班不回来呢，难道我们就不吃饭了？"

兄妹俩正说着话，父亲苏叔朋回来了。他手里拎着下班途中买的面条和黄瓜，扫了一眼坐着发呆的苏娅，冲厨房忙活的儿子说，"小曼，你做啥呢？"

"刚烧了锅水。"

苏叔朋说："你不用管了，我来做饭，咱们吃凉面。"

三个人围着桌子吃凉面，苏娅只吃了几口。苏曼追问她怎么了，她说想喝粥，不想吃凉面。父亲看了她一眼，没理她。苏曼问，是不是哪里不舒服，我给你煮粥吧？苏娅摇摇头，算了。

晚饭后，母亲还没有回来。等母亲回来的时候，苏娅已经睡着了。第二天，当她再看到母亲，打消了告诉她这件事的念头。她甚至觉得那夜母亲迟归，就是为了让她独自在家迎接自己的初潮。

青春就是从那夜开始的，苏娅对身体有了新认识，她刻意回避和贾方方一起去厕所，怕被她发现。这并非羞耻的事，可她就是不想让人知道。然而，这事不能永远瞒下去。

有一天，放学后，两人没有回家，而是背着书包，坐在操场边看书。

贾方方忽然想起什么似的问，"苏娅，你知道大姨妈是什么吗？"

苏娅愣了一下，佯作不经意地说："不就是女生例假嘛。"

"你说叫什么不好叫大姨妈，大姨妈招谁惹谁了……喂，你有大姨妈吗？我有两个姨妈，一个大姨妈，一个小姨妈。"贾方方边说边"咯咯"笑出声。

贾方方笑完了，苏娅盯着她，她也盯着苏娅。她们互相看着对方，谁也不开口，气氛微妙。

苏娅收回目光，眼睛盯着脚上的球鞋。旁边是贾方方的脚，贾方方穿一双丁字皮鞋。苏娅率先开口："贾方方，你的大姨妈来了吗？"

贾方方紧接着反问："你呢？"

苏娅鼓起勇气说："我，我来了。"

贾方方低下头："我，我也来了。"

苏娅的心顿时沉了下去，她之前还为自己没有第一时间告诉贾方方这个秘密暗自愧疚，现在看来，贾方方比她隐藏得还要深，阴险的家伙。苏娅说："你真不够意思，居然不告诉我。"

"你呢，你够意思吗？"贾方方反问。

"好朋友应该坦诚相对？"苏娅说。

"那是不是说明我们不是好朋友。"

"你真这么想？"

两人心里怅怅的，暮色来临，操场上踢球的男生散去了，对面楼里零零星星亮起灯。不知哪个学生吹起口琴，时断时续，声音飘荡在空旷的操场上。多年后，每当苏娅想起校园，想起操场，耳边就会响起悠扬的口琴声，那声音充满怀旧和惆怅。她们置身于青春的校园，却已经有了青春的怀旧和怅惘。

第三章

1. 乱糟糟的黑

学校后面新建了一座游泳池，苏娅和贾方方相约去玩。这是她们第一次游泳，内心充满忐忑。她们各自买了游泳衣，苏娅是棕黄色，贾方方是枣红色。在她们眼里，青春仿佛是羞于出手的物品，她们想用这种老气横秋的颜色包裹稚嫩的年龄。

游泳池里的人很多，水并不干净。苏娅把身体藏进水里，只露出头。贾方方胆子大，钻进水里练习憋气，一个好为人师的男人热情地充当教练，在一旁示范动作。贾方方从水里钻出来，兴高采烈地怂恿苏娅跟她一道练习。苏娅一筹莫展，怎么也鼓不起勇气把头扎下去。她退到角落，贴到墙根，扶着栏杆。水波挤压着前胸，喘不过气，然而，却很诱人，有一种沉甸甸的快感。她羡慕地看着在水里游走自如的高手，心想，总有一天，她会熟练掌握这门技艺。

如果不是那天犯了一个致命错误，苏娅确信自己会爱上游泳，并成为这里的常客。狼狈的是——她犯了一个要命的错误。

临上岸，贾方方说自己再练习片刻，让苏娅先去换衣服。苏娅独自拖着湿淋淋的身体去更衣室，稀里糊涂误闯了男更衣室。更衣室没有门，只挂着一个门帘，她记错方向，掀开门帘径直走进去。走到里面，发现不对劲儿。怎么回事？好多男人走来走去，有一个还抬头看了她一眼，对她的闯入并不显得吃惊。天，这是怎么回事？她脑子一下懵了。这些男人有的穿着衣服，更多的赤身裸体。偏巧有几个光身子的男人正对着她，肆无忌惮。她差点晕过去，眼前是一团又一团乱糟糟的黑色。她惊叫一声，转身就跑。地板布满水渍，太滑了，她跑得急，跌倒在地，结结实实摔了个跟头。膝盖碰破了，渗出血丝。脚崴了，一阵钻心的疼痛。几个正在换衣服的男人被这个误闯进来的小姑娘逗乐了，他们嘴里发出欢快的笑声。有一个说，别跑，我们又不会吃了你。有一个则好心走到她面前，弯腰想扶起她，却被她惊慌地一把推开。那男人自嘲，哎哟，这个小姑娘，不识好人心呢。身后又是一阵哄堂大笑。

苏娅不敢再看他们一眼，她忍痛从地上爬起来，一瘸一拐，狼狈不堪地逃出这间可怖的更衣室。

贾方方问她怎么了，她泪流满面，一腔怒火发到贾方方身上。她喊道，不用你管，不用你管。她觉得自己的脸，在这个倒霉的下午，在这个炎热的夏日午后，全都丢尽了，丢尽了。这个该死的游泳池，她笃定自己再不会来了。她还没有来得及爱上游泳，就决绝地抛弃了它。

在苏娅青春期的记忆里，只要提到男人，眼前就会闪过一团又一团毛茸茸乱糟糟的黑色。她想不明白男人的身体怎么那么丑陋，不堪入目。在她眼里，所有男人都幻化成了一团一团糟糕的黑色。最令她痛苦的是，回到家里，面对父亲和哥哥，她也会不由得把他们与那团糟糕的黑色联系起来。还有更要命的，很长一段时间，只要见到成年男人，她的眼睛就不由自主瞟向他们的下半身。她为此羞耻、沮丧、愤怒，为了纠正这个毛病，她强迫自己盯着男人的脸看。她盯着他们的脸，盯着他们的眼睛，然而，没用，即使盯着他们的脸，盯着他们的眼睛，她的眼前也是一团乱糟糟的黑色。

苏娅被这件事折磨了半年之久，直到有一天，她的身体发生变化。胸脯变得饱满，鼓鼓的，像呼之欲出的肉鸽子。她不喜欢这样，她穿紧身衣，把它们勒得紧紧的。她怀念从前扁平的胸部，这鼓鼓的山包一样的肉馒头加重了她的羞耻感。只有当她看到胸部更加丰满的女生时，羞耻心才会减轻，仿佛找到替罪羊。接着，她发现自己私部长出黑色的体毛，她觉得它们的样子丑陋极了，她细心地用剪刀剪掉。可是，没用，隔段时间，它们还是执拗地生出来。她一而再，再而三地与它们斗争。然而，她斗不过它们，反复修剪之后，它们越发茂盛了，她只好屈辱地投降。原谅她吧，她终于从那团乱糟糟的黑色中解脱出来。

2. 土豆

有个名叫常秀妮的女同学给苏娅写了一封信，表达了欲与她结为挚友的心愿。苏娅第一次收到这样的书信，心里小小地得意了一下，也感动了一下。起初，她不是十分喜欢这种方式，天天见面，何必书信来往？不过，后来，她渐渐喜欢上了，文字交流与语言交流截然不同，那是一种全新的感觉，令她陌生而新鲜。

常秀妮学习成绩名列前茅，她是农村户口，父亲是一名工人，母亲没有职业。她身材细瘦，胳膊和腿比一般人长。她常穿一件领口很小的西服，领边不甚齐整，显然出自不专业的裁缝之手，这个不专业的裁缝就是她的母亲。她的鞋子也是手工做的布鞋，灯芯绒鞋面，鞋底倒不是传统手工纳制，而是一层厚厚的黑胶皮，那是她父亲从工厂拿回家的。她常穿的裤子是深色的，裤腿很短了，露出一截小腿，有同学戏称她穿的是吊腿裤。她的嘴唇特别厚，据说厚嘴唇的人不爱说话，果然如此，常秀妮就不爱说话，嘴巴时常抿得紧紧的。她的嘴巴大而厚，眼睛却豌豆一样小，深嵌在眼窝深处。这使她在盯着别人看的时候很怪异，仿佛她在看你的同时，眼神扩散到别的地方了。你拿不准她究竟在看你，还是在看别人。

在班里，常秀妮独来独往，就像一片不被人注意的树叶，轻轻刮过来，再轻轻刮过去。她还有点多愁善感，课间休息，喜欢俯在课桌上，手臂托腮观望窗外风景。窗外是几棵高大的合欢树，夏天开粉色小花。秋天，叶子黄了，叶子落了。冬天，光秃秃的枝丫随风摇摆，落了雪，树枝一动不动，就像一幅静物写生。

户口不在本地的学生要交一笔可观的借读费，常秀妮因与校长同乡，享受特殊待遇，免交借读费。据说，常秀妮家乡盛产土豆，她父亲扛着一袋土豆去找了校长，校方便免了她的借读费。这些都是常秀妮和苏娅在书信中谈起的，她说，那些土豆并不是从老家带来的，而是父亲去菜市场买的，送给校长时谎称从老家带来的。土豆嘛，模样都是圆头圆脑的，哪里分得清产自何方。校长揭开口袋，摸出一只看了看，一下子就动了情，收下了土豆。常秀妮因此说，校长是个好人。苏娅不解，常秀妮说，只有好人才会稀罕土豆。

"只有好人才会稀罕土豆。"苏娅一直记得这句话，她觉得这话颇有深意，充满哲理，可又说不出它究竟哲理在哪里，深意在哪里。常秀妮说的话，好多貌似平淡，却意味深长。苏娅也喜欢土豆，或许因为爱吃土豆才会觉得这句话别具一格，引人遐思。这世上唯一令苏娅百吃不厌的食物大概就是土豆，她自创发明了一种吃土豆的方法，把香菜和红辣椒剁碎拌上盐和醋做成佐料，土豆蒸熟，去皮，然后蘸着调料吃。她把这种方法沾沾自喜地在信中写给常秀妮，强调说这是她的发明。没想到常秀妮说，这有什么新鲜的，苏俄小说里都是这么吃土豆的，只不过他们蘸的调料只有盐巴和辣椒。常秀妮还说，这种方法即使在中国，也很普遍，只不过调料略有不同罢了。苏娅听了，不以为然，就算这个方法算不得她的创造发明，也至少说明它验证了一句古老的真理：英雄所见略同。常秀妮被苏娅这句"英雄所见略同"逗得笑出了声。她们的信件中，关于土豆的讨论持续了几个来回。

常秀妮喜欢看书，她报名做了学校图书馆的义工，她是班上唯一一名义工，这份工作可以使她在借阅书籍的时候更加方便。学校图书馆表面为学生开放，实际主要服务于教职工。学校年轻教师不少，且多是单身，学校必得有间藏书丰富的图书馆为他们业余时间提供精神慰藉。图书馆对学生借阅设置了许多条条框框，借一本书需要班主任签字，手续繁杂。苏娅试图借阅福尔摩斯探案集，结果被班主任询问半天，为什么要看这样的书？这样的书对学习有帮助吗？这样的书有意义吗？从那以后，苏娅放弃了借书的念头，她不想因为一本书被讨厌的班主任当成罪人一样审讯。常秀妮做了义工，自然省去班主任签字的程序，她所要付出的代价就是放学后不能先回家，而要去图书馆打扫卫生，收拾整理归置报纸杂志。偶尔这样做一次倒无大所谓，日日如此就需要极大耐心了，许多义工做不了一个星期就借故退出，而她始终热衷于此。常秀妮读的书多是世界名著，《巴黎圣母院》《呼啸山庄》《基督山伯爵》《悲惨世界》。这些令苏娅头疼的砖头块一样的大部头小说，常秀妮却读得津津有味。然而，很快她就要为自己嗜读闲书付出代价，这代价隔着大段的岁月回望，足以称得上沉重。可是，那个时候，她竟是一点也不在意的。

常秀妮通过书信与苏娅正式结交为好友，她每给苏娅写一封信，便要求苏娅投桃报李，回一封信。若是苏娅回迟了，她就用幽怨的目光扫一眼苏娅，弄得苏娅好像欠了她什么。起初，她还标新立异，书信要通过邮局寄送，似乎这样才显隆重。她上学路上途经邮局，可是苏娅不经过，若要寄一封信，还得特意绕过一条街才能找到邮筒。买邮票的钱姑且不提，仅花在脚上的工夫就得不偿失。苏娅很不乐意，又不好驳常秀妮的面子。所幸常秀妮只通过邮局寄了两次信，后来就改成当面交换。

常秀妮写信很勤奋，她落笔时可以把流行歌曲里的歌词，课外书中漂亮的段落，各式各样的名言警句，随手拈来。她的字体娟丽秀气，用天蓝色墨水，刻意写成连笔的，略微倾斜的，有点俏皮，又有点行云流水的潇洒。她折叠信的方法也很别致，不是折成一叶纸船，就是叠成一只纸鸽子，或者纸飞机。苏娅很享受阅读她的信，她猜想常秀妮可能曾经想过找个男生作为通信对象，可能没有合适的，抑或出手时，找错了对象。要知道，对牛弹琴实在是天底下最无趣最沮丧的事情。她没有寻到合适男生，这才高山流水觅知音，把目光投向同性。选择苏娅，也许是觉得苏娅与她酷似同类。

青春期的女孩都长着一只超级灵敏的鼻子，她们嗅嗅鼻子，就知道对方是不是自己的同类。

那段时间，苏娅为了给常秀妮回信，读了大量课外书。她把哥哥订阅的《作文通讯》放在案头，以备随时翻阅。作文水平水涨船高，有了长足进步。一篇作文荣幸地被老师选为范文在课堂念了一遍。遗憾的是老师把她作文中的一个词"惬（qiè）意"错念成"xiá"意，这让她对老师的水平产生怀疑，心里生出鄙夷。当老师念错字时，苏娅在课堂上搜寻常秀妮的目光，她嘴角一翘，期待常秀妮给她一个心照不宣的微笑。常秀妮只是淡淡扫了她一眼，未作回应。事后，常秀妮在写给苏娅的信中说：世上没有完美的人，每个人都有隐秘的缺陷，原谅他（指老师）的无知吧，我们要学会宽容。

3. 玻璃一样的友谊

周末，常秀妮邀请苏娅去家中做客，并明确表示，只邀请苏娅一个人。她知道苏娅与贾方方也是好友，这么说的意思就是阻止苏娅带贾方方一道去她家里。苏娅自然明白，到了周日下午，她单独赴约。

常秀妮的家是自建房，远比苏娅想象得还要窄小。半山腰挖了两孔窑洞，周围用篱笆围起来，圈成一个简陋院落。其中一间窑洞是卧室，放着一张大铁床，这张床几乎占据了房间大半面积。床角摞着被褥，颜色陈旧，摇摇欲坠。常秀妮是长女，下面有两个弟弟，加上父母，全家五口人，全都睡在这张大床上。床中间搁着一只脱了漆皮的矮方桌，显见得是家人吃饭与孩子们写作业使用的家什。另一间窑洞是厨房兼储藏室，灶台设在门口，火台上烤着南瓜子。常秀妮母亲头上裹着一块墨绿色头巾，前额露着半枚火罐印。苏娅礼貌地说，阿姨，您生病了？对方笑了笑，摇头说，没有。常秀妮解释，我妈有偏头痛的毛病，经常拔火罐。苏娅问，拔火罐管用吗。常秀妮耸耸肩，不置可否。她母亲说，有时管用，有时拔了也还会痛。

常秀妮母亲用小笤帚把火圈上的南瓜子收拢到搪瓷盘里，递给常秀妮说，秀妮，给你同学吃瓜子吧。常秀妮端着南瓜子带苏娅回到卧室，邀请苏娅脱鞋上床，两个人趴在桌上嗑瓜子。

苏娅说："真好吃，从来没觉得南瓜子这么好吃。"

常秀妮说："我们老家的南瓜很多，每年秋天，院子里滚的都是金黄色的大南瓜，这些瓜子都是老家的亲戚送的。"

"南瓜也很好吃，煮或者蒸，都好吃。"

"有的特别甜，有的淡而无味。"常秀妮边嗑瓜子边说，她们从南瓜说到西瓜，常秀妮说，"我们老家的西瓜也很好吃。"

"那你吃过地里直接摘的西瓜吗？"苏娅好奇地问。

常秀妮得意地说："当然吃过，熟透的西瓜只要用拳头轻轻一碰，

'砰'一声就裂开了，红瓤黑子，好看又好吃。"

苏娅听出满嘴口水，恨不得立刻扑到地头吃西瓜。

中午，常秀妮母亲烫了土豆饼给苏娅吃，吃这种饼要浇辣椒汤。苏娅平日里吃辣椒很凶，遇到这样的饭食正合她口味，她吃得狼吞虎咽，满头大汗。她说："我从来不知道用土豆烧的饼这么好吃。"

常秀妮说："我告诉我妈妈你爱吃土豆，我妈妈就特意做了这种饼，这种饼很容易做，你以后也可以让你妈妈做。"

苏娅摇摇头："就怕她不会做，她只会烙葱花饼。"

"那你想吃的时候，随时告诉我，我让我妈做好，给你带到学校去。"

苏娅怔了一下，除了贾方方，她还不习惯和别人太过亲近，尤其欠对方的人情，这让她一时半会儿接受不了。

吃完饭，常秀妮送苏娅离开。出了院门经过一条尘土飞扬的坡路，下了坡，拐个弯，就到了大马路。途经一家商店，她们进去逛了逛。商店里新增的柜台刚涂了油漆，散发出刺鼻的油漆味儿。苏娅捂着鼻子，常秀妮却说，真好闻。

苏娅很惊讶，"我觉得恶心，你怎么会喜欢？"

常秀妮说："你之砒霜，他之蜜糖。"

"这是成语吗？什么意思？"

"这是八字成语，意思就是，一个人喜欢的东西，可能是别人憎恶的。"

"噢，我觉得你可以当语文老师了，语文老师也未必有你知道的成语多。"苏娅恭维常秀妮，她说的是真心话。

她们在商店绕了一圈，苏娅买了一只圆规，又买了两包蚕豆，两人分着吃了。常秀妮身上没装钱，她说，我不习惯随身带钱。从商店出来，她们手牵手一起走在阳光下，汽车驶过，扬起淡淡尘土，两个姑娘心里升起温暖的情意。告别时，苏娅说："下周你去我家吧。"

常秀妮点点头："嗯，好的。"

常秀妮忽然问："你生日在哪天？"

"生日？12月3日，你呢？"

"4月16日。"

那时离苏娅生日只剩两周时间了,她猜想常秀妮可能会给自己礼物。苏娅暗暗记住常秀妮的生日,她想,如果常秀妮送她礼物,她也一定要在常秀妮生日时回送一份,投之以桃,报之以李,这是礼节。

那一阵,苏娅甚至觉得常秀妮比贾方方更令她有亲近感。如果说她与贾方方是闺中密友,那么,她与常秀妮就是心灵知己。知己与密友是两个不同的概念,前者是精神层面的,灵魂相交的产物,而密友则是身体的纠缠与陪伴。身体的做伴是世俗的,精神的交流是超凡脱俗的,然而,如果说哪种关系更牢固,也许,世俗的更为坚固吧。二者相比,就像一块石头与一只玻璃器皿。石头很平常,可是它结实。玻璃器皿倒是漂亮,然而却是脆弱的。是啊,很快,这只玻璃器皿就破裂了。

4. 绿牡丹长成了参天大树

第二个周末,常秀妮应约来到苏娅家。苏娅事先已经把家里收拾干净,被子叠得方方正正,桌子擦得明光锃亮。她甚至想擦玻璃,她是个懒孩子,还从没主动擦过玻璃呢,这让徐静雅感到纳罕。不过,徐静雅制止了她,家里原本就窗明几净,犯不着兴师动众,搬凳子挪桌子,爬上跳下。

常秀妮到来的时候,苏娅已经把洗净的苹果放在果盘,还有瓜子、花生、糖块。她把常秀妮请进自己房间,关紧房门。她坐在床沿,常秀妮坐在写字桌前的椅子上。她把苹果递到常秀妮手里,又殷勤地给她剥开一块大白兔奶糖,喂到她嘴边。苏娅房间不大,至多八平方米。窗前是写字台,写字台上有一只橘黄色旋扭台灯,旁边竖着一只相框,里面是苏娅和哥哥的合照。床单是白色暗花纹的,窗帘也是白色的,家具颜色也是白色的。常秀妮环顾她的房间,目光先是新奇,继而复杂起来。再后来,苏娅感觉常秀妮的情绪渐渐低落了。

苏娅从常秀妮的表情判断出,自己家出乎她的想象。苏娅从没觉得自己家有多么好,可当她在心里把自己的房间与常秀妮家里看到的情形作对比时，陡然有了优越感。这优越感令她害怕，她努力压制着，就像上课时偷吃巧克力，含在嘴里，压在舌头下面，唯恐被老师发现似的。

窗台上摆放着一盆万年青，叶片肥厚，绿色怡人。白色陶瓷花盆上面绘着蓝色图案。常秀妮的手越过书桌，久久地抚摸花盆，像是要把花盆上的图案擦掉似的，很专心，很专注。苏娅打破沉默，"它叫万年青，特别好养，十天半月不浇水，也死不了。"

常秀妮说："它还有一个更好听的名字。"

"哦，什么名字？"

"绿牡丹，"常秀妮说，"你看，它的叶片一层层张开，就像牡丹的花瓣。"

"绿牡丹，真好听，你怎么知道它叫绿牡丹？"

"书上看到的。"

苏娅说："你喜欢的话，我送你一盆。不过，现在不行，等明年春天吧，春天时，掰下一根种在土里，少浇一点点水，就能成活了。我讨厌娇滴滴的花，不浇水不行，浇多了也不行，没阳光不行，阳光晒多了也不行，我就喜欢这种不答理它也能活得旺盛的植物。"

常秀妮没说要，也没说不要，她仍旧专注地端详着这盆植物。

苏娅继续说："我养过鱼，鱼死了。我养过鸟，鸟也死了。我养过月季和海棠，还养过芙蓉，它们也都死了。只有这盆万年青，它最听话，最乖，一直活得好好的。"

常秀妮被苏娅的话逗笑了，她说："你看你，害死那么多东西，快成杀手了。"

"我妈妈也这么说，她说我是残害生灵。"苏娅笑了起来。

临到晌午，苏娅留常秀妮吃饭，常秀妮却死活要走，说什么也不肯留下。苏娅说："我在你家吃了饭的，你为什么不在我家吃饭？。"

常秀妮说："那不一样。"

"怎么不一样？"

"我家和你家不一样。"

"怎么就不一样了？"

"总之，我不习惯在别人家里吃饭。"常秀妮语气生硬起来，这令苏娅不舒服。她也不再勉强，绷紧了脸，"好吧，随你，我原本告诉我妈你要留下来吃午饭的，她还特意要做炸酱面招待你。"

"对不起。"常秀妮干巴巴地说，她的道歉显示不出任何诚意。

苏娅送她下楼，途经前面楼房时，苏娅征询常秀妮的意见，"贾方方就住在这幢楼里，要不要去她家里看看？"

常秀妮纳闷地扫了一眼苏娅，似乎苏娅的提议不可思议，"我为什么要去她家？"

为什么？苏娅心想，这还需要理由吗？她的口气淡下来，"那好吧，不去就算了。"

常秀妮说："我从来没有去过同学家里，你是唯一一个。我也从来没有邀请过别人去我家里，你也是唯一一个。你是我的唯一，可我不是你的唯一。"

苏娅被她话里许多个唯一搞昏了脑，一时没反应过来她说的是什么，"什么？什么唯一？"她皱皱眉。

常秀妮却不肯说第二遍了。

苏娅有些恼火，她觉得常秀妮不是那么容易相处，阴晴不定，喜怒无常。如果只停留在写信的阶段还不错，近距离接触就不妙了。距离产生美感，这话用在她与常秀妮的交往上再合适不过了。

她把常秀妮送到大路上，心里已经有了决定，她不想与常秀妮深入接触了。如果她还乐意写信的话，那么，就做个笔友吧，就像那些从未谋面的笔友一样。可是，她们明明不是笔友。她们是同学，经常见面，还有过这样一段心贴心、手牵手的交流，她们还能够恢复写信时的融洽和默契吗？这真让人伤感，苏娅有点厌烦，还有点难过，有点讨厌自己，也有点讨厌常秀妮。她在常秀妮的眼睛里也发现了同样的东西，是那种想要逃避疏远她的矛盾心理。她们互道再见，转过身，心里都忍不住涌起想哭的感觉。

不久，苏娅生日到了，常秀妮送给她两只小耳环，镶着两粒红豆大小的玻璃水晶，两只螺钉拧紧可以夹在耳朵上。这份礼物令苏娅意外，她没有想到常秀妮会送她耳环，耳环这样的饰品与朴素的常秀妮相距甚远，就像花朵和木头一样风马牛不相及。她怎么想到送她这个？叫人费解。好在苏娅没有钻牛角尖，她没有想那么多。回到家，她把耳环夹在耳朵上对着镜子照了照，亮晶晶的两枚红点，倒也蛮不错呢。试戴了一次后，她就把它放进自己的首饰盒了。噢，她有那么一只首饰盒，是母亲买中药时空出来的药盒，盒子里有一股淡淡的中药味。她用金黄色纸张绕着盒子贴了一圈，看上去金光闪闪。首饰盒里装着玻璃珠串成的项链，廉价的铜黄色戒指，还有粉色珠花，那是母亲慷慨送给她的唱戏行头，现在又多了两只小巧的耳环。

常秀妮仍旧给苏娅写信，苏娅也依然给她回信，信里还是那种感时花溅泪，恨别鸟惊心，为赋新词强作愁，空对落花把泪垂的玩意儿。然而，越写越少了，有时候要隔很久才有一封。苏娅也感到了没话找话的吃力和尴尬，她闻到了穷途末路的味道。她知道，这段友谊的末日快要来临了。

苏娅与常秀妮最终交恶，却是由于另外一桩事。

那天，有一节体育课，体育老师教他们跳远，象征性地示范了几次动作后，就撒下他们不管了。几个喜欢跳远的同学继续在那儿青蛙似的蹦来跳去，其他的三三两两在操场自由活动。苏娅远远看到常秀妮去了厕所，她也有了便意，随后跟去。

学校厕所很大，很长，差不多有二三十个蹲坑，中间没有隔挡，一目了然。苏娅进去时，看到常秀妮在最里面蹲着，她径直朝她走过去。她同常秀妮打招呼："你也在呀？"

常秀妮"嗯"了一声，"你也来了。"

苏娅解开裤带，蹲到她的旁边。

常秀妮说："这么多坑，你为什么非要挤到里面来？"

苏娅心想，我这不是为了和你靠近些，可以说说话，听你这口气，好像不欢迎我似的。心里这么想，话从嘴里说出来，便带了火药味，"怎么了？我在这里碍你事了？"

"没事。"

两个人就这么蹲着，也不说话。这中间，还有同学进来出去。常秀妮忽然问："你还不走吗？"

苏娅说："你比我先进来的，怎么还问我？"

操场传来吹口哨的声音，体育老师集合队伍了，苏娅连忙掏出手纸，起身。一旁的常秀妮也急了，从口袋里掏出一样东西，往裤裆一垫，也赶紧起身。苏娅只扫了一眼，就认出常秀妮往裤裆垫的是什么东西了。她惊讶极了，差点叫出声。常秀妮垫的不是卫生巾，也不是卫生纸，而是叠成长条状的报纸。她目瞪口呆地看着常秀妮，"你，你来例假了？你怎么垫那个？"

常秀妮从容地穿好裤子，系好裤带，深深地看了一眼苏娅，"你很奇怪是吗？我来例假就是垫这个，这些报纸都是我从图书馆收罗的旧报纸。本不想让你看到，可是你为什么，为什么偏不走？"她咬着牙，声音里满含怨恨。

苏娅张口结舌，"卫生巾，卫生巾不好吗？"

"卫生巾好，可我没钱买，知道了吧，我很穷，我连买卫生巾的钱也没有。"

"那你，那你，何必要送我耳环？"

"那对耳环不是我买的，是我捡的，很早以前就捡的，我一直放着，当宝贝一样放着，你过生日了，我就把它送给你。我不可惜，也没有舍不得，因为在我心里，有些东西是要超过物质的。"

"你可以告诉我，我给你买卫生巾。"苏娅的样子可怜巴巴的，仿佛买不起一包卫生巾的不是常秀妮，而是她自己。

"你给我，我就会要吗？你太小看我了，你给我，我也不会要的。我原以为我们会成为一生的朋友，伟大的，心灵相交的朋友，就像我信里曾经写的那样，像恩格斯和马克思，像伯牙和钟子期。可是，去过你家以后我就知道，我们成不了那样的朋友。我们不是一路人。"常秀妮一口气说了长长一串话。

从那以后，常秀妮再没有给苏娅写过信，苏娅也没有给常秀妮写过信，她们这段特殊的友谊在散发着异味的厕所分奔离析。表面上，她们还和从前一样，迎面碰上会礼貌地点点头，但在她们心里，一切都变了，一切都结束了。她们的友谊是建立在沙滩上的城堡，是一件透明的玻璃器皿，无论多么漂亮华丽，都难逃破碎的结局。令她不舒服的是为什么偏偏发生在厕所？为什么不能换个地方？每次想起常秀妮，仿佛就嗅到厕所的异味。她疑心常秀妮也是如此，这真是太糟糕了。这世上，真是没有比这更糟糕的事了。

第二年春天，即将迎接中考，功课繁重。苏娅忽略了常秀妮生日，等她想起的时候，常秀妮生日已过去月余。她收了对方礼物，却没有回报，这不合她的做人原则，她不喜欢亏欠别人。她曾想过，不如把那对耳环送还给常秀妮，这样她们就两不相欠了。可是这样做太小家子气，简直猥琐，想一想，都是罪过。

中考结束，常秀妮的分数距离她报考的师范只差五分，这五分把她隔离到校门之外，她的家境不允许她继续读高中，初中毕业后，她辍学了。她父母寄希望于她考上师范，转户口，毕业后做一名小学教师，遗憾的是，希望破灭。

班主任为了常秀妮的事专门找过苏娅，他说："听说你同常秀妮关系不错？"

苏娅摇摇头，继而又点点头。

"你知道她家住哪里吗？"

"知道。"

"我想拜托你一件事，你去她家里同她大人说一说，能不能让她继续读高中？她是个好苗子，将来肯定能考个好大学，离开学校太可惜了。"

"我，我试试吧。"

苏娅去了一趟常秀妮家，去时，她抱着一盆花，一盆她精心培植的万年青，噢，也叫绿牡丹。碗大的花盆，花苗也只有拳头大小，叶瓣绿莹莹的，努力伸展着。花虽小，却溢满生命力。

常秀妮不在家。她母亲说，已经回老家了，说是镇上表姐开了间服装店，想找人帮忙，秀妮正合适，就去了。

苏娅转达了班主任的话，希望常秀妮继续读书。她母亲听了，发了一会儿呆，终于还是说，替我谢谢老师，让老师费心了。

苏娅心想，如果常秀妮不是那么热衷阅读图书馆的藏书，把更多时间用在功课上，也许中考成绩会好一些。只要好一点点，就能读免学费的师范了。她读了那么多世界名著有什么用，还不是要去给人家卖服装。她那样不合群的人，就是卖服装也不受欢迎。苏娅无端端地，恼恨常秀妮，她替她的人生担忧起来。她叹了口气，把绿牡丹放下，叮嘱常秀妮母亲，这花千万不要多浇水，水多了，根就会烂掉。常母似听非听地点了点头。

从那以后，苏娅再没有见过常秀妮。随着时间推移，她并没有淡忘与常秀妮的友谊，相反，对她的思念和惦记随着时间成正比。她想对常秀妮说，我没有辜负你，是你辜负了我。不，你也没有辜负我，是命运辜负了我们。

长大后，苏娅偶尔会梦到常秀妮。有一次，她梦到常秀妮在一家小镇的理发店门口，光线暗淡，她看不清她的脸，只看到她手里卷着一本书。苏娅说："你还是这么喜欢看书。"

　　常秀妮说："是啊，我就是喜欢看书。"

　　"这间理发店是你的吗？"

　　"是啊，我现在是理发师。"

　　"我送你的绿牡丹呢？"苏娅问。

　　"在那儿，你看。"常秀妮指着理发店门口的一棵树，"它已经长大了。"

　　苏娅吃惊地看着那棵树，绿牡丹竟然长成了参天大树。

第四章

1. 青春过早结束了

暑假，贾方方被父母送去奶奶家小住，百无聊赖的苏娅时常拿本小说跑到楼后的树林打发时间。

这天，小区来了位加工蛋卷的师傅，不少居民端着面粉、鸡蛋、白糖去加工蛋卷。苏娅凑近看热闹，只见师傅把面粉、鸡蛋、白糖、食油，以及水混在一起搅拌成糊状，用小勺舀在圆形铁鏊上，两扇铁柄压成薄饼，在火上烧炙片刻，揭开，趁饼未干透，卷成圆桶，一个蛋卷就做成了。蛋卷看上去酥脆可口，香气诱人。苏娅动了心，跑回家按比例准备好所用材料，拎了只板凳去排队。加工一份需二十分钟，蛋卷摊前排了一长串队伍。她一边排队，一边翻看手里的小说。

不远处停了一辆蓝色工具车，几个工人跳上跳下搬东西。有人嘟囔，不知谁家搬家呢？苏娅抬头望了一眼，继续低头看书。她已经被小说吸引了，男女主人公的爱情吸引了她。爱情小说里的主人公相貌都很出众，这让苏娅产生错觉，似乎爱情是俊男美女的专利，模样平庸之辈不配谈情说爱。这让她自惭形秽，也令她沮丧。她觉得自己和漂亮根本不沾边儿。

终于轮到她了，蛋卷师傅招呼她把面粉等倒进搅拌桶。苏娅在书里折角做记号，她已经猜到小说结局，男女主人公经过千难万险，最终幸福结合。

不远处，蓝色工具车缓缓启动，车上装着满满家当。苏娅再次不经意瞟了一眼，那只衣柜很眼熟，蛋黄色，中间镶着椭圆形镜子。她心里一紧，怎么回事？这不是贾方方家的大衣柜吗？还有沙发，黑色皮沙发。她顾不上看顾自己的蛋卷，起身去追。汽车很快驶出小区，扬长而去。她失神地停下脚步，打问，刚才是谁家搬家？一个知道情形的老人指着前面的楼说，五号楼的老贾家，听说搬到市中心。另一名妇人紧跟着说，听说老贾升官了，没看出他还有两下呢，他老婆可要跟着他享福了。邻居们就着话题议论起来，有羡慕的，有说风凉话的，苏娅一句也没有听进耳朵里。她脚步沉重地返回蛋卷摊，师傅已经卷好一部分，一只一只码在盆中，堆成小山状。她想品尝一下，伸手拿起一只。师傅说，放凉了再吃，现在不够脆。她听话地放了回去。蛋卷完工了，她端起盆转身走。师傅喊住她，没给钱呢？哦，对不起。她连忙从口袋里掏出加工费。

回到家里，苏娅坐在桌前发呆。无论是散发着诱人香味的蛋卷，还是刚才读的爱情小说都不再吸引她。她感觉自己被抛弃了，就像与人结伴行走，走着，走着，对方半路把她丢下自己走了，这个把她丢下的人就是贾方方，可恶。——然而，她知道自己冤枉了贾方方，搬家不是她的主意，她只是个孩子，阻挠不了父母搬家的决定。

"怎么了？"徐静雅看着女儿魂不守舍的样子。

苏娅仍旧一动不动。

"怎么了？"徐静雅不放心地走到女儿身边。

"贾方方家搬走了？"苏娅终于开口。

"什么？"徐静雅也显得很意外，她趴到窗前朝楼下张望，"刚才见有人搬家，没想到是他们家。搬哪儿了？你知道吗？"

"说是搬到市中心了，贾方方也会跟着转学吧？"她问母亲。

徐静雅看了一眼女儿，"当然，那是肯定的。"

母亲的话就像一把尖锐的镊子，从苏娅的心房攫去一角，那空出来的角落显得突兀空洞。苏娅立时觉得，她的青春结束了，意念中的青春再也不会来了。

2. 花溪公园的约会

升入高中，苏娅与贾方方分隔在城市两端，偶尔通信联系。贾方方不热衷写信，回信简直是敷衍。苏娅给她的信足足写满满两页，她只吝啬地回半页。字还写得超大，一封信加起来不过百十个字。苏娅因此怀念常秀妮，这个把她培养成写信爱好者的女友，也早早离开她，杳无音信。命运心怀叵测，它接二连三地把她身边的朋友都弄走了。她失去了她们，她恨她们，也恨自己。她恨自己超过恨她们，她想，是不是我做错什么了？可是，究竟做错什么了？她找不到答案，寻不出问题症结，这让她悲伤不已。

得不到回应的苏娅不再给贾方方写信了，倘若她实在想用文字倾诉点什么，就把那些话洋洋洒洒写在日记里。她的日记字迹零乱，前言不搭后语，上一句是路上看到穿棉袄的老人捡破烂，下一句就是两个男人在吵架，接下来又变成校园的树叶黄了。天知道她写的什么，连她自己也不清楚。很久以后，她读意识流小说，才明白自己早就无师自通地学会了意识流。

苏曼偶尔发现苏娅写日记，故意逗她，你日记里一定有不可告人的秘密。苏娅生气了，当着苏曼面把日记本摊开一页一页翻给他看。苏曼反而不看，躲到一边，还说，我才不看你的黑日记。你说什么？苏娅愤怒了，起身把日记本狠狠摔到地上，她咄咄逼人地追问，黑日记是什么？你说什么是黑日记？你给我说清楚了。她心里郁积的火气全都撒到苏曼身上，苏曼这可怜的，无辜的替罪羊，他不明白妹妹怎么了，一句玩笑竟惹得她大动干戈。他急忙躲回自己房间，苏娅竟然还不放过他，她追进去，大声质问，反复质问，翻来覆去质问，黑日记是什么？黑日记是什么？你说谁写黑日记了？……逼急了的苏曼转身推了妹妹一把，你给我出去，别无理取闹。读高三的苏曼高考在即，每天没明没夜地复习功课，好不容易心血来潮，逗妹妹几句，竟闹成这个局面。他心里也是憋着无明火，无处发泄。这下可好，苏娅顺势跌坐在地，抱着双膝号啕大哭。苏曼慌了神，赶紧去扶她，她却赖在地上不动弹，哭声依旧。这情形就像回到童年一样，兄妹俩心里都有瞬间恍惚，似乎时光倒流。闹剧演变成了一桩怀旧，苏娅的号啕收敛了，转成嘤嘤啜泣。这时候，他们的父亲回来了。苏叔朋听明缘由，扫了一眼赖在地板上不起来的苏娅，厉声说，多大了还闹腾，还当自己是小孩呢，小曼，别管她，做你功课去。

苏娅诧异地抬头看父亲，忘了揩干净脸上的泪。小时候，如果她和哥哥发生类似纠纷，父亲总是责罚哥哥，从来不会训斥她。这一回，父亲竟然站在哥哥那边。难道他觉得儿子长大了，不能像小时候那样非打即骂？可是，女儿不也长大了吗？为什么会这样？无论父亲偏袒她，还是偏袒哥哥，她感受都一样。他爱苏曼，不爱她。她稀罕过他的爱，但是现在，她不稀罕了。她父母双全，可是，她觉得自己从来都是一个没有父亲的孩子。

元旦到了，苏娅给贾方方寄了一张明信片，上面只写了八个字：新年快乐，万事如意。很快收到贾方方回寄给她的一个大信封，拆开，一张考究的贺卡。封面黏着指甲大小的胭脂红绢花，绿色枝叶是手绘的。贺卡里面，暗藏着电子音乐，翻开，飘出"叮叮咚咚"的乐曲声。贾方方在贺卡扉页写下几个大字：祝苏娅同学新年快乐，我很想你！！！三个硕大的惊叹号让苏娅眼眶一热，淌出泪来。

寒假到来，苏娅收到贾方方一封信，里面只有短短几句话，约苏娅某月某日到花溪公园，不见不散。

花溪公园在市中心，面积很大，是一座倚山修建的公园。小时候，每逢六一儿童节，徐静雅会带着苏曼苏娅兄妹俩去那儿玩耍。花溪公园有小型游乐场，里面有滑梯、木马、转椅、飞机、火车、碰碰车等，都是孩子们钟爱的游戏。苏娅也曾和贾方方一道去过，她们背着大人，乘坐公交车，穿过大半个城市，去那里痛痛快快玩了一下午，坐转椅、开碰碰车、吃零食。两个孩子不会算计，到最后，花光身上带的钱，回家方惊觉连买车票的钱都不够了。怎么办？两个小姑娘挤上公交车，趁着人多，从后门挤到中门，再鬼鬼祟祟溜到前门，躲躲闪闪，终于逃票成功。那一路真是提心吊胆，有惊无险，事后想起来，都成了有趣的回忆。

苏娅按照贾方方信上约定的时间准时到了花溪公园，天气很冷，她戴着手套，穿着棉大衣，一条长长的薄荷色围巾在脖子上绕了几个圈，嘴巴和鼻子都缠到里面，只露出眼睛。贾方方早早买好门票，等在公园门口。她忘记戴手套了，不停地搓着双手，跺着脚，驱赶严寒。青城的冬天格外冷，它的南面是连绵起伏的山脉，北边却一马平川。每年冬天，来自遥远的北方寒流一路抵达，被群山挡住了，淤积在这座城市。

数月不见，苏娅觉得贾方方变时髦了，穿着红色防寒服，头戴一顶俏皮的白色绒线帽。贾方方家搬到市中心，在市一中读书，市一中是青城最好的中学，升学率高，校风严谨，师资雄厚。她读的是九中，一中和九中，虽不至天壤之别，却也分明不是一个档次了。

接下来，两人一时不知说什么好。她们有些兴奋，又有些害羞，彼此胸中积攒了千言万语，却不知从何说起。她们并肩进了公园，迎面是一排漫长陡峭的台阶，旁边是密密的树丛，柏树和松树，四季常青，即使寒冷的冬天也披着绿衣。苏娅指着一棵塔松说，你知道吗？它还有一个名字，圣诞树。

圣诞树？贾方方有些意外，花溪公园最多的就是塔松，没想到塔松就是圣诞树。路边经过一对年轻情侣，听到她们的话，停下脚步，男子好奇地问："你们确定这种树就是圣诞树吗？"他问这句话的时候，眼睛瞪圆了，一眨不眨地盯着苏娅，露出与他年龄不匹配的天真，像个孩子。

苏娅漫不经心地说："是的。"

年轻男子转身对他的女友说："明年圣诞节，我跑到这里锯一段圣诞树，拖回家，邀请朋友们一起来玩，到时可以把礼物彩灯挂在树上，比卖的那种假圣诞树好多了，你说怎么样？"

他的女友听了，高兴极了，夸张地张开双臂，大声喊道："Very good，太棒了，圣诞节快来吧。"

等他们走远了，贾方方杞人忧天地说："你说他要真敢锯树，会不会被逮住罚款呢？公园里的树能随便锯吗？"

苏娅轻蔑地一笑："他也就是一说，明年圣诞节还早呢，到时候，他们也许就分手了。"

"你这乌鸦嘴，怎么这样咒人家，好端端的，怎么就分手了。"

"万事皆有可能。"

"几天不见，说话像个哲学家。"

冬天的公园，荷塘干涸，草木凋零，偌大的园子，没有几个游人。她们到了游乐场门口，大门紧闭，旁边售票口倒是开着一扇小窗，贾方方凑上前一问，被告之，除非有超过二十个人买票，否则游乐场不可能只为她们俩开放。结果是预料中的，可贾方方还是难掩失望，她懊恼地说："什么也玩不成，怎么办？"

苏娅心想，玩不玩的，有什么要紧，我只是想和你见见面，说说话。谁想到，真正见了面，却发现，两个人已经生分了。时间是沟壑，短短几个月就疏离了她们的感情。她摘掉手套，拉着贾方方的手，十指相扣，做出缠绵的样子。贾方方手上的凉气传递到她的掌心，冷飕飕的。她努力做出高兴的样子："我们又不是小孩子，玩不玩无所谓，我们四处走走吧，我记得从这里过去有座假山，里面有漂亮的孔雀，我们去看孔雀吧。"

贾方方摆摆手，"快别提了，孔雀没了，死掉了。我家就在附近，贾圆圆经常和同学来公园打羽毛球，她说孔雀没了。明年春天，公园可能会再买新孔雀。"贾方方还和以前一样，对姐姐直呼其名。

苏娅愣了一下，她没想到贾方方家就住在附近，住在花溪公园附近，住在青城最美的公园旁边。环境优美，草木繁盛，这曾经也是她的梦想，她多么讨厌自己住的小区啊。贾方方实现了，而她的……她想到自己家，想到每天早晨排队等候去厕所的居民。贾方方就像一只鸟，扑棱着翅膀飞走了。可是，她的翅膀呢？

贾方方说："早晨七点以前公园免费开放，任何人都可以进来，可热闹了，有跳舞的，练剑的，耍拳的，还有吊嗓子唱戏的。哎哟，要是你家在这儿住，你妈妈一定会喜欢这里，这里票友可多了，拉琴的，敲锣的，打鼓的，像模像样。别看现在天冷了，早晨还是有人来，只是不像天气暖和时候多。不过，到现在这个钟点就冷清了，都散了。"

贾方方兀自絮叨，苏娅却没有认真听她的话。她环顾公园景致，因为贾方方家住在附近，再看这座公园，小桥流水，亭台楼阁，曲径通幽，都变得不同寻常。

贾方方家搬走后，苏娅越来越感到身边没有一个说贴心话的闺密。她试图在新同学中寻找新友谊，都以失败告终。她无法走近她们，她总是很快厌烦她们。她有一种预感，这一生，除了贾方方和常秀妮，她可能再也交不到贴心的朋友了。她把全部友谊都投入到了她们俩身上，她太使劲了，就像满满一盆水，全都泼在她们俩身上，没有留余。如果这种情感是一口井的话，她把它抽干了，留下的只是一眼枯井。

路过公园的小商店，苏娅建议："我们买点零食吧，你想吃什么？"

"你吃什么我就吃什么。"

苏娅说："我吃雪糕，我喜欢在冬天吃凉的，那种感觉比较酷。"

"那我也吃雪糕。"

店主是个老妪，头发花白，慈眉善目。她劝阻她们不要买雪糕，这么冷的天，吃什么不好，偏吃这个。她建议她们买瓜子，或者薯片。苏娅坚持买雪糕，老妪摇摇头，揭开冰柜盖子，拿出两根雪糕。她嗔怪道，这么冷的天，买雪糕的只有你们俩了。苏娅和贾方方反倒觉得这是对她们的褒奖，这才与众不同嘛，她们喜欢标新立异。

撕下包装纸，散发着奶香的雪糕露出来，她们举着雪糕小口小口抿着吃，刚吃了几嘴，贾方方忽然说："哟，我忘了，今天我有例假。"

苏娅一听，连忙夺下她手里的雪糕，"那你还吃？"

贾方方重新夺回来，"不过，我不忌讳这个，我告诉你吧，有一次来例假，有人送给我们家一大盒冰激凌，我妈放进冰箱，被我发现了，我一口气全吃光了，结果肚子差点疼死。"

苏娅再次夺下她手里的雪糕："别记吃不记打，这两根雪糕都归我了，你想吃，就买别的东西吧。"

贾方方只好依了苏娅。大冷天，接连吃了两根雪糕，苏娅嘴唇冻得清紫，浑身上下凉冰冰的。然而，她喜欢这种感觉，仿佛寒冬腊月泡在冷水缸里，有一种自虐般的快感。

太阳躲在薄薄的云层后面，散发出阴灰色的暗光，冬日的公园，疏淡清冷。她们走到一座木塔前。这座塔建于清末，名字就叫花溪塔，是这座公园的最高点。据说它是一个名叫罗花溪的乡绅出资建造，花溪公园因它而得名。想要进入花溪塔，还需要另外买门票，苏娅跑去售票处买了两张票。塔内的游人只有她们两个，绕着旋转型的楼梯爬到塔顶，视野一下子变得开阔。贾方方指着公园西边的一片楼群说，我家就在那里。苏娅顺着她指的方向望去，那是一片崭新的住宅区，楼体是粉色的，一座衔连着一座，粉嘟嘟的，煞是好看。苏娅又朝东北方向望去，那是自己家的方向。冬天的城市似乎被一层灰色的纱布遮盖着，灰蒙蒙，雾尘尘。她眯着眼睛，什么也看不到，却还是努力张望了很久。

从公园出来，贾方方送苏娅到车站。她犹豫地说，原本想叫你去家里看一看，可是贾圆圆在家，去了也不自在。苏娅说，没关系，我明白。以前也是这样，只要贾圆圆在家，苏娅就不去贾家。不知为什么，贾圆圆对她很不客气，她们互相讨厌对方。

等车的时候，贾方方忽然提起常秀妮。贾方方说："我看得出来，你们关系不一般。也许在你心里，她比我更重要。你们是知己，而我们只是朋友。朋友和知己能一样吗？"

苏娅心里一惊，贾方方不可小觑，她确实是个聪慧人儿，对什么都了然于心。她深深地看了一眼贾方方。她想，你还是不了解我，我对她是情谊，对你却是情爱。情谊和情爱是不一样的，情谊是身体之外的，失去了会伤心。情爱却是与身体连在一起的，失去了不仅会伤心，还会疼痛。然而，不管哪一种，我现在都失去了。想到这儿，她眼眶涌上了泪。

贾方方不明白苏娅为何会哭，她吃惊地看着她，"对不起，我是不是说错话了？"

苏娅摇摇头："没关系，我们以后就各过各的生活了。"

车来了，苏娅催促贾方方先走。贾方方却不着急，她说，我要看着你上车再走。

苏娅不喜欢这样的离别，太正经，太郑重其事，只会使她愈加难过。车停稳后，她踏上车门。贾方方忽地喊道，糟糕，有一件重要的事忘记了。苏娅，记住我家电话号码。她喊出一串数字。

车门关上了，苏娅从车窗内探出头，你刚才说什么？贾方方跟着车的方向一路小跑，边跑边喊。这情形像电影里恋人分手的画面，一个远去了，另一个在车子后面痴痴追赶。

苏娅听清楚了，她努力在脑子里默记这串数字，朝窗外的贾方方喊道，记住了，你不要跑了。

贾方方停下脚步，苏娅趴在车窗玻璃前，朝越来越远的贾方方挥手，她在心里默默地说："再见，贾方方，再见，亲爱的朋友。"

3. 孤独是潜入身体的蝼蚁

高中生活索然无趣，形单影只的苏娅如同离群孤雁，郁郁寡欢，孤独就像潜入她身体的蝼蚁，深入骨髓地噬咬着她。

苏娅给贾方方打过一次电话，苏娅家尚未安装电话，打电话要去公用电话亭。接电话的是贾圆圆，盘问半天她是谁，得知是苏娅，口气冷淡地说："贾方方不在家。"

"她去哪儿了？"

"她还没有回来。"不等苏娅再问什么，贾圆圆"啪"地挂断了电话。

苏娅愣怔半天，才把话筒放回原位，转身离开电话亭。

自花溪公园一别，除了那个夭折的电话，苏娅与贾方方之间连一封信也没有通过。贾方方没有给苏娅来过信，苏娅也没有给贾方方去过信。既然贾方方不喜欢写信，她又何必自讨无趣呢？写信就像下棋，棋逢对手，旗鼓相当，才会有持久的兴趣，实力悬殊对双方都是一种折磨。在这方面，常秀妮才是她的对手，常秀妮真是独具慧眼呐，一眼就瞄准了苏娅。她启蒙了苏娅，开发了苏娅，如今却把她无情地丢在一边。苏娅不能多想常秀妮，每次想到她，她都会想起发生在厕所的那一幕，似乎满世界又都是厕所的气味。她努力想赶走这种气味，但是，没用，这特殊的气味总是在关键时分，招之即来，然而，却挥之不去。她曾给常秀妮写过一封信，写好了，封口用胶水封好了，甚至连邮票都贴好了，却苦于没有地址邮寄。她想过把信送到常秀妮家里，可是，也只是想一想，终究没有行动。以她对常秀妮的了解，常秀妮一定不想与过去的一切再有联系。那个心高气傲的姑娘，落在乡村小镇，光景黯淡，前途不明。还是，就这样吧，顺其自然，随着时间，相忘于江湖。她见识过常秀妮的狠心，这个狠心肠的姑娘，不止对别人狠，对自己也一样狠。她与常秀妮是一样的，她们都是对自己比对别人还狠的孩子，她们是同类人。

第五章

1. 丑娃娃不见了

这年夏天，苏曼考取了外省一所师大，专业是物理。

苏娅暗自替哥哥惋惜，她不喜欢这个专业，也不喜欢教师的职业。父亲却很高兴，儿子接到录取通知书那几天，他喜眉笑眼，都快把眼睛挤成一条缝了。他甚至说，自己从前的理想就是当一名教师，当教师多好呀，人类灵魂的工程师。从父亲表情看，这倒像是他的真心话呢。苏娅从不觉得当教师有什么好，如果让她选择，她断不肯做这行。当然，她也没有远大抱负，一想到未来，她的思维就断线了，链接处是一片汪洋大海，无路可走。年龄越大，就越懂得理想和现实的距离遥不可及。她想过当画家，又想过当医生，还巴望去巴黎，去罗马。到了现在，她知道，像她这样资质平庸的女生，理想只是水中月，镜中花，可望而不可即。

徐静雅给儿子准备行李，特意给他买了一套崭新的运动服。苏叔朋则送给苏曼一只皮箱。苏娅没什么好送哥哥的，思来想去，给了他一盒磁带，里面有几首校园民谣很好听。苏曼对即将到来的大学生活满怀憧憬，那个暑假与妹妹关系也格外好，兄妹俩还相约去看电影。电影刚开场，苏娅就记起读过原著，预先知道结尾。苏曼问她怎么知道的，她谎称自己猜的。影片结束，果然和她说的一样。苏曼称赞她逻辑能力强，苏娅也不说破。

兄妹俩从电影院出来，苏曼要妹妹陪他一道去同学家里拿本书。路上，经过一家商店。苏娅记起自己曾和常秀妮一起逛过这家商店，她拉着哥哥进了商店。商店完全变样了。没有食品，没有文具，没有小百货。柜台里堆满锅碗瓢盆，筲帚簸箕，还有一捆一捆麻绳，堆积如山，天知道这么多的麻绳要卖给谁。望着完全陌生的商店，苏娅很沮丧，她讨厌这样的变化，她对生活中所有的变化都怀有天然的敌意。苏曼同学家就在附近，他让妹妹在商店等她。

苏娅独自绕着商店转了一圈，把每样商品都审视半天。她想，时间真是个奇怪的东西，什么都要变，连商店都要变。自己周围的一切已经变得够多了，现在，居然连一间商店也不能保持原样。这么想着，她就问售货员："原来商店挺好的，为什么变成这个样子？"

售货员说："原来不是这个样子？那我可不知道。"连售货员也是新来的，一问三不知。

苏娅在柜台角落发现了一只储钱罐，是个泥娃娃，仰着头，扎着小辫，嘴巴抿得紧紧的，眼睛只是两个小圆点，脸上还有星星点点的雀斑。这个娃娃不同于司空见惯的大眼小嘴的美人，它不仅不美，还很丑。它的神情有些恍惚，无助，仿佛对某件事物充满希望，又心知肚明那希望是不能实现的。它努力抬起头，仰起脸，想要抓住什么，确定什么，然而，脸上的神情终究还是暴露了她内心的惘然。

苏娅被这个丑娃娃吸引了，她让售货员从柜台里拿出来。她端详着它，心里升起悲伤，她觉得自己就像这只娃娃，对一切改变生活的事物束手无策，想要抓住什么，却只能听天由命。"多少钱？"她问。售货员说，"十块。"

价钱有点贵，超出她的预想，她只好把娃娃交回售货员手里。苏曼返回来了，在商店门口喊她走。她问："哥，你有十块钱吗？"明知苏曼没有，她还是问了问。

苏曼果然摇头，"我出门就带着十几块钱，除去看电影，还给你买了零食，现在一分钱也没有了，你想买什么东西？"

"没钱就算了。"临走，苏娅回头恋恋不舍地看了一眼丑娃娃。

开学以后，苏曼离家去外地读大学，家里只剩下苏娅与父母。家里少了一个人，房间显得空荡荡的。苏娅发现父亲常常一个人待在阳台上抽烟，之前，父亲很少抽烟。他心里在想什么呢？难道他在想念苏曼吗？苏娅被这个想法吓了一跳，父亲会多愁善感思念儿子？这可不像个男人。母亲还没有这样魂不守舍想念儿子呢。她觉得自己越发不了解父亲了，越发不了解这个男人了。如果真是这样的话，她觉得她再一次被伤害了，他对眼前的女儿视若无睹，对刚刚离开的儿子牵肠挂肚。而且，苏娅还发现，热衷厨艺的父亲在苏曼离开以后很少下厨了，偶一为之，也做得马马虎虎，仿佛他从前的烹饪热情都只是为了满足儿子的胃口。儿子一走，把他的魂都带走了，留下一个躯壳，这真是令苏娅万分懊恼和悲愤。我究竟哪里不好，仅仅因为我是个女儿而不是儿子，就无法获得他的关爱吗？

苏娅对那只丑娃娃念念不忘，这一天，她从母亲手里要到十块钱，放学后，独自去了那间商店。结果出人意料，丑娃娃不见了。售货员换了另一个人，苏娅一再讲述丑娃娃的模样，可售货员说她从来没有见过那样的娃娃。我们从没有卖过那样的瓷娃娃，更别说丑娃娃了。怎么可能？难道她与丑娃娃的相遇只是一场幻觉？

她的丑娃娃，就这样消失不见了。

2. 我们擦肩而过

贾方方曾在某个周日午后乘车来看苏娅，她一时心血来潮，没有提前联系。她想给苏娅一个惊喜，不巧的是苏娅跟着母亲出门了。苏叔朋也不在家，单位加班。

贾方方坐了一个小时的公交车从市中心到了西北角，却没能敲开苏娅家的门。她郁闷地在门口等了半个小时，又去楼前楼后转悠了一圈，还去她家从前住的房子看了看，里面有了新住户。房子还是原来的房子，只不过换了家具换了主人。换了家具换了主人的房子和她已经没有关系，看了只能徒增伤感。伤感，这是个令贾方方厌恶的词语。她喜欢明亮的事物，厌恶委顿、颓废，青春期流行的那种莫名其妙的忧伤，她觉得可笑极了，没意思透了。她是阳光灿烂的如花少女，和苏娅不同，虽然她们是最好的朋友。物理课上讲阴阳正负，异性相吸。她和苏娅就是这样的异性相吸，这个异性不是传统意义上的性别之分，而是另外一种，她也说不清，反正就是类似异性相吸的道理。

楼下碰到认识的邻居，纳罕地打问她回来做什么，她说是来找旧同学的。按说，除了苏娅，附近也有与她同龄相识的女孩，可是，她与她们实在没多少交情。她的童年和少年都和苏娅捆绑在一起，像扭麻花一样，扭得结结实实，没有留出空余。苏娅也是这样，记忆里，她们几乎没有和别的女孩子密切交往过。其实也一起玩耍过，跳皮筋、丢沙包、捉迷藏，一群一伙地厮混在一起，浩浩荡荡，吆喝着，奔跑着，汗流浃背。可玩过之后，"哗"一下就散了，总是剩下她们俩，所有记忆里只有她们俩。黎明、午后、黄昏、夜晚、春、夏、秋、冬，只有她们俩。她们就像一种游戏里的伙伴，两个人各自的一条腿与对方绑在一起，要走一起走，要停一起停，配合不好，就会摔跟头。她们一直配合得很好，很默契。

贾方方幻想过，如果自己是个男孩子，或者苏娅是个男孩子，那该多好，她们可以谈情说爱，长大了，名正言顺结婚，住在一起。可她们偏偏是同性，她倒是听说过同性恋，但那是不正常的，见不得人。那可不好，她就此打住这个念头。她在新学校交到了新朋友，她是个大方，慷慨，乐于助人的女生。可是，交再多朋友，她的心里也似乎缺了一角。

哦，她知道苏娅之前和常秀妮好过一阵，在贾方方眼里，常秀妮是个不正常的女生。她们天天见面，还互相写信，神经兮兮，这令她心生嫉妒。搬家转学后，每次收到苏娅写给她的信，她就会由此想到常秀妮，想到她们之间就是这样吟风弄月，酸文假醋，什么梨花雨纷纷落下，只有我独坐树下；春风吹绿了小草，吹皱了我一池心湖……酸不酸啊，她讨厌这些，她也不喜欢苏娅这样，她不大给苏娅回信就是因为这个。她喜欢就事说事，有一说有，有二说二，言简意赅，文艺青年的腔调不适合她。她看小说，也绝不看那种哭哭啼啼的，她喜欢冷静，真实，客观，像生活本身一样的文字。

她能想到苏娅目前的状况，她一定很想念自己，但是见了面，还会装得若无其事。她太了解苏娅了，苏娅就是一个对什么最在乎，就偏做出对什么无所谓的人。有时候，她会替她担心，她这个样子，将来是要吃亏的。不过，将来太远了，远得看不见，够不着，将来的事将来再说吧。

楼前楼后转悠够了，贾方方又重新去敲苏娅家的门，敲了无数遍，里面仍然寂无声息。敲门声惊动了对门，女主人探出头。贾方方早从苏娅的描述中熟悉了这是一户怎样的人家，这家人轻易不同外人搭话。她连忙道歉："对不起，敲门声是不是打扰您了？"

"家里没人，你就是敲破天，也没用。"

"他们都去哪里了？"

"我哪儿知道。"说完，女主人"砰"地关上房门，果然有性格。

这女人说得对，家里没人，敲破天也没用。眼看时间不早了，她不能一直等下去，谁知道苏娅去哪里了，没准儿晚饭后才回来。这么一想，她决计不再等，赶紧下楼走了。

她就那样走了，有些失望，有些埋怨，有些不甘。临街的杂货店、小卖铺、熟食店、裁缝铺、理发店、烧饼摊依然如故，这是她无比熟悉的地方。她一家挨一家进去转悠，东看看，西瞅瞅。这条街的气味，这些店铺的主人，都是她从小就熟稔到无感觉的好像自身一部分。她在裁缝铺打量墙上挂着的一条勾脚裤，门外经过一对母女，正是苏娅与徐静雅。

这对少年密友就这样擦肩而过了。

3. 一切都是命运

大约过了一个月，苏娅才知道贾方方曾经来找过她。

那天，她同往常一样背着书包出了家门，楼道里碰到出来倒垃圾的对门邻居。那女人先是看了她一眼，没说话。她走在前边，女人跟在后面，下了几级台阶，女人忽然开口："那天，你们家没人，有人找你来着。"

"找我？"苏娅转身，疑惑地问。

"是的，找你，敲门敲了很久。"

"你怎么知道是找我的？谁找我？"

"那个总在楼下喊你的女孩，后来她家搬走了。"别看邻居女人足不出户，对于苏娅家的情形倒颇了解。

"贾方方。"苏娅脱口而出，"哪天的事？她什么时候来找的我？"

女人慢悠悠地说："快一个月了。"

"你怎么才告诉我？"苏娅生气了。

那女人觉察到苏娅的口吻，反问道："我有义务非得告诉你吗？她也没有托我转告你。"

苏娅顿了顿，咽下怒火，继续下楼。她悲伤地想，可恶的老女人，你还不如不告诉我呢。

得知贾方方找过自己，苏娅决定再给贾方方打个电话。当她拿起话筒拨号的时候，自以为熟稔的那串号码一下子变得模棱两可。她试着拨了一个，对方说，打错了。她又拨了一个，对方仍然说，打错了。这串号码她是依靠大脑储存的，没有在任何地方记录过。她以为它们早就刻在她心里，永远不会遗忘，没想到，记忆是如此不可靠的东西，她竟然把它们忘记了。那串数字就像碎掉的拼图，再起拼不整齐了。

自那以后，她同贾方方的联络日渐式微。后来，她在一本书上看到这样的话：最好的友谊都是一个阶段一个阶段的，它不可能延续一生。能够延续一生的友谊，一定不是最好的。苏娅盯着这句话看了很久。再后来，苏娅和贾方方的联系就只剩新年时一张薄薄的贺卡，高中毕业后，贾方方一家随父亲再次升迁搬离青城，去了省城。那之后，她们之间彻底断了音讯，这段影响苏娅一生的友谊画上了句号。

很多年以后，不，不是很多年以后，确切地说是多年以后，贾方方姐姐贾圆圆辗转找到了苏娅。贾圆圆出现在苏娅面前的时候，苏娅正埋头清理办公桌上的杂物。同事带着一个高挑白皙的女人走进来，对她说："小苏，有人找你。"她抬头看着这个女人，疑惑不解，"你是谁，找我有什么事？"她压根没有认出这个女人是贾圆圆。贾圆圆戴着茶色太阳镜，身穿米色羊毛衫，头发被风吹得乱糟糟的。正是春天，青城的风沙铺天盖地。贾圆圆摘下太阳镜说："苏娅你好，我是贾圆圆。"

"贾圆圆？"苏娅失声叫道，她站起来，掩饰不住意外和惊讶，"你……你怎么来了？"她立刻联想到贾方方，"你们家不是搬去省城了吗？贾方方现在怎么样了？我很久没有她的消息了，她还好吗？她没有和你一起回来吗？快，快请坐，我给你泡杯茶。"她慌乱地转身寻找水杯和茶叶筒，张罗给贾圆圆泡茶。

贾圆圆客气道："苏娅，我不渴，你不用忙。"

"天气这么干燥，怎么能不渴呢，你可是稀客，算一算，我们多少年没有见过了，有十几年了吧，自从你们家搬走，我们就再也没有见过。"苏娅激动地语无伦次，她早就忘记了少年时代与贾圆圆的不睦。她拖过一把折叠椅，把贾圆圆请到椅子上。茶叶筒和茶杯找到了，却发现暖壶空了一大半。她尴尬地解释，"哎哟，你先坐，我去打开水。"

贾圆圆忙阻止："苏娅，我说过了，我不渴，你就不要忙活了。"

苏娅仍旧拎着空暖壶执意去打水，贾圆圆说："别去打水了，真的，我来找你是说方方的事，我们还是先谈事吧。"

"方方？贾方方？贾方方怎么了？"苏娅正要迈出门的腿停住了，转过身。

贾圆圆还未开口，忽然哽咽了，从口袋里掏出纸巾。

"怎么了？"苏娅心头一沉，贾圆圆好端端哭什么？

"方方得了病，是癌症，没多少时间了。她对我说，她很想见你，我就回来找你了。先是去了你家，幸亏你们家一直没搬家，可是房门锁着，没人，邻居告诉我，你母亲旅游去了，她把你的单位告诉了我，我这才找到你……"

苏娅没有听清楚贾圆圆后面说了什么，她的脑子就像被锤子击了一下，完全懵住了。她只听明白贾方方得了病，是癌症，快死了。她呆呆地站在门口，手中仍旧拎着暖壶，旁边经过的同事跟她打招呼，她也没有回应。她返回办公桌，把暖水壶搁在桌上。她目不转睛地看着贾圆圆，试图从她脸上窥出些什么。她想知道自己是不是听错了？贾圆圆是不是在和她开玩笑？可是，贾圆圆始终低着头，似乎被巨大的悲伤压得抬不起头。

不知道过了多久，苏娅终于开口："你刚才说癌症，什么癌？"

"子宫癌。"贾圆圆低声啜泣。

苏娅心里一紧，问："贾方方，贾方方她结婚了吗？"

"一年前结的婚。"

"有孩子吗？"

"如果不是怀孕，也许还不会得这个病，怀孕两个月的时候高烧不退，去医院检查才知道得了这个病。"

"那就赶紧把孩子做掉，摘除子宫，我听说有人也得了这个病，摘掉子宫就好了，真的！不骗你。"苏娅几乎迫切地喊出来。

"孩子也流产了，子宫也摘了，可是，还是不行，癌细胞转移了。"

苏娅颓然跌坐在椅子上，她与贾圆圆相对无言。同事走进来，看着这奇怪的场面，纳闷地问，"你们怎么了？"

苏娅说："噢，没什么。"她起身收拾桌上杂物，"我得请两天假，去一趟省城。"

苏娅与贾方方在医院见了最后一面。

春天的阳光很好，从窗外照进来，给房间镀上了一层暖融融的金色。床头柜上放着一束洁白的百合，散发着幽香，那是苏娅在花店买的。苏娅坐在病床前，努力做出平静的表情。

贾方方背倚床头，她已经数日未进食，身体虚弱到了极点。她吃力地说："苏娅，谢谢你来看我。"

"对我还要这么客气吗？"

"苏娅，你没有变，和以前一样好看。我变了吧，我变得很丑了吧。"贾方方自嘲地笑一笑，不由自主地伸手去捋头发。她忘记了，她的头发已经剪成平头，还戴着顶薄帽。

"不，你不丑，你和从前一样好看。"苏娅说的是真心话，除了瘦，贾方方并没有被病魔折磨得太过难堪，她依然眉清目秀，她是一个病美人。

"贾方方，你知道吗？我经常梦到你，每隔一段时间就会梦到你。在梦里，你还是小时候的样子，扎着两只小辫，在我家楼下喊我的名字，苏娅，苏娅，一直不停地叫，我答应着，连忙跑下楼。这个时候，我就醒了。每次醒来，都很恼火，恼火梦太短，为什么要醒呢。我就闭着眼，使劲闭着眼，想再回到梦里。有时候，真得又回去了，继续梦下去。我梦到我们在山上摘桃花，采红叶，你还记得我们用红叶做的书签吗？我们在红叶上写诗句，我写'无可奈何花落去'，你写'似曾相识雁归来'。你要是喜欢，我再给你做一枚……"

贾方方静静地听着苏娅的讲述，她微笑着，思绪跟着记忆回到了少年，回到了童年。"苏娅，你知道吗？我一直都惦记着你，青城有我们家的亲戚，我每年都要回去的，可是却从没有去找你。知道为什么吗？时间越久，我越怕见到你，我怕我们无话可说，我怕见面会破坏从前的回忆。如果那样，我宁愿不见你。"

"我知道，我明白。"苏娅忍不住哽咽了，她何尝不是这样想。她是懂她的，正如她也懂得她一样。

贾方方说："苏娅，你不要为我难过，命运是个强大的东西，谁也打不到它，一切都得听命于它。"

苏娅失声哭了出来，"你不听话，这几天，我总是想起你小时候。你不听话，来例假还吃冰激凌。"

"傻，你真傻，你没听说过一句话吗？冰冻三尺非一日之寒，如果我的病真是因为这些招惹的，那也是自找的，是我活该。我告诉你一个秘密，大学时我做过人流，是在一家私人诊所做的。我不知道这病和那次粗糙的手术有没有关系。也许有，也许没有。别人也做过，别人怎么没得呢？所以，这是我的命，命该如此。这件事我对任何人都没有说过，除了你。"

"苏娅，我们中间隔着一大段的空白，这么些年，不知道你都经历了什么，结婚了么？有孩子了没有？苏曼呢？你母亲呢？他们都好吗？"

苏娅避实就虚："我结婚了，有孩子，母亲和哥哥都很好。"

贾方方欣慰地笑了，"苏娅，你知道吗？我一直担心你，你和我不一样，假如我们俩都是液体的话，我落进油里会变成油，落进水里会变成水，而你恰恰相反，你进了水里就是一滴油，进了油里反而变成水。"

苏娅说："你这个比喻很新鲜，不过，你放心，无论是水还是油，我都会很好地生活下去，你不用为我担心。"

夜幕降临，苏娅与贾方方告别。省城开往青城的火车有一趟是八点四十，贾圆圆给她买的正是这趟车的车票。第二天还要上班，她必须当晚赶回去。

　　从病房出来，苏娅的眼泪就落个没完，一路走，一路流，像干涸了多年的泉眼，突然源源不断地倾泻而出。进了火车站的候车大厅，手里拿着车票，排队进站。她的眼泪仍在淌个不停，她任由它们流下来，像一串串水珠，打湿嘴角，打湿衣襟。有人好奇地看着她——这个女人究竟含了多大的哀伤，眼泪会落得如此悲恸。

　　哭过这一场，苏娅知道，她终于彻底失去贾方方了。这是和过去的一次突然遭际，一次重逢，也是最后一次的告别。苏娅明白，一切都结束了，一切都是烟云，一切都是命运。

第六章

1. 母亲剪掉了她的翅膀

　　高考结束，苏娅考取了本市一所专科院校，专业是毫无想象力的会计。徐静雅对这个结果十分满意，她开心极了，给苏娅买了一堆新东西，新书包，新衣服，新皮鞋。苏叔朋对女儿即将开始的新生活也表现出格外的热情，甚至主动询问开学时，要不要他同单位借一辆车，把女儿送到学校。苏娅不习惯父亲对她的关心。她有点受宠若惊，这感觉三分是喜，七分是怜悯——对自己的怜悯。她觉得自己很可怜，长这么大了，还稀罕缺失的父爱。她拒绝了父亲的好意，她说，不用，有一趟公交车刚好到学校，再方便不过了。她说的没错，家门口经过的28路公交车，终点站正是她就读的学校。

　　暑假，哥哥苏曼参加学校组织的社会活动，随一批志愿者去山区支教。读了两年书后，苏曼很少给家里写信了，有事便给父亲单位打电话。苏叔朋对儿子支教的行为不解，发牢骚："支什么教，一个暑假掐头去尾也就月余，能教给山区的孩子们什么东西？纯粹是走形式，真想支教，就安心去那儿待几年，那还差不多。"

　　徐静雅听了这话，紧张地问丈夫，"你不会和他在电话里也这么说吧，你儿子可是一根筋，被你这么唆使，将来毕业了，没准儿真要去山区奉献青春。"

苏叔朋皱皱眉："我没顾上多说几句，他就把电话挂了。这小子，在外边跑野了，根本不想这个家了。"

苏曼在电话里简单地问了苏娅的情况，他托父亲转告妹妹，支教去的地方比较偏僻，写信不方便，开学后，他会给她的新学校写信。苏叔朋把这段话转告了苏娅，问："你哥哥经常给你写信？"

苏娅说："不算经常吧，我们差不多一个月通一封信。"

"怎么从没听你说过？"

这下轮到苏娅纳闷了，"我们兄妹之间写封信，都得给您汇报吗？"苏叔朋大概也意识到这点，尴尬地干咳两声，"我是想说这小子有时间给妹妹写信，却没时间给父母写信，真是没良心。"

正在洗衣服的徐静雅听到了，插嘴说："他们年轻人有话说，和我们能有什么话。"

苏娅心想，父亲这样子像是嫉妒苏曼给我写信而不给他写信。她于心不忍，决定下次给苏曼写信时一定要提一下这件事。她又看了一眼埋头洗衣服的母亲，心想，若是我到外地读书，母亲会不会像父亲惦念苏曼一样惦念我呢。倘是那样，我心里会难过的，倒不如守在她的身边好了。母亲这个人，看上去浑圆结实，其实也算不得坚强。她是典型的巨蟹座，外表坚硬，内心脆弱。这一点，苏娅和母亲恰好相反，她觉得自己外柔内刚，她是刚强的摩羯座。

徐静雅心里最重要的是女儿苏娅，苏叔朋心里最重要的是儿子苏曼。他们一家四口在外人眼里是一体的，其实不然，他们四个人根据不同的组合可以划分出不同的阵营。有时候，她和母亲是一个，父亲和苏曼是另一个；有时候呢，她和苏曼是一个，父母是另一个；也有的时候，他们兄妹和母亲是一个，父亲是单独的一个。总之，无论怎么划分，她和父亲都分不到一个阵营里。

在哥哥心里，父亲，母亲，还有妹妹，这三个人的分量是相等的，并不厚此薄彼。而父亲呢，他心里可能只有苏曼。她觉得父亲与母亲之间也谈不上多深的感情，他们只是结伴生活的一对男女，生儿育女，组成家庭。这样的婚姻看上去平静如水，然而，如果你把手探进水里，稍微试探一下，就会发现，这水是凉的。苏娅突发奇想，世界上所有没有走到破裂边缘的婚姻看上去都是平静如水，波澜不惊。只有把手探进去，才会知道它究竟是暖的，还是凉的。父亲与母亲组合的这段婚姻，在她想来，虽不至冰寒砭骨，但也让人觉不出温暖。

苏娅在遐想中，把一家人的情感拆开细分，一份一份放到天平上称，得出的结论是：父亲其实最可怜，他得到的感情最少。再看父亲，她便多了几丝恻隐。她告诫自己不可再与父亲斤斤计较，尽量做一个孝顺孩子。父亲又在阳台上抽烟了，神情寂寥。她也走到阳台，用喷壶给几盆花浇水。她侧面打量这个男人，他的鬓角生出斑斑白发，这个在她眼里孔武高大的男人正在一天天老去，她忍不住说："爸，别抽烟了，回屋吧，外面风大。"

苏叔朋没有料到女儿对他说出这番温言软语，他吃惊地看着她。一截烟灰落到手背，连忙去吹，慌乱的样子让苏娅又羞又恼。羞的是他们之间根本不像父女；恼的是，她不把他当父亲，他又何曾把她当女儿。

黄昏，苏娅卷着本杂志走出家门，独自爬山。一个人爬到山顶，又一个人沿着山路返回来。手里的杂志就像道具，始终卷成筒状，没有打开过。

站在山顶，她想起苏曼，想起贾方方，想起与他们一道爬山的经历。她叹口气，心里怅怅的。遥望远处更高的地方，那正是她与苏曼攀爬过的山峰，她从陡峭的山岩滚落下来，若不是被荆棘丛拦住，只怕早摔死了。若是那时候死了，到了现在，除了母亲，苏曼，还有贾方方，除了他们，大概没有人再记得她了。就是他们，也会因为年深月久，忘得差不多了。死是一件可怕的事，人还是活着好，阳光雨露，空气食物，良辰美景。

现在苏曼比她爬得高，爬得远，天高任鸟飞，海阔凭鱼跃。她由衷羡慕他，他像风筝，扶摇直上。而她呢，她灰心地想，自己这辈子大概只能在这个城市待下去了。

高考时，苏娅报的都是省外院校，末了，只有本市学校录取了她。成绩不好是一方面，外地院校也有录取分数线低的，可没有一家向她伸出橄榄枝。小时候，她还有几分机灵劲儿，没想到越长越呆。有次期末评语，老师不客气地加了"迟钝"两字。一次，班主任带着两岁儿子到学校，课间时，许多学生围着小家伙问东问西。苏娅没有凑过去，她不讨厌小孩子，可也谈不上喜欢。不知怎的，那孩子挣脱人群朝她跑过来，举着手臂，冲锋陷阵般。跑得太急，恰巧就在经过她身边时跌倒了。苏娅吓了一跳，慌忙向后退了几步，当她意识到应该把这个孩子扶起来时，几个手疾眼快的学生早已快步冲过去，抱起小孩。这情形偏巧被小孩的父亲——他们的老师看在眼里。他不快地扫了一眼苏娅，苏娅敏感地觉察到了。当她看到"迟钝"的评语时，既不吃惊，也不生气。她想，评价准确，她不仅没有眼色，反应也迟钝。

徐静雅看了"迟钝"二字，甚为不解，女儿谈不上聪明，也不至于戴上"迟钝"的帽子，这简直是歧视。她冷哼一声，问苏娅："你们老师这样说自己学生，就不怕我闹到学校去？我看他是想找不自在，明天我就去找校长，迟钝是智障，是脑残，我要好好问一下，身为老师是不是可以随便给学生下这样的定义。"

苏娅急了，"妈，千万不能这么做，他说我迟钝就迟钝吧，我都不在乎，你何必较真呢。"

徐静雅也就是嘴上说一说，其中轻重缓急，她还是分得清的。她批评女儿："你个傻丫头，不用看也知道，在学校，一定像根木头似的杵在那儿，难怪人家说你迟钝。"

"妈说得对，以后不当木头，要当石头。"

"石头硬邦邦的，还不如木头，木头好歹还能劈了当柴烧。"

徐静雅拿女儿没办法，女儿这个样子，她不放心，真是应了老人常说的那句话，女儿越大越不让人放心。所以，苏娅一直不知道，高考填志愿时，母亲背着她做了手脚。她心里生出一千只翅膀想飞离这个地方，但母亲手持剪刀，把她的一千只翅膀"咔嚓咔嚓"全都剪掉了。

只可惜徐静雅一万个对女儿不放心，这个女儿最后还是做了让她一辈子不放心的事儿。不过，这是后话了。

2. 错失一只漂亮的饭盒

开学后，苏娅兴冲冲做好住校准备，没想到去学校报到时，却被告之，校舍有限，市内生一律走读。她读的这届赶上扩招，学生超员，宿舍奇缺，学校只好下了这个通知。苏娅家距离学校约四十分钟车程，这就表明她每天有近两个小时时间花费在路上，午餐在学校食堂解决，也可自带盒饭。蔫头耷脑的苏娅闷闷不乐回到家，良久缓不过劲儿。徐静雅得知学校不允许住校，却喜上眉梢，"这才好，真是太好了，妈每天都能看到你，这样我才放心。"

苏娅没好气地说："好什么好，每天早晨都得早早起床，赶第一趟公交车，不然会迟到。"

"住校就不早起了？住校也得晨跑锻炼，一样早起。"

"回家也得等班车。"

"我都打问过了，现在不比读高中，学习不紧张，你们学校下午四点半就放学了，就算到了冬天，天没有黑透之前也能回到家。"徐静雅叹一口气，"咳，小娅，你安安分分读三年书，毕业后找份踏踏实实的工作，多好啊！"徐静雅仿佛看到女儿四平八稳的人生之路，她要的就是这样。她是个朴素的母亲，从来不像别的家长那样，望子成龙，望女成凤。

苏娅在一旁念叨："时间都浪费在路上了。"

"那有什么，上班族不和你一样吗？时间就是用来浪费的，不然，留着有什么用？"徐静雅总会语出惊人。

"有你这么说话的吗？一寸光阴一寸金，你倒好，时间是用来浪费的。"苏娅"扑哧"笑出了声。

"珍惜也罢，浪费也罢，时间总归都要过去的。你以为你珍惜它，就能让它停滞不前吗？"

苏娅一怔，她无法反驳母亲。珍惜也好，抱怨也罢，时间才不管那么多呢，它最无情无义了，径顾自己，奔流向前。

学校有个"仙人掌"文学社，举办了一次征文活动，鼓励学生踊跃投稿。苏娅拟了个笔名投了篇散文：怀想故乡。故乡是她一手虚构出来的，她哪里有故乡？故乡是什么？故乡是出生后离开的地方。她问母亲自己出生在哪里，母亲说，她就出生在离家不远的医院妇产科病房。这是多么无趣的事实，她根本就是没有故乡的孩子。

散文是真情实感的流露，散文是不能虚构的。苏娅才不管这些，她为自己编造了一个不曾存在的故乡——烟雨迷蒙的江南水乡，乌篷船，一身蓑衣的船公，水边浣衣的村姑……她也是村姑中的一员，粗黑长辫，月白短衫，袖子挽起，露出莲藕般雪白的手臂。这篇散文刊出来，居然得了二等奖。苏娅投稿时并没有写明自己的班级和真实姓名，名单公布后，她也没去领奖。她侧面打听了一下奖品，是个漂亮的不锈钢饭盒，蛮实用，中午吃饭正好用得着。只是，如果她去领奖的话，她就有可能成为同学的焦点，会有人在背后说三道四，更甚者，会质疑这篇散文的来历。她根本就不是江南水乡的村姑，学籍档案里白纸黑字填着她的履历，她要浪费多少唾沫去解释这个根本不存在的故乡？这样一想，她就无端地焦虑了。意识深处，她喜欢时时把自己藏起来，就像长在角落的植物，不被人注意，悄悄地伸枝展叶。似乎只有这样，才是安全的。因为畏惧，所以退缩。害怕受到伤害，宁肯不去尝试。她知道自己一旦暴露在众人目光之下，马上会窘态百出，溃不成军。她还知道木秀于林，风必摧之的道理，倘若有人与她为敌，她注定要落败。可怜的苏娅，她是个毫无还击与抵挡力的孩子，她太了解自己了。

她终于还是错失了那只漂亮的饭盒。

3. 罗小玲与苏拉

乘坐了一段时间公交车，苏娅冒出买自行车的念头，起因是她买了只钥匙挂件，一只毛茸茸的松鼠，拖着长长的尾巴。学校有部分本地生骑车上学，她羡慕那些骑车的女生车钥匙上的挂件，自行车丁零零从她身边驶过，插在车锁上的钥匙带着各种各样漂亮挂件，摇来摆去，真好看。徐静雅看着她手里的小松鼠，白了她一眼："就为这个原因买自行车？亏你想得出来。古时候有个傻瓜，看见装珍珠的盒子漂亮，就花大价钱买下，反而把里面的珍珠丢了，我看你就是那种人。"

"这怎么能一样呢，这完全是两回事。"

"道理差不多，做人不能因小失大，分不清主次。你怎么能因为喜欢这只小松鼠就非去买一辆自行车？人家骑车的都是离家较近，或者乘公车不方便的。你不一样，趁早死了这个心。再说了，路上人多车多，不安全，我坚决不答应。"

"好了，好了，别说了。"苏娅深知斗不过母亲，悻悻作罢。

有个男同学，也姓苏，名叫苏拉，与她的名字一字之差。古希腊有个哲学家，叫苏格拉底，苏娅猜测苏拉的名字可能和这位哲学家有关。苏拉也是本地生，与苏娅同路，放学后，他们在同一个站牌等车，等的都是28路。不过，苏拉住的比她近些，早几站下车。苏拉皮肤黝黑，留着很短的平头，鬓角光光的。苏娅每次看到他，都会恶作剧地想起体育节目中的黑人运动员。他虽不至夸张到那种黑的地步，但也黑出一定水准了，已经有不少同学不叫他苏拉，改口叫苏黑了。他听了也不生气，微微一笑，露出雪白的牙齿。那样子，真像一个混血儿。

路上碰到，苏娅忍不住问他："苏拉，你为什么叫苏拉？"

"苏娅，你为什么叫苏娅？"

苏娅白了他一眼，"不说拉倒，但别学我说话。"

"我爸喜欢苏格拉底，就给我弄了这么一个名。"

果然如此，苏娅暗自得意，真让她猜着了。

不久，有个叫罗小玲的女同学和苏娅套起了近乎。罗小玲是省外学生，住校，放学后，却主动送苏娅出校门。车站在校门口一百多米处，有时目送苏娅上了车她才返回学校。起先，苏娅很感动，庆幸自己在新的环境交到新的朋友。罗小玲说天天吃食堂饭菜，闻着那股味儿就想吐。苏娅就从家里给她带了午餐，青椒鸡蛋炒米饭，还特意在里面加了切碎的豆腐干。罗小玲吃了连连说好，投桃报李送给苏娅一枚紫色发卡。苏娅不要，她就执意塞到苏娅书包里。罗小玲是个不喜欢沾别人便宜的女孩，通常这样的人也不喜欢别人沾自己便宜，这种性情的人不容易让人有亲近感，但却是苏娅喜欢的。

很快，苏娅就发现罗小玲对她是醉翁之意不在酒，她是项庄舞剑，意在沛公。她和苏娅交朋友，是为了接近另一个人——苏拉。这个发现令苏娅懊恼，觉得自己被利用了，算计了。可是，她因此有损失吗？没有，她并没有什么损失。想通后，她就释然了。自己只有这么一点被利用的价值，那就被利用好了。想想罗小玲也不容易，她不过想借和苏娅的亲近和苏拉多点接触，多点眉目之间的交流，难怪每次等车，她这边挽着苏娅的胳膊，眼睛却总是瞟向苏拉。苏拉有什么好？在苏娅眼里，她丝毫没有看出这个绰号苏黑的男生有何出众之处。他谈不上英俊，不过，倒也不丑。成绩不算优秀，但也不差。他平平常常，不怎么起眼，却能引得罗小玲对他秋波频送，想来真是应了那句：青菜萝卜，各有所爱。功夫不负有心人，罗小玲果然如愿以偿。第一学期还没有结束，她就和苏拉谈起了恋爱。苏娅也就是在那个时候得知苏拉父亲竟然是某国企老总。罗小玲来自外省一座小县城，还是定向生，按规定，毕业后要回老家。洞察到这点，苏娅再看罗小玲，就不由多出意味深长的感觉。赞赏，错愕，怜悯，鄙夷，杂味纷呈。

表面上，她们俩依然相处不错。临近二十岁的女孩，内心都有了几分城府，交朋友不再像小时候那样只凭个人喜恶和本能。就算罗小玲接近她的动机不纯，苏娅也不会因此与她交恶。她们仍然彬彬有礼，客气相加。偶尔放学后，还会结伴逛街，买小吃零食。苏娅与苏拉在公车相遇，苏拉总会一副绅士做派，给她让座。她毫不客气地笑纳，颇有些居功自傲。心想，我可是你和罗小玲之间的媒人呢。

这天是周末，放学后，罗小玲送苏娅出校门，忽然说："苏娅，你家离这里有多远？"

"坐车大概四十分钟吧。"

"那如果我要去你家里看看的话，返回学校恐怕就迟了。"

苏娅说："那当然，如果你去我家的话，怎么也得留你吃晚饭吧。这样的话，等你回到学校一定很晚了。"

罗小玲尴尬地说："是啊，那我就不去了。"

苏娅奇怪地看了她一眼，方觉刚才的话不对劲儿，就仿佛是她拒绝了罗小玲想去自己家的心愿，这不大合适吧。她虽非好客之人，可也不能让罗小玲难堪。想到这儿，她装作继续刚才的谈话，"所以，你要去我家的话，就得在我家住一夜，太晚回学校，天都黑了，不安全。"

罗小玲挽着她胳膊的手忽地一紧，"那，去你家住，合适吗？"

"有什么不合适的？照理我早该请你去我家。"

苏拉低着头朝车站的方向走过来，双手插在裤兜里。苏娅推了一把罗小玲，"苏拉来了。"

罗小玲羞涩地点点头，"知道了。"

苏娅往边上闪了几步，留出空隙让他们俩说话，可这二人也不吭不哈的，苏拉低着头踢着脚边的一颗小石子，罗小玲左顾右盼，装作在看什么东西。真是的，周围有什么可看的。苏娅冷眼旁观，觉得好笑。

28路车来了，苏娅说："罗小玲，走，一起上车吧。"

苏拉听到她们的话，疑惑地看着她们俩。罗小玲说："苏娅叫我去她家。"

"哦，那你晚上还回学校吗？"

"不了，苏娅叫我在她家住一晚。"

苏拉看了一眼苏娅，"这样啊，我也说嘛，太晚回学校的话，公交车就没有了，这趟车最晚是八点半。"

车来了，他们三个人一起上了车，最后一排有几个空座，三人依次坐下。罗小玲坐中间，苏娅苏拉各陪左右。苏娅这才想起问罗小玲，"你同室长请假了吗，晚上不回去，不会有事吧？"

"没事，我打过招呼了。"

苏娅心里一动，原来她早有打算啊。

苏拉比她们早几站下车，苏娅暗忖，苏拉会不会邀请我们去他家里做客呢？她猜罗小玲也有这样的希望，结果不然，一路上，苏拉不声不响，见车到站，道声再见，就下去了。下车后的苏拉依旧耷拉着脑袋，双手插在裤兜，朝着回家的方向慢悠悠晃。他应该想到她们会在车上看着他的背影吧，但他没有回头。罗小玲直起身子，眼巴巴望着车下的苏拉，车子驶远了，她依旧扭着脖子看着车窗外面，一直到什么也望不见了，才把脖颈转过来。

苏娅感叹："人生自是有情痴。"

罗小玲羞涩地说："说什么呢。"

苏娅小声问："一直都想问你，你们怎么好上的？"

"这个……"罗小玲抿了抿嘴巴，似乎不想说。

苏娅不想放过她，这一刻，她生出几丝恶意，嘴角轻轻扯了一下，"罗小玲，你不够意思，你每天送我到车站其实都是为了他吧。"

"不是的，不是这样的。"罗小玲心虚地看着苏娅，有些紧张。她紧张的样子让苏娅心软，算了，不说算了，她不想逼她了。猜也猜得到，一定是罗小玲主动的。男追女，隔座山，女追男，隔层纱，这话没错。情场如战场，讲究策略，也讲究谋略，有时候是放长线钓大鱼，有时是先下手为强。罗小玲算哪种？一开始是放长线钓大鱼，后来就变成先下手为强。天呢，苏娅嘲笑自己，还没有恋爱，恋爱理论倒是一套又一套了。

第七章

1. 同床共枕的朋友

下车后，苏娅在前，罗小玲跟在后面，她有意与苏娅拉开一段距离。她在一爿水果摊前买了两把香蕉，卖主给出的价钱显然超出她的预期。她愣住了，掏钱动作不免犹豫。罗小玲手头不宽裕，给自己花钱一向抠门，对待别人，却打肿脸充胖子。她身上有着县城女孩的精明世故，有着与她年龄不相符的察言观色的本事。在学校，她谦逊，谨慎，是个颇受欢迎的角色。可是，打肿脸充胖子的举动令苏娅反感，苏娅不喜欢她这样。

苏娅早料到罗小玲会这样，走在前面的她停下脚步，转回身。她走过去，装作吃惊的样子，把小贩秤盘中的香蕉拿下来，"哎哟，你买香蕉做什么，我们家没人爱吃这个，我也不吃，你喜欢吃？"

"哦，不是，那，你喜欢吃什么？"

"不如买点橘子吧，我喜欢吃橘子。"说着，苏娅主动挑选了几个金黄的橘子放到秤盘上。

"多买点吧，橘子蛮好吃。"橘子比香蕉便宜，罗小玲往秤盘里添加了好些。

苏娅不放心地问小贩："你这橘子好不好？不会发酸吧，可别是金玉其外，败絮其中。"

卖主不懂成语，"啥金玉不金玉，你要不放心就尝尝。"说着，剥开一只递到苏娅手上。

苏娅掰了一瓣尝了尝，略微有点酸。

罗小玲问："好吃吗？"

"凑合，你尝尝。"她送到罗小玲嘴里一瓣，"不是特别好吃，别买太多。"她把秤盘里的橘子拿掉一半。

两斤橘子，算下来没多少钱，罗小玲抢先付账，似乎怕苏娅和她争。苏娅压根儿没准备和她争，她了解罗小玲，若不让她买点东西，她会不安。她就是那样的人，被人夸作懂事，伶俐，这些恰是苏娅欠缺的。

徐静雅给足了女儿面子，苏娅没打招呼贸然领回一个女生，她多少有些意外，但还是表现得很热情。晚饭加了两个菜，开了一瓶可乐。

入睡前，苏娅招呼罗小玲洗漱。洗脚时没换脸盆，罗小玲纳闷地问："怎么洗脸和洗脚用一个盆？"

"就是用一个盆，怎么了？我们家各人用各人的盆，但不会区分洗脸还是洗脚。"

"在我们那儿，洗脸和洗脚是严格分开的，若混在一起用，父母会责骂。"

"你住宿舍也准备两个洗盆？"

这话把罗小玲问住了，她不好意思地吐了一下舌头，"没有，只准备了一个，住宿舍不能和家里比，因陋就简嘛。"

"我们家没那么多讲究，我妈是个爱干净的人，但从不讲究这些。"

"你妈很漂亮。"

"见过她的人都这么说。"

"你妈是做什么工作的？"

"她是个演员，唱戏的。"

"难怪。"罗小玲恍然大悟。

"难怪，此话怎讲？"

罗小玲大概意识到"难怪"用词不大对劲儿，可是，具体哪儿不对劲儿，一时也琢磨不出，急忙补充道："难怪她那么漂亮。"

"漂亮和职业没关系，脸上一上妆，就看不出本来面目了，许多唱戏的卸了妆都不好看。"

"哦，我不懂这个。"

苏娅把床铺好，自言自语，又像对罗小玲说："我是在这儿和你一起睡呢，还是去哥哥房里睡。"

"当然我们一起睡了，还能说说话，再说，你这张床挺大的，能睡下两个人。"

"那好，我们就挤在一起睡吧，省得我爸爸还得回我妈妈房里睡。自从哥哥上大学走后，家里空出一间房，我爸和我妈就分房睡。"她补充道，"我爸睡觉打呼噜。"

"我们家是我妈打呼噜，惊天动地，让人受不了。"罗小玲说。

两人脱了衣服，仰面躺下，她们还没有这样近距离接触过，都有些拘谨。罗小玲问："你和别人这样睡过吗？"

苏娅想起贾方方，她只和贾方方在一张床上睡过，她说："睡过。"

"男的还是女的？"

苏娅转身看着罗小玲，瞪圆眼睛，"要死了，当然是女的。"

罗小玲笑了，"别急，我逗你呢。"

"你呢，也和别人睡过吗？男的女的？"苏娅模仿罗小玲的口气。

"睡过，当然也是女的，她是我的结拜姐妹。"

"结拜姐妹？她现在去哪里了？"

"她没考上大学，招工去了我们县城化工厂。她有对象，快结婚了。我和她从小要好，早早拜了干姐妹，我叫她父母都是干爹干娘，逢年过节，我们两家还要走动。在我们那儿，女孩子都有几个这样的干姐妹。我们经常一起睡，不是她来我家，就是我去她家。"

"结拜姐妹要举行仪式吗？"

"当然了，挑一个良辰吉日，桌上摆些贡品，还要上香。结拜的人跪在地上，规规矩矩磕三个头。"

"好隆重啊，还要摆贡品？"

"也算不上隆重，贡品不过是花生瓜子水果之类，随便摆点什么都可以，没那么讲究。"

苏娅羡慕地说："这叫义结金兰，八拜之交，当年刘关张桃园三结义就是这个意思，你们嘴里是不是也要念叨'不求同年同月同日生，但求同年同月同日死'。"

罗小玲笑出了声，"才不，什么也不说，就磕三个头。"

"青城没有这样的风俗，如果有的话，也许我也会有这样的干姐妹。"苏娅想到贾方方，"她原先是我家邻居，现在去了省城，我们很久没有联系了。以前她家里来了外地亲戚，房子挤，就来我家住。不过，只有为数不多的几次。有段时间，我特别盼望她家有亲戚来。"

"我们不用那么麻烦，想去谁家睡，跟大人吱一声就行了。"

"父母不管你们？"

"不管，家家都是那样儿。"

"真好，真自由。"苏娅充满羡慕。

隔了好一会儿，罗小玲忽然问："苏娅，你是不是看不起我？"

"怎么会？"苏娅奇怪罗小玲为什么这么问她，她暗自检讨，是不是平时言行表现出了什么。

"你心里大概看不起我吧。"

"没有。"苏娅矢口否认。

"我们家虽说在县城，可和农村差不多，挺落后，最繁华的街道还不如青城一条巷子。我爸是化工厂工人，我是子弟，有幸成为厂里的委培生，但是，毕业后如果不回去工作，还要给厂里交五千块培训费。"

"有这样的事？"

"我宁愿交五千块钱，也不愿意回去。"罗小玲继续说，"我最大的愿望就是离开县城，永远不要回去。"

"你的干姐妹不是也在那儿上班吗？为什么不想回去，就因为苏拉吗？"

罗小玲用肩膀蹭了一下苏娅，害羞似的，"讨厌。我干姐妹也不要我回去，她说，她这辈子只能那样了，希望我不要步她后尘。"

"你的愿望会实现的。"

"我觉得很渺茫。"

"你要有信心，如果你将来嫁给苏拉，自然没理由再回去。"

"可是，爱情是不可信的，男人更不可信，这是我妈说的话。"

"照你这么说，什么可信？"

"只有自己。"

只有自己。苏娅心里一沉。她想说，其实自己也不可信，我们往往不忠于自己的内心，而是屈服于命运的安排。

"你怎么不说话？"半晌，罗小玲问。

"你不用那么悲观，车到山前必有路。"

"路什么时候都会有，只是，是不是我们想走的路就难说了。"罗小玲的话充满深意。

"你喜欢苏拉吗？"

"喜欢。"

"真心喜欢？"苏娅嘴角浮起一丝不易察觉的嘲讽。

"真心喜欢！"罗小玲信誓旦旦。

"他呢，对你也是真心的吗？"

罗小玲说："不知道。"

门外传来徐静雅的警告声，"不早了，快睡吧，别嘀嘀咕咕。"

苏娅起身摁灭台灯，小声说："我妈抗议了，我妈睡觉轻，一点响动就睡不着，我估计这是更年期综合证。"

罗小玲知趣地点点头，不再言语了。

2. 一头热的恋情

夜很深了，窗外月光透过薄薄的窗帘照进房间，屋间轮廓清晰可见。苏娅侧身躺着，大睁着眼睛看着自己的卧室，这间屋子因为多了一个人变得有些异样，这种异样的感觉让她奇怪而陌生，一时间，她觉得自己好像睡在别处。她觉得旁边的罗小玲也没有睡着。她们背靠背，各自揣着心事，为无限的未来和出路生出愁绪。

第二天，吃过午饭，苏娅送罗小玲回学校。等车时，罗小玲七拐八弯把话题扯到苏拉身上，"你去过苏拉家吗？"她问。

苏娅诧异地说："没有，你都没去过，我怎么可能去？"

"你知道他家在哪里吗？"

"昨天你也看见的，他下车那儿是一大片住宅区，他家应该就在里面，可是具体哪幢楼，我就不知道了。"

"我们去他家看看，你说好不好？"

苏娅说："我都说了，不知道具体地址，去了也找不到。再说了，他要是有心让我们去，昨天就同我们讲了，他早知道你来我家的嘛。"

罗小玲脸色顿时黯然，苏娅想她昨日目的并不是真的想来自己家，而是想借机去苏拉家，没想到苏拉表现没能如她所愿。真是的，何必这么急着去苏拉家里呢，若关系确定了，还怕苏拉日后不请她上门吗？去了又怎样？不去又怎样？苏娅真是不喜欢她这副急不可耐的样子，好像苏拉是个人见人爱的宝贝，生怕被人抢走似的。

"我们下了车，四处走走，不见得非要去他家。"罗小玲拽着苏娅的胳膊央求。

话说到这份上，苏娅不好拒绝了。她陪罗小玲上了车，到了苏拉家站点，两人又一起下了车。

这里的楼房有十几幢，看上去崭新气派。罗小玲的眼睛锥子式的，四下里睃来睃去，她真是想碰上苏拉，拉着苏娅的手湿漉漉的。这般寒凉天气，她的手心竟然出了汗。苏娅替她难受，是不是陷入情网的女孩都这样？苏拉有那么好吗？苏拉若不是有个手握权柄的父亲，罗小玲还会在意他吗？果真如她所说还是那样真心喜欢他吗？苏娅阴暗地想，罗小玲啊，你不过是贪恋他可能带给你的命运转机吧。

"你有苏拉家里电话吗？"苏娅看到一间商铺门口写有"公用电话"字样。

"这个……"

"我们打电话给他，他要在家的话，我们就去他家里看一看。"

"这个，合适吗？"

"怎么不合适？你有没有他家电话？"

"他告诉过我一次，可是，我没有记住。"

苏娅盯着罗小玲的眼睛，她一眼就看出她在撒谎，她根本不知道苏拉家里的电话，苏拉连电话都不告诉她。他们不是在谈恋爱吗？天知道，这恋爱怎么谈的。她刻薄地嘟囔了一句："革命尚未成功，同志仍需努力。"

"什么？你刚才说什么？"

"没说什么，我想起孙中山说的一句话。"

"孙中山说的哪句话？"罗小玲揪住她的话不放。

苏娅只好重复："革命尚未成功，同志仍需努力。"

这回罗小玲听清楚了，她没作回应。也许她没听出苏娅的弦外之意，也许是装作没听出来。

两人在小区绕来晃去，终没能看到苏拉。罗小玲充满遗憾地坐上回学校的车，苏娅则打道回府。

次日一早，苏娅同往常一样去学校，行至苏拉家所在区域车站时，她特地留意，看苏拉是否上了车。他们每天都坐公交车，可不是每次能碰上。苏娅坐的这趟车乘客不多，再晚一趟就挤得水泄不通。她宁愿早起十几分钟，乘坐早一点的班车。

苏拉上来了。苏娅喊了声："苏拉。"

苏拉看见了她，朝她走过来。

"罗小玲在我们家住了一宿，昨天下午回学校了。"

苏拉点点头。

"我们昨天下午还去你们家附近绕了一圈。"

"是吗？"苏拉有些意外。

"嗯，可是不知道你家在哪里，不然就去看看你。"

"哦。"苏拉淡淡地回道，没有表现一点欢迎她们上门的意思，让苏娅觉得很无趣。一路上，苏娅不再说一句话。她替罗小玲不值，也替她恼火。她觉得这俩人关系一点不像谈恋爱，罗小玲似乎是剃头挑子一头热。她有一种预感，这两人不会有结果。想到这儿，她重重地叹了口气。

苏拉听到了，问："为什么叹气？"

"不为什么。"她瞟了一眼苏拉，冷冷回答。

3. 昏天黑地的暗恋

不久，苏娅陷入一场昏天黑地的恋爱中。不，不是恋爱，是暗恋，这场暗恋持续了一年之久。

在她成长的岁月里，其实也陆陆续续喜欢过一些人，有过心跳、脸红。诸如哥哥的某个男同学、不期而遇的某个年轻人、班里的某个男生……他们令她产生短暂的，倏忽一逝的好感。但那都是不作数的，没有疼痛，没有纠缠，没有大起大落。他们进入她脑子里，隔不了多久就很快离去。翻存记忆影像时，一个也没留下。

严格说起来，她对那些异性的喜欢远远不及对贾方方和常秀妮的感情。时隔几年，苏娅看到早恋这两个字，仍然会心虚地想到贾方方和常秀妮，她觉得她的早恋就是那两个女生。她甚至怀疑自己心理是否正常，怎么会对女生产生类似恋爱的心理。分别后的思念，相处时的矜持，斤斤计较，锱铢必较，求全责备，伤心，难过，这些和恋爱中的男女多么相似。相比之下，她和罗小玲的关系才是健康的同性相处，她常常讨厌罗小玲，然而，又处处容忍她。她和罗小玲的关系不会影响自己的情绪，罗小玲的好与坏都是罗小玲自己的事。苏娅愿意为她着想，站在她的立场帮助她想问题，出主意。然而，一俟转身离开，她就进入自己的心理世界，这个世界没有罗小玲。

现在的苏娅长大了，心智健全，身体成熟，她名正言顺地陷入了一场对异性的热恋中。她把这场长达两年的暗恋演绎得水深火热，风生水起。如同一尾沉在水塘深处的鱼，幽闭，摇摆，挣扎，窒息，自虐，喘息，折磨自己的手段逐一上演，可是一经游到水面，翕动嘴巴，悠闲地摆动鱼尾，不动声色。这个时候，除了她自己，没有人知道她曾经怎样狂热，激烈，怎样痛苦，迷恋，她醉心于这种痛苦不能自拔。

让苏娅暗恋的不是她的同龄人，而是她的老师，一个年近不惑的中年男人。一个名叫钟远新的男人。单从长相来看，这个男人并无出众之处，中等身材，略胖，戴一副近视眼镜。

钟远新带的是"工商管理"，算不上主修课，一周只有两节。苏娅是怎么开始这段漫长的暗恋之旅的，追根溯源，她想不起来了。也许缘于某次不及格，补考前，钟远新单独把她叫到办公室作辅导；也可能是某次公交车遇到钟远新给一个抱着孩子的妇女让座。钟远新家离学校不远，只有两站地，偶尔会搭公交车。不过，这种情况不多，他习惯步行上下班，赶时间才搭公交车。他在光明电影院下车，她猜他住在光明电影院附近。偶尔路上遇到，钟远新总是礼貌地朝苏娅点点头。苏娅不能确定自己从什么时候开始喜欢这个男人，她想，她对他的迷恋是潜移默化的，或者说厚积薄发，润物细无声。当她惊觉自己有可能爱上他的时候，胸中爱意已是千军万马，惊涛骇浪了。

有段时间，连续几节"工管"课都换了别的老师代课。开始，苏娅没有在意，一个星期过去了，再一个星期过去了，钟远新仍然没有如期到校。她听到传言，钟老师调离学校了。苏娅忽然就急了，觉得自己的身体仿佛生拉硬扯地丢掉一个器官，疼痛倒是次要的，最大的是一种恐惧，来自于怀疑自己从此沦为残废似的恐惧。这种感觉影响到她日后对爱情的认知和判断，她认为，失恋如果只感到痛苦，那可能并不是爱情。真正的爱情在失去之后不只是痛苦，更多的是恐惧。当你恐惧失去一个人的时候，这就说明你爱上这个人了。

得到钟远新有可能调离的消息，苏娅口舌生疮，脸上冒出一脸的青春痘，先是脸颊出现了星星点点的粉刺，几天后，蔓延到额头、下巴。徐静雅去医院给她买了维C，红霉素软膏。临睡前，洗净双手给她挤粉刺，末了，把软膏敷到患处。可是，一周过去了，青春痘此消彼长，持续蔓延，不见好转。

徐静雅问她："在学校吃午饭的时候是不是吃了特别辣的东西？"

苏娅老实地摇摇头："没有。"

"那你在街头小摊吃羊肉串了？"

"没有，我从不吃羊肉。"

"那怎么好端端又生口疮，又长疙瘩？"

"我怎么知道。"她白了母亲一眼。

其实她知道，她隐隐约约知道这一切的来历只有一个原因——钟远新。

她会因为一个男人着急上火，把自己弄出病来，这真是难以启齿。可是，随之而来的，又有些甜蜜。原来，她也有爱上一个异性的能力，而且如此深情。她感动于自己的这份深情。她明白了为什么每次有"工管"课，她的心情就格外好。为什么每次路遇钟远新，情绪就特别高涨。原来她一直喜欢这个男人，她把这份喜欢藏得深深的，自己假装不知道。现在，一切显山露水，暴露出来了。就像脸上的粉刺，想藏也藏不住了。

这天，当苏娅如同往常一样去学校，学校门口，瞥到一个熟悉的身影。钟老师？苏娅几乎脱口喊出。钟远新寻着声音，朝她望去，对苏娅点点头。他走得很快，很快把苏娅甩在身后，随着人流走进校门。苏娅猜测，他不是调走了吗？他是回来办手续的？难道从此再也看不到他了？一连串问号在苏娅脑子里盘桓，她急切地想知道答案，谁能告诉她？

课堂上，钟远新又出现了，苏娅心口一阵狂跳。不用她开口，已经有快嘴的学生叽叽喳喳表示疑问了。钟远新当然要答疑解惑，他笑着说："大家一定奇怪我怎么这段时间没来上课，我本来计划要调走，可是遇到些麻烦，手续没办成，只好厚着脸皮又回来了，希望同学们不要骂我。"教室里响起一片轻快的笑声。

苏娅感觉钟远新在强颜欢笑，他在用夸张的自嘲掩饰内心真实的想法。她暂时顾不得体会他的感受，她庆幸自己的心经过了半个月之久的悬浮，终于安然落地。这个男人暂时不会从她的视线里消失了。失而复得，她才知道自己是那样迷恋他，迷恋他的声音，举止，微笑的面容。她将可以继续不为人知地享受这份隐秘的爱情。原来幸福并不是简单的获得，而是失去之后再得到，后者比前者更具幸福的质感。

苏娅听到一些传言，钟远新之所以闹着调走是因为职称问题，他已年界不惑，却连个副教授都没评上。就在他办理调动过程中，原本愿意接收他的学院不知什么原因婉拒了他，无奈，只好硬着头皮，尴尬地再度回来上班。他该多懊恼啊，多难堪啊，苏娅的心一点点疼起来，她还从来没有为一个人心疼过，钟远新是第一个。

隔着教室窗户，她看见钟远新在空旷的篮球场上打球。他一个人，拍着球，跑来跑去。她以前没见过他打篮球，他微微发胖的身体跑得气喘吁吁，不时抬起手臂擦拭额头汗水。拍球的声音远远传来，在苏娅耳朵里放大了一百倍。咚咚咚，咚咚咚，像战场上的擂鼓声，铿锵作响。苏娅的心也跟着那声音一上一下，跳个不停。

4. 母亲的目光

放寒假了。春节临近那几天，苏娅感觉度日如年，每天睁开眼的第一件事就是看日历，算计距离开学还有几天。看不到心上人的日子如此漫长，乏味，她几乎一刻也等不及了。她在日记里写道：爱情是一个人的事，我爱你，与你无关，与任何人无关。她开始泰然自若地在日记里使用"爱"这个字眼，她觉得自己有资格谈情说爱了，她已经懂得了真正的爱情是什么滋味。是啊，就是这样的滋味，日思夜想。她的每根头发，每寸肌肤，每根纤维，都患上了相思病。钟远新的身影在她的脑子里晃来晃去，睡觉想的是他，醒来想的也是他，满脑子都是他，心心念念都是他。

苏曼也回来了，即将大学毕业的苏曼郁郁寡欢，他没有发现妹妹的异常，苏娅也没有看出哥哥的寂寞。此时的苏曼，也陷在一场苦恋中。不同的是他的爱情不是暗恋，而是热恋，对象是一位西南小城的姑娘。他们的爱情正是一日不见如隔三秋的阶段。算算吧，一个漫长的寒假究竟隔了多少个秋？苏曼时常躲在房间打长途，家里电话费陡增。苏曼信件频繁往来，两三天就有一封信被邮差送到门上，苏曼"此地无银"地对家人解释这些信都是同学写给他的。其实，他解释不解释都无所谓，没有人真正关心信件来历。苏娅不关心，她的脑子锈住了，里面除了她暗恋的男人，别无他人。父亲和母亲更不关心，他们关心的是儿子活灵活现地在眼前，这就够了。

苏叔朋日日在厨房大刀阔斧烹煮煎炸，置备年饭。徐静雅举着抹布把房间擦抹得纤尘不染，地板都能照出人影。两个孩子关在自己房间，一个埋头写信，一个埋头写日记。不明真相的看在眼里，都当他们是刻苦学习的模范，奋笔疾书，发愤图强呢。

大年初一这天，徐静雅几次三番推开苏娅房间劝她出去走一走，"大过年的，窝在家里做什么，出去走走吧。"

"没地方可去。"她脚蹬在床头,仰面躺在枕头上,双手支着脑后。

苏曼被高中同学叫去参加聚会了,徐静雅同情地问女儿:"你就没有高中同学吗?你们同学就不聚会吗?你看小曼同学年年春节都要聚。"

"不知道,大概不聚吧,若是聚的话也会通知我吧。"

"那你的初中同学呢?"

"初中同学也不聚会。"

徐静雅见状摇摇头,不再答理女儿,任由她一个人孤孤单单发呆。

是啊,她的那些同学都哪里去了?他们都忘了她,而她也不记得他们了。

家里电话响了,竟然是苏拉打来的。

"你怎么知道我家电话?"苏娅纳闷地问。

"罗小玲说的。"

"罗小玲不是回家了吗?难道她已经回来了?"

"没,她没回来,她以前说的。其实……也不是她说的,我看过她的通讯簿,上面记着你家的电话。"

"你有事吗?"苏娅问。

"大过年的,给你打电话问个好。"

"谢谢!"

"你有空吗?"

"嗯?"

"有空的话,我们去光明电影院看电影。"

光明电影院!这几个字就像几粒沉甸甸的石子,稳而准地击在苏娅的心上,她想也没想,连声说,"好的,好的,几点的电影?"

"四点半。"苏拉可能没想到苏娅这么痛快地答应,补充了一句,"你真够意思。"

"现在才两点,"苏娅扫了一眼墙上的钟表,"我们四点在光明电影院门口碰面。"

放下电话,苏娅兴冲冲地准备出门的行头。过年衣服是徐静雅带她一起买的方格子半大衣,卡腰的款式,腰里别着一条仿皮腰带。裤子是带弹性的蓝色牛仔裤,紧绷绷贴在腿上,很衬身材的苗条。徐静雅见有人约女儿出门看电影，也替她高兴。她觉得女儿太闷了，一天到晚闷在家里，闷闷不乐，真要闷出毛病来了。可是，女儿真要出去了，她又不放心打电话的男生是谁，追问道："给你打电话的是谁？"

"同学。"

"高中还是初中？"

"我现在的同学。"

"叫什么？"

"苏拉。"

"哟，也姓苏。"

"这有什么奇怪的，姓苏的人家又不是只有咱们家。"

"他为什么叫你看电影？"

"无聊吧。"

"无聊也可以叫别的同学，为什么单叫你？他家在哪里住？他家里人是做什么的？"

苏娅被母亲问烦了，生气地说："你烦不烦呀，他只有我的电话，所以就叫我了。他是罗小玲的男朋友，罗小玲放假回家了，他无聊，不叫我叫谁呀。"

"这样呀。"徐静雅放下心来，"罗小玲就是来过咱家的那个女孩子吧，那孩子不错，挺懂事。"

"就是她，在学校，我和她走得近，自然也就和她的男朋友关系也比较近了，就这么简单，拜托你不要往歪处想。"

"谁往歪处想了，我只是问问而已。"

"问问而已，你这还是问问而已，你都快上门查人家的户口了。"

"罗小玲都有男朋友了，你是不是也有了？"徐静雅再度紧张兮兮。

"拜托，你放一百二十个心吧，我向你保证，没有，绝对没有。"

"那，有人追求你吗？"

苏娅摇摇头："没有。"

"真没有？"

苏娅说："我发誓，一个也没有。"

徐静雅的表情说不上是高兴还是失望，她想不明白，亭亭玉立的女儿怎么连个追求者也没有呢。

　　打扮停当，苏娅出了门。徐静雅推开窗户探出头，高声喊："小娅，身上装钱了没有？"

　　"装了。"

　　"装了多少，够不够，不够我再给你拿点。"

　　"够了，够了，我装了不少呢。"苏娅头也不回，走出一截儿路了，不经意回头扫一眼，发现母亲的脸仍旧紧贴在窗玻璃上。徐静雅没想到女儿忽然回头，赶紧把头缩了回去，像调皮的孩子顽皮捣蛋被抓了现场。苏娅一时愣住了，对自己刚才对母亲不耐烦的态度生出一丝内疚。很久以后，当她有了自己的孩子，当她每次贴在窗户上眼睛一眨不眨地看着孩子头也不回地去上学，她就会想起母亲当时的情景。

第八章

1. 苏拉的电影

大年初一的城市街景与往日不同，街道两边落满红色的鞭炮碎屑，空气中弥漫着爆竹燃放后的硫黄气味，有些呛鼻，却充满喜庆的气氛。街头小贩也与平日不同，那些推着三轮车卖水果的、卖熟食的、卖蔬菜的，全都不见了，全换成卖彩色气球、塑料充气玩具的。孩子们个个都是花团锦簇的娇嫩模样，身上穿的都是刚刚上身，还未来得及弄脏的新衣服。他们奔跑着，追逐着，嚣嚷着，他们才是节日的主角。年轻姑娘三五成群，穿着同样簇新的衣服，喜气洋洋，她们这是要去哪里？她们要去溜冰场、酒吧、舞厅、KTV、电影院，她们去所有适合这个节日娱乐的场所。

苏娅双手插在衣服口袋，她满怀兴趣地打量着周围的一切，这陌生的，与平素见惯的全然不同的场景。她一下子就融入了节日的氛围中，忽地醒悟在这样喜庆的日子闷在家里是多么不合时宜。她感谢苏拉的邀请，若不是他，她只怕发现不了这节日的妙趣。当她乘车到达光明电影院的时候，苏拉已经买好电影票等在门口。

苏拉穿着件棕色夹克，领子毛茸茸的，像是戴了个围脖。他的衣服和苏曼的衣服如出一辙，苏娅笑着说："你这件衣服和我哥哥的一模一样。"

苏拉不自在地伸手拽了拽衣服的领子，说："我妈妈给我买的。"

"我哥的衣服也是我妈买的，今年男孩子流行穿这种款式。谢谢你约我看电影，要不然，我还真没地方可去。"

"我知道你没什么朋友，所以就叫你了。"

"你也太小看我了吧，你怎么知道我没朋友。"

"没有就是没有，你别逞能。"

苏娅紧张了一下，心想，他说的好像对。是啊，我哪里有什么朋友。每次听到或看到"朋友"这两个字，她能够想到的只有贾方方，间或想起常秀妮。可是，她们离开她很久了。她是个痴心的、念旧的人。她的生命里有过她们，就容纳不下其他人。同性感情是这样，那么异性呢？她脑子里快速闪过钟远新，他会在她的心里盘踞一生一世吗？

"你呢，你有朋友吗？"她问苏拉。

"我其实也没多少朋友，孤家寡人一个，以前看电影都是和我堂姐一起看，她现在有了男朋友，把我抛弃了。"

"要是罗小玲没回家，你就不会孤家寡人了。"苏娅口气揶揄。

苏拉转移话题："买点零食吧，你想吃什么？爆米花还是薯片？"

"你都买电影票了，零食我来买。"

苏娅快步朝旁边的小超市走去，苏拉跟着走进来。她拿了一堆果脯、酸梅、蚕豆、爆米花。没等她付账，苏拉已经把钱交清了。苏娅不悦地说："干吗，我都说了，你买电影票，我买零食。"

"何必算得那么清，谁买不一样。"

"当然不一样，我又不是罗小玲，没理由占你的便宜。"

苏拉不高兴地说："罗小玲怎么了，你怎么了，你和罗小玲有什么不一样？同学之间至于说这样的话嘛，什么便宜不便宜的。"

苏娅心道，我和罗小玲当然不一样了，她是你女朋友，我算什么。"我可不想欠别人的。"她说。

"你这个人好没意思，什么欠不欠的，一点点小事也这么较真。"

苏娅听了这话更加不高兴了，"总之，我不想沾你的光。"说着，把钱塞到苏拉手里。眼看气氛僵住了，苏拉没好气地接过钱，"好了，就算你买的，你买的你吃，我可不吃。"

"什么意思，那你买的电影票，我也不看了。"

"哎哟，你这个人太难说话了，我真服你了。"

一番争执，好不容易平息下来。

他们来得早了，离电影开演还有半个多小时，影院入口处还未放行。苏娅东张西望，她心里那个蠢蠢欲动的希望又冒了出来，这希望正是伴随她一路欢欣雀跃前来光明电影院的动力。她说："苏拉，你在这里等等我，我想到附近转一转。"

"马上就开演了，你要去哪里？"

"我保证十分钟就回来，我保证。"这边说着，那边就小跑离开了，留下莫名其妙的苏拉守在电影院入口处。

苏娅钻进光明电影院旁边的一条小巷，巷子不深，穿过去又是另一条街道。这条街道古色古香，是条仿古街。大过年的，店铺大多门窗紧闭，红色对联倒是一家比一家醒目。有间出售小饰品的商店仍在营业，她走了进去。柜台里摆满各色各样的廉价首饰，闪闪发亮的假钻、发卡、头花、胸针，都是女孩子们喜欢的物件。这些东西从来打动不了苏娅。她为此常常质问自己，为什么大家喜欢的她都不喜欢。她努力培养对它们的兴趣，可是，没用，她对它们仍是不屑一顾，生不出购买的热望。从饰品店出来，掀开厚重的棉布门帘，门外，一个男人正好经过，旁边还有一个女人，一个孩子，典型的三口之家。

苏娅正要迈出去的脚停下了，她慌张地退回店内。她如约来看电影，她漫无目的穿过小巷，她东张西望，心不在焉。这一切，这一切其实都只为一个目的。现在，她的目的达成了。这个男人不是别人，正是假期里日夜盘桓在她脑子里的钟远新。钟远新没有发现她，她闪到厚重的棉布门帘后面，蹙摸他们走过了，才又从里面钻出来。她看着他们一家三口远去的背影，体形发胖的中年女人，乱蓬蓬的卷发，深紫色裤子，上衣却是红色呢子大衣。红配紫，赛狗屎，怎么穿这身衣服？她没有看清女人的脸，只看到个邋遢的背影，这背影让她大失所望。她的心被巨大的失望笼罩了，天知道，她多么愿意看到钟老师身边是一个优雅、高贵的女子。

她的暗恋就像一场高档宴席，这个衣着随意，不修边幅的中年女人破坏了她的宴席。她就像宴席上的酒杯，还是街头地摊出售的廉价塑料杯，把整个酒宴的气氛破坏了。钟老师怎么可以娶这样一个平庸妇人，苏娅简直想哭出来。

她失魂落魄赶回电影院，电影已经开场。苏拉黑着一张脸站在入口。他的脸本来就黑，因为生气更加深了几分。苏娅小跑着走近，正要说抱歉，苏拉已经转身朝里走，一副懒得听她解释的样子。两人一前一后进了剧场，摸黑找好位置坐下。苏拉把手里的零食袋扔到苏娅怀里，苏娅自知理亏，低声说："对不起，迟到了。"苏拉一本正经看着电影屏幕，对她的道歉不置可否。他似乎专为看电影而来，眼睛一眨不眨，唯恐漏掉一个画面一句台词。

苏娅自责地想，原来苏拉这么喜欢看电影，延误了开场，难怪会生气。她呆呆地盯着宽大的屏幕，画面一一闪过，是一部国产片。她拆开一包乌梅，含了一粒在嘴里，不够酸，有点苦。她仍在回忆刚才见到钟远新的情景。爱一个人，心里无时无刻不想着这个人，而对方浑然不知，她认为这是最含蓄、最高尚、最优美的爱情。然而，这含蓄、高尚、优美的爱情因为钟远新妻子的出现而掉价了，她有点无所适从。那个邋遢的背影在她眼前挥之不去，腐蚀了她对于爱情的美好想象，这真是太滑稽了。

电影最后一个镜头过去了，苏拉早不再是气鼓鼓的样子了，也许是精彩的电影故事平息了他的怒气。灯亮了，观众纷纷起身，苏娅也站起身，却被苏拉一把拉住。"看电影就要看完它，这才是对它的尊重。"

"尊重？"苏娅只好坐下。

"是啊，我们买票看一场电影，就要有始有终看完它。"

"现在不是已经结束了吗？"

"音乐还未结束，屏幕上还有字幕，怎么能算结束呢？"

前排从座位上站起身的人挡住了他们的视线，透过纷乱的人群缝隙苏拉望着电影屏幕，演员表之后是职员表，职员表之后是鸣谢单位，鸣谢单位之后是摄制单位……音乐依旧回响，主题歌是由男女二重唱表现出来的，旋律动听。苏娅转身看着苏拉，苏拉聚精会神盯着屏幕。她莫名感动，为苏拉的认真姿势感动。她理解了刚才自己迟到给苏拉造成的遗憾，他对结尾尚且如此认真，开场的延误该让他多么懊恼和沮丧。看起来，苏拉才是真正的电影爱好者，同学这么久，她第一次发现这个黑不溜秋的男生有令她刮目相看的一面。

屏幕上终于出现"剧终"两个字，再一瞅，观众也走得差不多了，偌大的剧场只剩下零零星星几个人。苏拉满足地站起身，伸了一下懒腰，叹口气，真好看！

苏娅惊讶地看着他，充满惭愧地看着他。

"走吧。"

苏娅尾随着苏拉走出剧场。天色擦黑，路边亮起节日的红灯笼。苏娅道歉着，"对不起，苏拉，刚才我迟到，耽误你看电影了，我没想到你这么喜欢看电影。"

苏拉并不准备原谅她，他绕开这个话题，问："你呢，你不喜欢看电影吗？"

"说不上喜欢，但也说不上不喜欢。"

"我喜欢电影，从小就喜欢。寒暑假的时候，最常去的地方就是电影院，在里面一泡就是大半天。我家里有上百张影碟，大多是盗版的，因为买不到正版。你也许不知道，我梦想长大了以后拍电影，还想报考电影学院，但没考上。不过，我没有放弃梦想。"

苏娅点点头："你是一个有爱好，有追求的人，不像我。"

"难道你就没有梦想吗？"

"我？我梦想离开这里，但是离开这里做什么，就没有想过了。你看，现在，我连这个梦想也落空了。"

"你觉得刚才的电影好看吗？"

苏娅心里一慌，若是在几个小时前，苏拉问她这样的问题，她一定据实回答，我根本就没认真看电影。可是，经过了刚才的对话，一切都不同了。苏拉刚才说到尊重电影，如果她说实话的话，岂不是对电影的巨大不尊重，苏拉一定会不高兴。当然，她本来并不在乎苏拉高不高兴，可是，这是人家邀请她看的，她怎么可以大言不惭地说自己根本就没有看。既然没看，那你是干什么来的？何必要来？她深吸一口气，口是心非地说："好看。"

"我每看一部电影都要做笔记。"

"哇，你真厉害。"苏娅吃惊地说。

"我做的电影笔记有厚厚一摞了。"苏拉比画道。

苏娅停下脚步，看着苏拉，认真地说："你真棒，真的，你和我原来了解的苏拉一点也不一样，你会梦想成真的。"她忽地想到罗小玲，越发肯定了她的判断。苏拉与罗小玲不会有结果，苏拉是个胸怀梦想的男生，罗小玲一开始就选错了对象。

苏拉令苏娅对"人不可貌相"这句话有了新的认识，看一个人，只能看到躯壳和皮毛那么一点点，里面究竟有些什么，根本看不透。那么她呢？她在别人的眼里会是什么样子？真实的自己又是什么样子？

离电影院不远的地方举办猜谜活动，参加活动的人进进出出，络绎不绝。苏拉问苏娅："你对猜谜有兴趣吗？"

"谈不上兴趣不兴趣的，咱们进去看看吧。"苏娅说，"猜对了还有奖品，不知是什么奖品。"

成千上万条谜语一排一排钉挂在墙上，猜中者当场撕下谜语就可拿去兑奖，空出来的位置工作人员很快就将新的谜语补上去。奖品竟然是铅笔，太缺乏吸引力了。苏娅挨个看了几条，很难猜，苦思冥想也没猜出个所以然。苏拉也并不比她强到哪儿，看了大半天，只猜中两条。苏娅看到有一条"鸡犬升天"，打《红楼梦》一人名。她猜是贾元春，当了贵妃，贾府上下不就鸡犬升天了吗。苏拉否定了她的答案。"那你说是什么？"苏娅问。苏拉说，"我也不知道，但我觉得贾元春肯定是错的"。苏娅赌气撕下谜语去兑奖处，答案果然是错的。她不甘心地问工作人员，正确答案是什么？可人家不告诉她。不过，最终她还是猜对一条："喜欢去峨眉"，打一中国城市，答案是乐山。她高兴地去换了支铅笔，总算不是两手空空。苏拉比她强，换得了三支铅笔。

苏拉问："你家有小孩吗？"

苏娅摇摇头，"没有。"

"我家也没有，铅笔没什么用处。"他喊住一个六七岁的小姑娘，把手里的铅笔送给她，苏娅见状也把自己得的铅笔给了小姑娘。

　　小姑娘一手抓着两支铅笔，笑上笑开花，连声说："谢谢大哥哥，谢谢大姐姐。"

　　苏拉说："你看她多高兴，无论大人还是小孩，不劳而获的东西总是令人开心。"

　　"不见得，倘若是她自己猜中谜语得到的，应该会更开心。"

　　苏拉想了想，"两种快乐，性质不一样，没有可比性。"

　　"哪一种更快乐？"

　　"快乐的程度一样，只是后者多了几分侥幸。"

　　"那就是说，不劳而获更快乐，因为心存侥幸，我觉得侥幸也是快乐的一种。"

　　苏拉笑了，"我可没这么说，不过，打个比方，假如小姑娘把我们送给她的铅笔弄丢了，她会伤心，但这种伤心转瞬即逝。假如是小姑娘自己猜谜得到的奖品弄丢了，她会非常伤心，这不仅是铅笔，还是她的智慧所得。丢掉了铅笔，等于把她的智慧付出也丢掉了，是双重的失去。"

　　"我明白了，不劳而获的快乐是双重的快乐，劳动所得的失去却是双重的失去，我说得对吗？"

　　"有点像绕口令，太复杂了吧。"

　　"不复杂，你的话不就是这意思嘛。"

　　苏拉点点头："这个世界就是这样，凭空得到的东西总是比辛苦付出后得到的东西更有快感，但若论起珍贵的程度，后者要大于前者。假如天气寒冷的时候，你平白无故捡到一幅崭新的手套，你是不是会很开心？可你未必珍惜它，因为得来太容易。自己花钱买的就不一样了，因为这是你付出才得到的，若是丢了，心里会不舒服。"

　　"你这家伙真像个哲学家，说起来一套一套的，难怪你父亲给你这么个名字，你都快赶上苏格拉底了。"苏娅半夸奖半揶揄。

　　"其实关于手套那番话不是我说的，是我堂姐说的，她快结婚了，跟男方索要昂贵的钻戒，我看不惯，她就这么讲给我听。"

　　"那就是说，人的感情也是这样？"

　　苏拉眯起眼睛看了一眼苏娅，摇摇头，"也对，也不对，感情不是物质，它是因人而异的。"

"其实就算是物质，也是因人而异。"

从猜谜现场出来，天色早已大黑。可能是春节的缘故，街上行人寥寥无几。公交车早早收车了，只有客运中巴，不好等。出租车也不多，都回家过年了。等了半天，终于拦到一辆出租车。行至苏拉家附近，他没有下车。苏娅奇怪地说："你怎么不下车？"

"我得把你送回家，天都黑了。"

"怕什么，今天可是大年初一。"

"正因为是大年初一，才更应该送你回家。"

"没关系的，我下了车就到家了。"

"那也不好，毕竟你是女生。"

苏娅拗不过他，只好由他。到了地方，苏拉也跟着苏娅下车，让出租车先走了。苏娅惊道："你一会儿怎么回家？"

苏拉说："我得把你送到家门口。"

苏娅指着一扇挂着彩色灯串的窗户说："我已经到了，那个一闪一闪亮着灯串的就是我家。"

苏拉抬头看了看："四层？"

苏娅点点头。

苏拉说："好吧，你上去吧。"

"可是，你怎么回去？"

"没事儿，还会碰到车的。"

苏娅朝着自己家的单元跑过去，临到楼道口，回头看，苏拉还孤零零站在那儿。她心里有一种奇怪的感觉，这种感觉让她有些害怕。她想，他为什么非要送我呢？他本来可以不用送的，若是罗小玲知道我们一起看电影，他还送我回家，心里会怎么想？她朝苏拉挥挥手："你快回去吧。"

苏拉大声说："好的，再见。"

苏娅小跑上楼，上到第三个楼层的时候，闪到菱形的漏窗旁边，透过洞开的窗口，朝楼下观望。苏拉仍旧站在原地没走，他双手插在裤兜，这是他最常做的动作。他伸长脖子朝苏娅居住的楼房张望，长久地张望。苏娅躲在漏窗旁，窥视着楼下的苏拉。怎么回事？不应该这样啊？难道……不可能！不可能！她摇摇头，阻止了这个想法，心里却怔怔的，涌起一层哀伤。如果是真的，那么，也是绝无可能的，因为中间隔着一个罗小玲。她不能接受，也接受不了。这话似乎是对苏拉说的，也像是对自己讲的。何况，她心里还藏着另一个人——钟远新，不是嘛？

2. 暗恋寿终正寝

开学后，苏娅再次见到朝思暮想的对象，望着讲台上侃侃而谈的钟远新，她的眼睛湿漉漉的，一颗心也湿漉漉的。她的脑子里不断闪过他们一家三口经过她眼前的情形，她发现自己对这个男人的迷恋因他妻子形象受损。这令她沮丧，她暗恋他的时候，嘲笑世上所有相恋的男女，在她看来，自己的爱情才是最好的、最纯的、最真的、最柏拉图的、最没有杂质的、最感天动地的。想想吧，我爱你，和你无关，和所有人无关，我只爱你。我爱你，不求拥有，不求回报，不求索取，只是安静地爱你。她在这场恋爱中体会幸福、疼痛、甜蜜、苦涩，沉醉其中，乐不思蜀。现在，她发现爱情有变质的迹象，这令她懊恼。这是多么奇怪的理论，她对他的热爱竟然因为他妻子不够优秀而削弱了。按正常逻辑，她应该高兴才对。那个女人配不上他，只有她才能配得上他。她应该这样想，不是吗？不，不，我们冤枉了她，她断断不肯这样想的。她从没有明目张胆，取而代之获得他的野心。她没有那么张狂，或者说，她没有把这份暗恋转变成相恋的念头，一点也没有。爱一个人，从没有想过与之结合，这是不是爱情？可是，如果这不是爱情，那她对这个男人狂热的迷恋又是什么？很多年以后，苏娅给自己的这场情感下定义：它也许不是爱情，但却是距离爱情最近的一种情感。

不久一次"工管"课，钟远新穿了一身新衣服，是一套紧身面料的运动服。他身材不适合穿这样的衣服，身体被衣服裹得紧巴巴的，臀部显得尤为突出。课后，有个女生嘀咕，"钟老师屁股真大。"她话音未落，周围同学便放肆地笑了起来，空气中传递着他们快活的笑声。苏娅心里难受极了，她恨不得让那个女生把刚才的话收回去。这句话丑态百出，恰如其分。它们犀利如刀，深深刺痛苏娅的心。她的心，一点一点凉下去，冷下去，像阳光下晒得灼热的石子被丢到寒冷的井底。她莫名其妙憎恨那个女生，她的一句话，让她唯美的爱情变丑了。她闭上眼睛，想把这句话从脑子里连根拔掉。可是，没用，她记住了，她竟然牢牢记住了。

爱情是多么脆弱，一句话，一个词，就可能转瞬之间被颠覆。

参加工作后，苏娅和钟远新在同一幢楼里工作。钟远新调离学院，进了建筑公司。偶尔碰到，她仍旧唤他钟老师。有几次，午休时，钟远新和同事在办公室打扑克，他们玩一种叫"拱猪"的游戏，苏娅不会，站在旁边看。她有意识地站在钟远新身后，盯着他稀疏的头发，胖乎乎的脖颈，听着他出牌时肆无忌惮的笑骂声。她无限感伤地想，这就是我的初恋吗？这就是我的初恋呀，这就是我的初恋啊！

有一次，苏娅没去食堂吃午饭，她自带了盒饭，火腿香菇炒米饭。正是冬天，她把饭盒搁在暖气片上暖着。暖气很足，到了中午，饭菜便热腾腾的。钟远新推门进来找人，看到她吃饭，问，"自己带的饭？"她说："是啊。"他自顾走上前，低头闻闻，"真香。"她讪讪一笑。他说："我尝尝。"她便把饭勺递给他，"您尝吧。"

他可能真饿了，接连吃了几口，边吃边说："真香，还是自己家饭好吃，人多没好饭，猪多没好食，食堂饭真不是人吃的，面条硬得像钢丝。"

"您也可以自己带午饭。"苏娅说。

"没人给我做，老婆懒，靠不上，我也懒得做。"

苏娅想起红配紫的中年妇人，过了这几年，她还是那副潦草模样吗？是不是更加潦草不堪了？

钟远新吃了几嘴苏娅盒饭里的饭就出去了。苏娅看看被他吃过的午餐，拿起他用过的饭勺……呆呆地看了一会儿。最后，她把饭勺和剩下的饭菜一并扔进了垃圾筒。

那天晚上，回到家，她翻出上学时的日记，看一页，撕一页。有一篇写钟远新拉她的手，当然，不止拉她，还拉了好几个同学的手。他们去某地参观，抄近路从校门后面返回，途中跨过一道沟壑。钟老师先迈过去，站在对面伸手拉几位女生。拉到她的那一刻，她的手心出汗，心跳加速。钟老师的手温暖宽大，充满力量。夜里入睡前，她舍不得洗手，她的左手握着右手，右手握着左手，幸福甜蜜，无法入眠。看着日记，苏娅想，当年自己真是充满病态——如此病态地迷恋一个男人，还把这病态看做是纯情，感动于这样的纯情。现在呢，她对他的感觉全部消失了。他吃过的饭，用过的饭勺，她都毫不犹豫扔到垃圾筒。

爱情真是不可信的东西，曾经多么狂热，现在的冷漠就有多么失望。不是对这个男人失望，也不是对自己失望，而是对"爱情"失望。这就是人性，这世上不靠谱的不是爱情，而是人性。人是善变的动物，喜欢与不喜欢，爱与不爱，就像一张扑克牌的正反面，一反一正，内容不同。她把日记撕去大半，撕下的纸用火柴点着了，放在脸盆里让它们烧个畅快。烟雾熏得她眼泪鼻涕一塌糊涂，惊动了隔壁的徐静雅。徐静雅大呼小叫推开女儿的门，手忙脚乱把火扑灭。末了，气急败坏地朝女儿肩头狠狠捆了一掌，"你这个死丫头，你这是做什么，我早晚会被你气死。"

这就是苏娅的初恋，她第一次堂而皇之称之为爱情的初恋。虽然只是暗恋，幸亏只是暗恋。后来，钟远新升职调离，他们不在同一幢办公楼工作了，偶尔碰到，相互点点头。再后来，钟远新离了婚，娶了一个比他小二十岁的年轻姑娘。在他离婚之前，他的妻子——"红配紫"的中年妇人，天天来单位闹，因为第三者恰好是苏娅的同事——文印室打字员。每天中午，趁着人最多的时候，"红配紫"便在办公楼前破口大骂勾引她丈夫的狐狸精。狐狸精模样并不出众，瘦巴巴的。同事们都纳闷钟远新怎么和她搞到了一起。苏娅有幸在办公楼前第二次看见"红配紫"，第一次只见到她的背影，这一次得以饱览全景，她惊讶地发现"红配紫"其实并不丑，甚至算得上好看，至少比钟远新的第二任妻子好看。同事们说，好看顶什么用，半老徐娘拼不过人家的青春娇嫩。苏娅淡然一笑，即使她对这个男人没有爱恋的感觉了，也愿意为他辩驳几句，她不认为他仅仅是想找个比老婆年轻的女人才离婚的，一定是他们的婚姻有了问题。"红配紫"闹来闹去的结果只是加速了婚姻瓦解，离婚以后，钟远新很快再婚，而且再次升职，调到另一家建筑公司做了老总。同事们感慨，那家伙命真好，有伤风化的婚外情竟然没有影响到他的仕途。

很久以后，我说的很久以后就是现在，眼下，新世纪的十年。苏娅有一次在路上与钟远新相遇，他手里握着一把青葱。暮春时分，下午四五点钟光景，青葱的绿格外显眼，是那种娇嫩的绿，让人心里不由一动的绿。苏娅平静地看着他，看着他手里的青葱，仿佛隔着一大段的岁月回望自己的青春，回望自己的初恋。他没有认出苏娅，面对苏娅望向他的目光，显得有些迷惑。苏娅决定不提醒他自己的身份，她礼貌地说："钟总，您好。"她从前总是叫他钟老师的。他连忙微笑着回应："你好，你好。"苏娅算计他的年龄，他应该退居二线了，离职官员格外和蔼，平易近人。

"您买的这把葱真好，这么绿。"苏娅说。

"噢，在那边买的，有个农民挑着担子卖，说是自己家菜地种的。"他殷勤地指着不远的路口。

"那我也过去买一把。"

"好，好，好，做鱼汤正好。"

说完这几句话，他们就别过了。走出一段路之后，苏娅停下脚步回头看他，发现他愣在原地一动不动。身体微倾着，脸庞朝向天空，仿佛在思考什么。他可能仍然在思考刚才说话的，有点面熟的女人究竟是谁？年迈的人，记忆力衰退，他忘记了苏娅曾经是他的学生，也忘记了她曾短暂做过他的同事。他的人生浩浩荡荡几十年，像一列拖着几十节车厢的火车，而苏娅仅仅是车厢角落的某个座位，他有理由遗忘这个座位。他永远也不会知道，他曾经无比鲜活地活在这个女人青春年华的记忆里，他是她的初恋，是她漫长人生旅途中倾心爱慕过的，屈指可数的异性中的一个。他若是知道，这该是多么有趣的事。

第九章

1. 风吹乱了头发

开学后，苏娅没对罗小玲说起自己曾经和苏拉看过电影，罗小玲也从未问过她。她确信那场电影是她和苏拉之间的秘密，他们心照不宣。

有一次，她和罗小玲一起聊天，无意中说："没想到苏拉很喜欢电影。"

"是吗？他喜欢电影吗？你怎么知道？"罗小玲完全不知道苏拉有此嗜好。

苏娅再次陷入迷惑，他们不是在谈恋爱吗？怎么罗小玲连这个都不知道？苏娅说："我有一次听他说的，忘记他在哪儿说的了，好像在车上，他没和你说过吗？"公交车是她和苏拉时常相遇的地方，拿这个搪塞罗小玲再适合不过了。

"没有。"罗小玲皱皱眉，摇摇头。

"你们在一起不聊天吗？"

"我们？我们很少在一起。"

"你们，你们没有一起看过电影吗？"

"看过一次。"

"他约你的？"

"不是，我叫他的。"

"你们不是在谈恋爱吗？"

"是吧，应该是吧。"罗小玲语气闪烁，像是不太确定他们的关系。

"什么是应该是？我可一直都当你们俩谈恋爱呢。"

"我也一直这么认为的。"罗小玲咬咬嘴唇。

"搞不懂你们是怎么回事。"苏娅责怪地说。

"我送过他一条手工编织的围巾，烟灰色的，可从来没见他围过。"

"你还会织围巾啊，我从没见你织过呢。"

"我在宿舍织的，你当然看不到了。"

"他送过你礼物吗？"

罗小玲叹口气，缓缓摇摇头。

苏娅说："这么说，他可不够意思，你都送他礼物了，他怎么能一点表示也没有。喂，你们之间是怎么开始的，能跟我说说吗？我帮你分析分析。"

罗小玲迟疑地说："是，是我主动的。"

苏娅故作轻松："怎么主动的，告告我，我也学习学习。"

"我给了他一张纸条，上面写了一句话，愿意和我交朋友吗？他回了一张纸条，上面只有两个字，愿意。那之后，我们就好上了。"

"就这样？"

"还不够吗？"

"哦，既然他愿意，怎么这样不冷不热呀。"

"你也看出他不冷不热了？我早就感觉到了，我也不知这是什么原因。"罗小玲显得心事重重。

苏娅看着罗小玲忧郁的样子，忽然想到春节那天晚上，苏拉徘徊在自己家楼下的情形，不由心虚。再见到苏拉，她躲得远远的，甚至连招呼都不和他打了。有时候两个人在公交车上遇到了，苏拉目不转睛看着她，她却视而不见，倨傲地把头转到一边。苏拉很知趣，见她这样，也就不再打扰她，两人形同陌路。

不久，班里组织植树，就在附近一座山上。歪歪扭扭的小树苗种下不少，只是不知道有几株能成活。同学们阴阳怪气地说，年年种树，年年不见树。

苏娅拎着水桶提水浇树，在一个拐角处，脚一滑，差点仰倒在地。只觉身后有个人稳稳地扶了一下她的背。她转回头一看，竟然是苏拉。苏拉说："小心点，拎不动就休息一会儿。"

她慌张地四处看看，最怕罗小玲看到这一幕。奇怪，这是怎么了，她只知道做贼才会心虚，原来不做贼也会心虚。她本该说声"谢谢"，却什么也没说，低下头，假装整理头发。风把她的短发吹成了一团乱麻，越整越乱。等到苏拉走远了，她还站在原地抓头发。

2. 预料中的结果

罗小玲与苏拉的关系正如苏娅预料的那样，没有挨到毕业，恋情就草草收场。罗小玲痛不欲生，苏娅则忠心耿耿充当闺蜜角色，劝解、安慰，陪伴她度过寻死觅活的一段时光。罗小玲是真心喜欢苏拉，要不然，何至于那么痛苦。快乐可以伪装，痛苦却是装不出来的。她消沉，颓废，自暴自弃，成绩一落千丈，连续几门功课补考。校方吓唬学生补考不及格，将被遣送回家。不过，很少有学生会在补考中不及格。补考试题总会在考试前几天有意无意传出来，那些补考生各显神通，将试题答案早早准备好。罗小玲却满不在乎，她说，不及格就不及格吧，大不了退学回家，一副死猪不怕开水烫的德性。苏娅只好替她张罗，用一条香烟从一位补考生手里换来了试题，罗小玲才得以顺利过关。

课间休息，苏娅与罗小玲在操场边的小树林散步。前一晚刚刚下过雨，树林里湿气很重，她们坐在潮湿的石头上。罗小玲知道苏娅为自己的事情跑前跑后，付出了代价。她握着苏娅的手说："谢谢你，苏娅。"

"谢什么，看你那副破罐破摔的样子，总不能见死不救吧。"

"花了多少钱？"

"什么钱？"

"考试题是买来的吧？"

"没花钱。"

"别以为我不知道行情，人家能平白无故给你吗？"

"用一条香烟换的，烟是从家里偷拿的。"

罗小玲叹口气："我欠下你的了，用什么还你呢？"

"还什么呀，不过是一条香烟，真要是值钱的东西，我还舍不得给呢。"

"这样吧，放了学，我请你吃凉面。"

"好，我要超多的辣椒。"苏娅调皮地说。

放学后，苏娅与罗小玲去了一家川味凉面店，店面窄小，只放得下几张桌子，生意极好，人满为患。两人挤到墙角一隅，各自要了碗凉面。凉面顶端覆盖着黄瓜丝、碎花生、芝麻酱，香气扑鼻。苏娅贪婪地舀了一勺辣椒油浇到上面。旁边有几个先她们而来的女生，一个尖下巴的姑娘正在说话："周六，文学社有个活动，邀请一位知名作家给咱们讲课。"

另一个女孩说："你怎么知道的，没见到通知呀。"

"我听苏拉说的，作家就是他请来的。"

苏娅与罗小玲对视一眼，看来这几个女生是"仙人掌"文学社成员。苏拉是文学社副社长，热衷小话剧，曾经招集喜欢表演的学生排演过他自编的小品，班里好些同学都去凑热闹，捧场。

两个女孩吃完饭离开，罗小玲撂下手里的筷子，眼里透出满腔幽怨。

苏娅安慰罗小玲："想开点，天涯何处无芳草，不必为了一片树叶，失去整座森林。"

"他不是树叶，他是一棵树。"

"就算是一棵树，也无法与整座森林相比。"

"没有人可以拥有整座森林，我们要的，只是一棵树。我觉得自己很失败，我对自己很失望，你不会明白这种感受的。"罗小玲定定地望着苏娅，眼睛一眨不眨。

苏娅被她盯得发毛，问道："你怎么了？"。

"没什么，"隔了一会儿，罗小玲压低声音，耳语道："苏娅，你知道吗，我和他已经……那样了……"

"那样？哪样？"苏娅一头雾水。

"我和他发生过关系了，男女关系，你不会不明白吧？"罗小玲一字一句地说。

苏娅惊讶地瞪大眼睛，她做梦也想不到罗小玲会把这样隐秘的事情告诉她，更令她吃惊的还有这件事情本身。他们，他们居然有那种关系了。可是，有那种关系了，怎么还会分手？苏拉，苏拉怎么可以这样做？碗里凉面还没有吃完，她吃不下去了，把筷子扔到一边，抹抹嘴巴，气愤地说："苏拉怎么能这样，不行，我去找他。"

罗小玲一把拖住她的胳膊，看看周围说："没用的，他亲口对我说，不要让我对他抱有幻想，他不想耽误我。"

"他这是不负责任，无耻。"

她们走出凉面店，仲春傍晚，微风拂面，空气中弥漫着万物复苏的暖昧气息。这种气息表面上生机勃勃，可苏娅觉得它是不健康的，像隔年土豆发出的新芽。四季中，她最讨厌春天，这个经常被人讴歌赞美的季节除了让她的皮炎发作，搔痒难耐，实在找不出令她喜爱的优点。她的那对银镯子经过了这么多年，仍然忠心耿耿地护在手腕上，但它对皮炎的预防丝毫不起作用。

苏娅越想越气愤，受家庭影响，她思想十分守旧。一对男女若没有发生过实质的性关系，分手就分手呗，情有可原。可是，一旦发生了，还要抛弃对方，那这男人就太坏了，这是一个上升到道德层面的大问题。

罗小玲反而很平静，她说："算了，强扭的瓜不甜，他已经有了新女友，听说是'仙人掌'文学社社员。"

"不会是刚才那个尖下巴的女生吧？"苏娅联想丰富。

"噢！"罗小玲也做出恍然大悟的样子，点点头，"没准儿。"

"文学社是催生男女恋情的温床，许多人趋之若鹜，不是出于喜爱文学，根本就是动机不纯。"苏娅刻薄地说。

"一针见血。"罗小玲笑了，她的笑有点夸张，似乎想掩饰什么，"你说得对，早知道如此，我也应该加入文学社，只要交篇千字以上的文章就可以，真很后悔没这么做，不然就可以参加他们的活动，寸步不离看着苏拉，他也不会移情别恋，另结新欢了。"

苏娅没吭声，她不认同罗小玲的话，什么"看着"不"看着"，爱情能看得住吗？寸步不离地"看着"就能揽入怀中，高枕无忧。可笑的逻辑，可笑的想法，她瞧不起这样的做法。回到现实中，一方面她瞧不起罗小玲的行为，一方面又同情她，关心她，想要帮助她。处于矛盾之中的她，决定瞒着罗小玲去找苏拉谈一谈。她不帮罗小玲，还有谁能帮她？

第二天，苏娅在校园拦住苏拉。她说："苏拉，我想和你谈谈。"苏拉问："谈什么？"苏娅说："当然是谈罗小玲。"苏拉早就料到了，笑一笑："我就知道你要谈她，好吧，放了学等我。"

放学后，苏娅在校门口等着苏拉。虽然她一直有意识地回避苏拉，却总是想起他在自家楼下徘徊不走的情景。她觉得这个秘密是不洁的，不能示人的，尤其不能让罗小玲知道。可它又有些温暖，让她每次想起都不由心弦一动。她喜欢主观、武断、简单地用"好"与"坏"去定义一个人，就因为这个温暖的秘密，她一厢情愿地认为苏拉是个好人，她更加不能接受身为好人的苏拉始乱终弃。这不仅是对罗小玲的伤害，也是对她的伤害。苏娅觉得苏拉欺骗了她，可是苏拉怎么欺骗她了？这种毫无逻辑的联系却纠缠在她心里。他的想法，她的判断都是没有道理的，她搞不清自己为什么这样想，罗小玲坦诚相告之后，她难受，她奇怪自己究竟是为罗小玲难受，还是为自己难受，或者为这种关系难受。她说不上来，她不明白，就像掉进泔水桶，浑身上下不舒服。

苏娅身在其中，不明缘由，没有局外人为她解开谜团。其实，远在春节那场电影之后，她就隐约对苏拉产生了好感，这种好感连她自己都不确定。潜意识里，她害怕这种"不健康的好感"，选择远远逃避。她的愤怒不是因为苏拉抛弃了罗小玲，而是——他竟然是一个坏人。她无法接受苏拉道德和人品上的瑕疵。

苏拉经过苏娅身边，他说："走，上车再说。"

"上车？"

"是啊，你不是要和我谈话？难道你要在这里和我谈？"

校门口人来车往，的确不是谈话的地方。他们一前一后走到车站，像平时一样等着公交车驶过来，经过几站后，苏拉说："下车吧。"

"下车？"

"是啊，这儿有个咖啡馆。"

"咖啡馆？去那儿做什么？"

"你不是要和我谈谈吗？不然去哪儿？你有更好的地方吗？"苏拉低头看腕上的手表。

苏娅跟着他下了车，不远处，果然有间咖啡馆。她从来没去过这种地方，没有机会，也没有理由。走进咖啡馆，他们挑了个靠窗位置坐下。服务生端来两杯水，问还要点什么。苏娅说："就喝这个，这个多少钱？"服务生说："这是免费的柠檬水，不要钱。"苏拉对服务生说："再来两杯咖啡。"苏娅端起水喝了一口，果然有淡淡的柠檬味儿。

苏拉说："最近上演一部新电影，是日本片，改编自一起真实案件。"

"别跟我谈电影，我们说正经的。"

"好，那就说正经的。"

"你不能这样。"苏娅说。

"不能怎样？"

"你不能和罗小玲分手，你要对她负责。"

"负责？我为什么要对她负责？"

"你自己知道为什么。"

"奇怪，我不知道。"

脸皮真厚，苏娅努力克制自己的情绪，"我一直觉得你是个不错的男生，你怎么能这样呢？罗小玲是真心喜欢你。"

"不能因为她喜欢我，我就必须和她好吧。如果有个男生也喜欢你，你就有义务和他好吗？"

"那你早干什么了？"

"我怎么了？"

"你既然不喜欢她，为什么还要和她好？现在，你厌倦了，有新欢了，就想抛弃她，你认为这样合适吗？"

苏拉笑道："听你的口气，好像我做了十恶不赦的坏事，那我也跟你说实话，我压根儿就没和她好过，哪里谈得上抛弃她？我更没有新欢，我连旧爱都没有，哪里就有新欢了？"

"没好过？你居然说得出这种话？"

"我知道你也误会我了，罗小玲误会我了，你也误会我了，总之，你们都误会我了。"

"你真无耻。"苏娅被他弄得哭笑不得。

"拜托别随便给我扣帽子，我承认我有错，可还不至于被说成是无耻吧。"

"你和罗小玲谈过朋友，这是事实吧？"

"我承认我是她的朋友。"

"那你还这么说？"

"我的朋友不止她一个，如果她愿意，我仍然愿意做她的朋友。"

"什么？你说什么？"苏娅被他的话激怒了，她大声嚷道："你太坏了，你太烂了，太不负责任了，你怎么会是这样的人？"

"我听不明白你的话，你说我烂？我做了什么烂事？"

"你做的烂事你自己清楚。"

苏娅起身朝外走，服务生端来了咖啡。苏拉一把拉住她的胳膊，"坐下，咖啡来了。"

"你是个烂人，你真让我恶心。"苏娅反复说这两句，她甩开苏拉的胳膊，"放开我，不要脸，你是不是也想把我当做你的朋友。"她回过头："我明白了，难怪上次请我看电影，也想和我做朋友，是吧？"她冷笑一声，"罗小玲真是瞎了眼。"说完，径直朝外走去。

苏拉只好追到门口，"你真是不可理喻，我好心请你喝咖啡，你不问青红皂白骂我一顿，我究竟招你惹你了？"

"你还有脸问我，你没有招我惹我，可是你害了罗小玲，恐怕还不止罗小玲。以前我不知道衣冠禽兽是什么意思，现在终于明白了。"

"我不知道罗小玲跟你说了我什么，是的，我可能得罪她了，但你也犯不着这样骂我。"

"你得罪她了？仅仅是得罪她了吗？你伤害了她。"

"是的，就算我伤害了她，那也是无心之错。我从来没有和她谈过恋爱，是她一直要和我谈恋爱，还打电话给我的父母，这是不是太那个了？所以，我必须澄清这件事，我明明白白告诉她，我只把她当朋友。如果她想谈恋爱，趁早找别人，不要因为我耽误了她。"

"天哪，朋友，你就是这样交朋友的？看来你的新女友也是你的朋友了？你真是无耻到了极点，你这个人太可怕了，你预备把我也发展成你的朋友吧？"

"我的确想和你做朋友，不过，你放心，我不会勉强你的。"

"太好笑了，你还想勉强我？"

"我说了，我不会勉强你。"

"人不要脸，天下无敌，苏拉，我真是服你了，你真是太不要脸了，太无耻了。"

"苏娅，你给我住嘴，你不要仗着自己是女的就口无遮拦，你也不要仗着我喜欢你，就肆无忌惮侮辱人，我的忍耐是有限度的。"

苏拉脱口而出这句话，脸涨得通红，愣在那里一动不动。

愤怒中的苏娅没有听出这句话的特别之处，她冷笑道："好，我不骂你，你根本不配让我骂，骂你还脏了我的嘴。"

他们的争吵招来咖啡馆的服务生，服务生斥责他们："要吵外面吵去，别影响我们的生意。"

苏娅朝洞开的大门外跑去，苏拉跟着追出去，他眼看着苏娅跑远，喃喃道："难道罗小玲没有告诉你我喜欢的人是你吗？我以为你早就知道了，你为什么这么讨厌我？"

苏娅没有听到他的话，她一路小跑离开。太可怕了，这个无良的家伙，这个厚颜无耻的家伙，这个应该被送上道德审判席的坏蛋。以交朋友的名义，玩弄别人的感情，毫无愧疚羞耻之心。她甚至为罗小玲庆幸，早一点识破了他的庐山真面目，未尝不是一件幸事呢。风吹到她的脸上，她的手轻轻地颤抖着，愤怒、震惊、激动之余，脸上的泪一道道滑过脸颊。

3. 蒙尘的秘密

这个世上，总有一些事注定成为蒙尘的秘密。苏娅永远不会知道真相。当初，罗小玲给苏拉递了一张纸条，上面只有一行字：愿意和我交朋友吗？

苏拉想也没想就回了一张纸条：愿意。

苏拉是个在男女感情方面未完全开窍的少年，错误地理解了罗小玲的意思，他以为交朋友就是交朋友，压根儿没往其他方面想。况且，罗小玲和苏娅关系亲近，他自然十分愿意交罗小玲这个朋友。

没错，就是这样，苏拉喜欢苏娅。苏拉有一个比自己小三岁的弟弟，天知道，他曾经多么希望这个弟弟是个妹妹。他还记得母亲怀着弟弟的时候，他摸着母亲圆鼓鼓的肚皮，和肚子里的"妹妹"说话，"妹妹，快点出来吧，出来和哥哥一起玩。"他问母亲，妹妹生下后叫什么名字？母亲也巴望有个女儿，告诉他，她已经想好了名字，叫苏娅。

苏娅，真好听！苏拉调皮地抿着嘴唇，想象着妹妹苏娅的模样。

母亲生女儿的愿望和苏拉有个妹妹的愿望一起落空了，"苏娅"成了他心中一个小小的遗憾，小小的秘密。当他在新生入学花名册上看到苏娅的名字时，大吃一惊。他以为这是冥冥中，命运赐予他的一份礼物。他发现苏娅和他都是本地人，而且坐同一趟公交车，他把这更看做是老天爷特意的安排。苏娅的外表吻合了他对异性的审美要求，唇线分明的嘴巴，微微上翘的下巴，倨傲寡言的性情，这一切都让他欢喜不已。遗憾的是苏娅对他不理不睬，一度因为罗小玲对他表现出了几分友善，可那年春节，他鼓起勇气请她看了一场电影后，不仅未能拉近彼此的关系，反而令苏娅疏远了他。他敏感地觉察到苏娅在躲避自己，他猜测苏娅或许另有心上人。他看着她消瘦、郁郁寡欢，却猜不透苏娅喜欢的人是谁。罗小玲给了他提示，罗小玲告诉他，苏娅有男朋友，是她早先的高中同学。得到这个消息，苏拉难过极了。他想，他喜欢苏娅的基础不是很牢固，仅仅是因为她的名字。放弃对她的情怀，除了感到遗憾，倒也谈不上特别的痛苦。毕业后，苏拉去了电视台，第二年去电影学院深造，再之后，他就彻底远离了青城。苏娅，是他青春时代一个遥远朦胧的梦，他全然不知道自己在苏娅心里留下了怎样恶劣的形象。

起初，他把罗小玲当做是熟络的异性朋友，当罗小玲五次三番单独邀请他逛街，看电影，甚至做些亲昵的动作时，他慌乱了，从一开始的遮遮掩掩到了后来的无处躲藏。罗小玲频频给他家里打电话，父母都知道了这个女生，问询他们到底什么关系，他坚持说是同学关系。有一次，罗小玲打来电话，母亲接起电话问："你究竟和我们家苏拉是什么关系？"罗小玲在电话里明确说："阿姨，苏拉没有跟您讲过我吗？我是他的女朋友。"

"我就说嘛，这孩子害羞，还死活不承认呢。"苏拉的母亲开心地笑了，还热情邀请罗小玲到家里做客。

这个时候的苏拉才意识到事情的严重性，他急急地说："罗小玲，我想你可能弄错了。"

"弄错什么了？"

"你告诉我妈你是我的女朋友，我妈信以为真，这样不好。"

"难道我不是你的女朋友吗？"

"不，你是我的朋友，但不是女朋友，朋友和女朋友是不一样的。"

罗小玲脸色大变，"你这话是什么意思？"

"当初你说是要和我做朋友，我以为就是做朋友，可不是做女朋友那样的，原谅我当时想得太简单了。"

"难道你不知道别人都认为我们在交往吗？"

"交往？你说的交往是什么意思？"

"就是谈恋爱啊。"

"别人，你说的别人是谁？"苏拉苦不堪言，他想到了苏娅，"是不是苏娅也认为你是我的女朋友？"

罗小玲紧紧地咬着嘴唇，"不止她认为，和我同寝室的女生也都这么认为。"

"怎么会这样？我，我让你有这样的错觉吗？"

"难怪，难怪……"罗小玲想起桩桩件件的往事，苏拉与她确是没有任何超出朋友关系的举动，她原以为那是他的拘谨严肃，却根本就是她会错了意。她单独叫他逛街，把手搭在他的胳膊上，他不由分说一把推开。她主动约他看电影，他总会找各种理由推拒。原来一直都是她在单相思，落花有意，流水无情。这么久的时间，她不过是和自己谈了一场风花雪月的恋爱，真是可笑，不仅可笑，还可悲，可怜！天地良心，她是一心一意，真心实意喜欢他。这件事情若是让苏娅知道了，若是让别人知道了，该会是怎样的一个笑话。她是这个笑话的主角，这个可怜的，天大的笑话将会传播到校园的各个角落。一想到此，她就更觉虚弱无助，她撑着身体不让自己倒下去，咽了咽唾沫，吃力地问："那么，现在你知道了，我一直把你当做我的男朋友，我以为自己是在和你谈恋爱，好吧，我再问你一句，我们现在谈恋爱也不晚吧？"

苏拉慌忙拒绝："不，不，这不行，我给过你什么错觉吗？我表现出什么让你误会了吗？对不起，怎么会这样，我真是笨。"

"你讨厌我？"

"不，不讨厌。"

"好，就当那张纸条不存在，我再问你一句，你愿意和我交朋友吗？不是一般朋友，是男女朋友。"罗小玲想起在哪本书里看过的一句话，"低到尘埃去"，对，就是低到尘埃去，她在苏拉面前，把自己低到尘埃去，低得不能再低了。

苏拉慌张地退后一步，摇摇头："不，不，我们只能是普通朋友。"

"你有喜欢的人吗？"

苏拉沉默片刻，说："没有。"

"好，只要你没有喜欢的人，我可以等，等你喜欢上我。"罗小玲坚定地说。

"不，这不行，我不能耽误你。"

"我不怕耽误，你已经耽误我了。"罗小玲直视着苏拉的眼睛。

"那我只能告诉你，我有喜欢的人。"

"谁？"

"非得说吗？"

"是的。"

"苏娅，我喜欢苏娅，从入学开始就喜欢她。"

苏拉的话还没说完，罗小玲已经转身逃跑了。她跑得上气不接下气，泪流满面，像一只逃脱猎人追赶的兔子。最后，她无力地趴在路边的栏杆上，失声痛哭。她何曾没有察觉过苏拉对苏娅的心意，他们在一起聊天时，苏拉总是有意无意地把话题往苏娅身上扯。幸好，这只是苏拉的一厢情愿。于是，她空穴来风，为苏娅杜撰了一个男朋友，苏拉信以为真。没想到，即使这样，也不能让他死心，他竟然还是明白无误地告诉她，他喜欢苏娅。

为什么偏偏是苏娅？她宁愿是其他任何一位女生，只要不是苏娅，她都能够接受。她恨死了苏娅，为什么苏娅轻而易举就能得到她处心积虑也得不到的东西。继而，她又为自己的恨感到羞耻，她知道自己的恨毫无理由，她不应该恨苏娅，苏娅是无辜的。可是，正因为她是无辜的，她才愈发恨她。她恨苏娅总是那副清白无污，凛然不可犯的样子。她恨苏娅有个疼爱她、宠爱她、娇惯她的母亲。她恨苏娅口袋里总是装着大把大把零花钱，想买什么就买什么，还偏偏什么也不屑于买。她最恨的还是苏娅凭什么不费一卒一车就能俘虏苏拉的心。她的恨快要把自己点燃了，烧成灰烬了。她的恨像一柄尖锐的双刃剑，刺向苏娅的同时也刺伤她自己。

她暗自发笑，她恨苏娅有眼无珠，看不到苏拉的好。苏拉是一块金子，她却视而不见。可是，倘若苏娅真要是和苏拉"好"上了，她打了个冷战，该怎么办？不能，绝不能让他们那样。苏拉，我不会让你得逞的，你不是喜欢苏娅吗？你喜欢吧，你这个傻瓜，白痴，我要让你的喜欢变成一场空。

她告诉苏娅她和苏拉发生了那种关系，这也不算是欺骗吧，虽然苏拉连她的手都没有碰过一次，可是在意念中，她早已和苏拉几度共枕了。苏娅，呵呵，苏娅中计了，信以为真了，替她打抱不平了。苏拉与苏娅，这两个姓苏的家伙，他们就像她手下的两枚棋子，她随意地拨弄它们，就让它们楚汉分界，永不相交。

毕业后，她决计不回老家了，没有苏拉又怎样，她一样要想办法留在青城。她怀揣毕业证，应聘到石油公司做文秘。她的工作需要一年签一次合同，合同期满，用人单位如果不续签，她就得立马卷铺盖走人。家人希望她回县城，可她执意不回，没有人劝得了她。她破釜沉舟，一意孤行。没出两年，所有毕业生都和她一样，自谋职业。罗小玲，无意中走在了时代的前列。假如她当年服从分配回到老家县城，现在又会是怎样的情形？

苏娅问："还需要偿还五千元委培费吗？"

罗小玲摇摇头："不知道，父母就快和我断绝关系了。不过，我会把工资攒起来，攒够五千就寄回去。"

苏娅叹口气，罗小玲工资一个月只有几百元，除去生活费用，攒多久才能攒够那庞大的一笔钱。

"你一定要努力工作，做给家里人看，让他们知道，你的选择是对的。"

罗小玲郑重其事地点点头。

罗小玲和苏娅还是一对朋友，不离不弃，不远不近。罗小玲举行婚礼时，苏娅把她接到自己家，一直到新郎家的迎亲队伍热热闹闹上门把她接走。苏拉呢，苏拉不过是她一场糊涂荒唐的初恋。如果不出意外，她与苏娅的关系会一直保持到白发苍苍。有一次，她们一起吃饭。她打趣说："苏娅，等我们老了，步履蹒跚，可能还拄着拐杖。我给你打电话，喂，老家伙，我们一起去吃饭吧。你呢，老半天才听出我的声音，说，我在看孙子呢，出不去了。"

苏娅听了大笑，笑过之后，发现罗小玲怔怔地盯着自己。她摸摸脸，"你怎么这样看我，我怎么了？"

"我忽然想起苏拉，你有他的消息吗？"

"奇怪，你都没有，我怎么会有？"

"听说他做了导演。"

"他是当导演了，我在报纸上看过他的专访。"

"其实，他挺优秀。"

"你不会还想着他吧。"

"哪有，我都忘了他长什么样子了。"

"那张报纸有他的照片，西装革履，人模狗样。现在影视圈有潜规则，像苏拉那种男人当导演，哎哟，正合适。"苏娅坏笑。

"对不起，苏娅。"

"对不起？怎么好端端说对不起？"

罗小玲伸去拭去苏娅嘴角的食物残渣。

"你这样子很温柔啊。"苏娅笑着说。

餐厅外面，熙熙攘攘的行人从她们面前经过。这么多年过去了，罗小玲知道，她和苏娅之间差别依旧很大，她们的价值观、人生观、世界观都不尽相同。假如她们之间出现了利益冲突，她想她可能还会像从前一样毫不犹豫地舍弃苏娅，出卖她。可是，她还知道一点，真正的友谊是不能够长久的。就像爱情，真正的爱情也是不能长久的。她们这样的关系，才是能够天长地久的。

偶尔，她的脑子里会闪过一个念头，如果苏娅和苏拉成为一对，苏娅的生活是不是比现在好？这个念头像烟灰掉在手背一样灼疼她。这么多年，她亲眼目睹苏娅狼狈不堪的人生……倘若苏娅知道真相，还会和她保持友谊吗？哦，会的，即使苏娅知道真相也会毫不在意，她眼里的金子未必是苏娅眼里的金子。也许苏娅心里从来没有苏拉的概念，错过他，和从来没有他，结果不是一样吗？这么一想，她就心安理得了。

第十章

1. 平步青云的罗小玲

苏娅参加工作时，时间已经进入世纪末，她在一家建筑公司上班。青城和许多城市一样，发展迅速，日新月异，随处可见热火朝天的工地，时不时就有一幢崭新的建筑物冒出来，这许多的高楼大厦有不少是由苏娅所在公司承建的。苏娅时常被城市的新面貌搞得摸不着头脑，恍惚以为去了异地。单位离家不远，经过两条窄窄的街道，再跨过一座新建不久的大桥，拐个弯，就到了公司。

这个距离非常适合骑自行车上下班，徐静雅终于同意给女儿买一辆自行车。车子看上去轻便，搬起来却沉甸甸的。徐静雅说，这样的车子才经得起磕碰。苏娅圆了自己的自行车梦。她十分爱惜这辆车，每天都把它擦拭得明光锃亮。她用毛线织了一个坐垫，又钩了镂空图案的车把套，用两只绒线球捆在车把上，绒线球垂下来，晃晃游游，调皮好看。

不过，这辆车骑了几个月后，就被盗了。

徐静雅托苏娅下班后去医院看望生病的亲戚，她把自行车停在医院门口。病人是母亲远房表姐，按辈分苏娅叫表姨。因为同在一座城市，偶尔有些来往。苏娅对表姨说："我妈妈有事，不能亲自来看您，她托我来看看您。"表姨拉着她的手说："小娅，我最羡慕你妈有你这么一个懂事、听话的女儿……"苏娅心不在焉，敷衍了几句安心养病的客气话，便起身告辞。表姨拉住她的手问："小娅，你有对象了吗？"

苏娅连忙摇头："没有，没有。"

"趁年轻赶紧找，回头我跟你妈说说，我替你踅摸一个。"

苏娅推托道："不用，不用，不急呢。"

"怎么不急呀，我可告诉你，女孩子找对象得趁早。"

苏娅心里不耐烦，表面还得赔着笑脸。等她从医院出来，走到存放自行车的地方，右看右看，自行车不见。难道丢车这种倒霉事也落到她头上了？她记起一个同事说过丢车后又在附近街道找回来了。她侥幸抱着这个希望，沿着这条路一直朝前走，一看到有自行车扎堆的地方就扑过去。天快黑了，还是没有找到。想到自己精心打扮的车子，漂亮的座套和车把套，她简直快要气哭了。

自行车被盗后，苏娅难受了好长时间。每次在路上看到相似的车子，就忍不住多瞧几眼。如果能找到小偷，她愿意和他做笔交易，她宁愿给他一笔钱换回自己那辆车，哪怕这笔钱足够买回一辆新的自行车。每每想到有人可能正在粗鲁地使用她心爱的自行车，她就痛恨无比，丢东西比丢钱更让她难受。

失去的就是最好的？也许失去的原本不是最好的，可是，因为失去了，就成了记忆里最好的东西，再也找不到替代品。

这辆自行车也一样，她刚刚与它建立了感情，它就弃她而去。母亲建议她再买一辆，她态度凶恶地拒绝了。她担心它再一次不翼而飞，她没有信心担保它不再丢失。害怕失去，宁愿不去拥有，这就是苏娅的逻辑。

从那以后，苏娅开始步行上下班。本可以买月票乘坐公交车，只是，公交车辆行走的是大路，路程绕得远一些。再说，读了三年书，坐了三年公交车，她有些烦了。

习惯步行之后，这段上下班的路，没有想象中那么远。每天，她穿街走巷，七拐八弯，健步如飞。看上去，她仍旧像个女学生，扎着马尾，穿牛仔裤，运动衫，脚下是一双平底鞋，一点不像是参加了工作的人。她的平底鞋在高跟鞋林立的女同事之间独树一帜。她的新生活，她的成长，还需要经历一段时间，才能与周围环境磨合到一起。

在单位，苏娅最常光顾的地方是五层的阅览室，一有闲暇，她就溜到阅览室。这里有各种各样的报纸杂志，环境宽敞整洁，窗台上排列着的一盆盆绿色植物，更让她满心欢喜。阅览室管理员是个四十开外的女人，据说丈夫是一名军人，常年不在家，她的身上不免染上桃色传言。苏娅眼里的军属，不善言笑，而且，不漂亮。绯闻总是和漂亮年轻的女人相联系，上了岁数又不算好看的女人怎么可能也闹绯闻呢？然而，很快，事实就让苏娅哑口无言了。军人丈夫探亲期间，发现了妻子情人的内衣，顺藤摸瓜，抓出情夫，谁也没有想到会是公司设计科一名沉默寡言的设计员。这可是触犯军婚的大事，事情败露后，军人丈夫原谅了妻子，要不然，这两个偷情的家伙搞不好会被投进监狱。事情平息后，军人妻子为避嫌，请求调离，离开了机关。苏娅抓住这个时机，百般央求母亲托人帮忙，破费了一瓶酒，两条烟，终于调到阅览室做了管理员。

一年多的工作经历，使她渐渐认识到自己与人相处时的缺陷，她发现她更适合与物打交道。阅览室有两名职工，另一位同事主管工具科技类图书，是兼职的，同时还是单位的计生干部。平日里，阅览室只有苏娅一个人。她把阅览室打扫得干干净净，杂志报纸叠放得整整齐齐，那些个座椅，每天都擦拭得纤尘不染。闲下来，她就呆坐在桌前，随意地翻看一本杂志，好半天，也未见得掀动一页。她只是在那里呆坐着，透过书页，仿佛看到了自己的一生，小人物的日常生活，平庸，乏味，得过且过，终老于此。她安慰自己，别人不也是这样生活的吗？她原本就是一个没有梦想，胸无大志的孩子，无才无智，不这样还能怎样？比她有野心、有胆略、有理想的女孩子最后不也得向这庸常的世俗生活高高举械，双手投降。不甘于平庸，又臣服于平庸，生活中的大多数，大多数的生活，都是如此，她何必斤斤计较。

罗小玲时常给她打电话，周末，她们偶尔见面，一起逛逛街，聊聊天。罗小玲已经由开始时的临时工转成正式工，她的前景出现了分明的转折。当然，她付出了代价。她的代价是什么呢，她直言不讳地告诉苏娅。她与她的上司，办公室主任——一个姓梁的其貌不扬的半老男人，关系不清白。梁主任有老婆，有孩子，不可能离婚娶她。苏娅问："既然他不会和你结婚，你何必还要和他在一起？"

"就算他肯和我结婚，我也未必嫁给他，他都多老了，我怎么能嫁给一个老头子呢。"

"你不是说爱他吗？"

"爱一个人，也不见得非得和他结婚呀。"

爱一个人，不见得非要结婚。这句话本来没什么不好，可是从罗小玲嘴里说出来，苏娅听着格外别扭，仿佛是对这句话的嘲弄。"那你以后怎么办？"

"走一步说一步，走到哪步算哪步。"

苏娅哑然，她还和从前一样，总是无法认同罗小玲的行为举止。这就是她们之间的不同，人生观时常相悖相左。

她们经过那些挂着发廊招牌的店铺，透过窗户看见里面出卖肉体的年轻姑娘，妆容浓艳，表情轻佻。罗小玲说："瞧，这些烂货。"

"别那么说人家，职业没有高低贵贱，她们靠自己的身体吃饭，她们是烂货，那么那些找她们的男人呢，岂不是更烂？"

"哟，难不成你还同情她们？"

"不，我不同情她们，只是我认为，这个世界上，没有谁比谁更高尚，也没有谁比谁更下贱。"苏娅心里还有另外一句话没有说出来，她想说，你为了达到自己的目的，做第三者，你又比她们高尚到哪儿去？

后来，罗小玲身上又发生了一件荒唐事。她处了个对象，那个对象就是她的上司兼情人——梁主任一手介绍的，据说还是梁主任拐了十八个弯的亲戚。一个老实巴交的小伙子，个头不高，在运输公司当司机，参过军，家在本地。在梁主任的撮合下，罗小玲同意嫁给这个小伙子。

苏娅亲历了这起婚事的一些关节。罗小玲出嫁前一晚就住在苏娅家。苏娅问她："他知道你和梁主任之间的关系吗？"

"你这是什么问题呀，他要是知道了，还会和我结婚吗？"

"你不觉得这样对他不公平吗？"

"难道对我就公平？你以为我愿意嫁给他？"

"你既然不愿意嫁给他，那何必举行婚礼呢？"

"你不明白。"

"结婚后，你和梁主任关系怎么处？"

"梁主任很快就高升了。"

"他高升不高升和你结婚有什么关系？"

"当然有关系，他给我介绍对象出嫁，就是为了遮人耳目。公司背后有人嘀咕我们的闲话，如果事情闹大了，会影响他的仕途。"

"我觉得这样不好。"

"有什么不好的？我的婚不会白结的，梁主任答应我，提拔我当办公室副主任，然后是主任，以后呢，你就叫我罗主任了。"罗小玲胸有成竹。

"这么说，你结婚后也不会和梁主任断绝关系？"

"顺其自然吧。"

"他真可怜。"

"你说谁可怜？"

"新郎官呗，我真想把这个秘密告诉他。"苏娅故意吓唬罗小玲。

"你不会。"罗小玲白了苏娅一眼。

"你怎么知道我不会？"

"因为我们是朋友。"

两人互相盯着对方，各怀心事。苏娅明白，罗小玲肯告诉她这些事，不过是想给郁积在心里的秘密找个出口。

她的心底也堆积着许多秘密，对钟远新的暗恋，对苏拉无以名状的情愫，对现实生活的失望，对职业的迷惘，以及之后发生的种种事件。但是，她不需要把它们倾诉给某个人，她把想说的话都写在日记里了。日记就是她的树洞，多好，她有自己的树洞。如若没有日记，她也不会对罗小玲讲，她对罗小玲缺乏信任。她了解罗小玲就像了解自己一样多。

苏娅确信罗小玲与梁主任之间的关系不会因为结婚而中断，婚姻只是给他们的私情盖上一层保护伞。那个蒙在鼓里的，老实巴交的新郎，还未抱得新人归，头上就戴了一顶青翠欲滴的帽子，而且，照这趋势看，一时半会儿很难摘掉，搞不好，会一直戴下去，戴一辈子都是有可能的。

很多年后，苏娅在一本企业期刊上见到了介绍梁主任的文章。那时，梁主任已调离本地，在某市一家石油公司任老总。文章配了梁总照片。深色西装，红色领带，端坐在宽阔的办公桌后面，微笑着面对镜头。苏娅吃惊地发现这个人除了略显老态，模样并不可憎。苏娅把期刊往桌子上一丢，调皮地拿一支圆珠笔在梁主任笑容可掬的脸上打了无数个叉。

罗小玲后来的人生朝着风光大好的方向一路前行，十年后，她已升任石油公司副总，在她身上，再也看不到当年那个小心谨慎，谦卑恭敬的县城女孩痕迹。墨守成规的苏娅已经不能与她同日而语，不过，无论罗小玲多么春风得意，平步轻云，苏娅从来没有羡慕过她，一丁点儿也没有。

哦，对了，罗小玲的婚姻只维持了两年，没有生育，至今独身。

2. 那一双桃花眼

苏曼大学毕业后没有回青城，而是去了省城一所中学任教，教高中物理，他告诉妹妹自己准备考研。苏娅也不希望哥哥是个吃一辈子粉笔灰的教书匠，她眼里的哥哥一直是聪慧的、优秀的，应该纵横捭阖、挥斥方遒，做出一番事业。她万万没有想到，苏曼的人生将要陷入悲惨境地，每当想到苏曼，她就不由感到虚弱，无力。命运如此强大，它要成就你，不费吹灰之力就能把你送上云端。它要毁灭你，轻而易举就可以把你送入地狱。

苏曼连续两年考研失败，心灰意冷。苏叔朋劝儿子面对现实，别再好高骛远，安安心心做一名教师。教师有什么不好的，太阳底下最崇高的职业。徐静雅则关注苏曼的终身大事，苏曼却毫无这方面的心思。他与大学时的女友早已劳燕分飞，每次想起那场恋爱，他都黯然神伤。

前女友是一个典型的川妹子，肤白皮细，眼睛乌黑发亮，一头瀑布式的黑发披在肩头。苏曼是在周末舞会认识她的，她跳舞的样子非常好看，紧贴在身上的牛仔裤包裹着浑圆的臀部，条纹毛衣随着四肢左右摇摆，灯光打在她的身上，就像照着一个活力四射的精灵。她对苏曼一见钟情，认识不久，就约他去校外喝茶。苏曼接受了这个充满活力的姑娘，她把热情传递到他身上，使他身感轻松、快活。一个周末，她把他约到宿舍。她用身体引诱他，他把持不住抱紧她。事后，他发现她还是处女，他问："为什么？"她轻佻地刮了一下他的鼻子："你以为我是个随便的女孩？"她没羞没臊地说，"这是我的第一次。我就是喜欢你，想抓牢你，只有这样，你才不会跑掉。"苏曼听了她的话，揽住她的腰，把头靠在她的胸前。多么洁白的乳房，多么诱人的身体。那以后，他们如胶似漆，爱得死去活来。那年寒假回家，热恋中的苏曼被思念折磨得形容枯槁。当时苏娅也陷在对钟老师的暗恋中，昏了头的兄妹俩都没有发现对方的异常。苏曼天性专一、多情，轻易不会陷入爱情，爱上了就是个情种、痴人。

如火如荼的爱情燃烧得像熊熊烈焰，苏曼掏心挖肺地迷着这个小女人，恨不得时时刻刻把她抱在怀中，含在嘴里。她的个头还不及他的肩膀，他一只手就能把她环腰抱起来，他迷恋她双腿缠在他腰上贴紧他身体时的娇嗔模样。她喜欢吃糖葫芦，他就天天跑到校门口去给她买。没有一个女生的男朋友能比得上苏曼的殷勤。男生们拍着苏曼的肩膀说："哥们儿，女人是会宠坏的，你悠着点。"苏曼不理这套，他跌落在爱情的温柔乡里，醉生梦死。

苏曼从来没有怀疑过他们之间的爱情，及至他们分手，他也没有怀疑过。不，直到现在，他也没有怀疑过。他们分手的原因并不新鲜，临毕业，她交了新的男朋友，因为对方答应把她留在成都。她不想回到穷乡僻壤的巴山县城，她也不愿意跟着苏曼去遥远的北方生活。在现实与爱情面前，她背叛了爱情。她的爱情理念是：不求天长地久，但求曾经拥有。她拿得起，放得下。对她而言，能在大学期间得到一份难能可贵的爱情，已经足矣。她真心爱苏曼，他是她的一个梦，他圆了她的梦。男女之间的感情，必定有一个占上风。爱情战场上，苏曼是个失败者，他成全了她的梦，她却摧毁了他的梦。

就在苏曼考研失利，心灰意冷之际，一件使苏家遭受灭顶之灾的事情发生了。苏娅觉得这件事就像一颗险恶的炸弹，它一直等在苏曼必经的路旁。当苏曼还是一个孩子的时候，它就居心叵测，等在那儿了。它远远看着苏曼一天天长大，上学，读书，恋爱，失恋，工作……然后，它就"砰"的一响，引爆了。

苏曼班里一个名叫康美美的女学生体育课跳高时晕倒，下身出血，送到医院，医生告知校方和家长，康美美系不慎流产。康美美是一个十七岁的高二女生，漂亮，活泼，成绩优异。紧接着，在家长的逼问之下，康美美说出了导致她怀孕的男人——苏曼。

苏曼当即被公安机关收审，消息传来，苏娅与父母均不相信这个事实，尤其苏叔朋，他捶胸顿足："他们冤枉了我的儿子，我的儿子我知道，他绝不会做出这样有辱家门的丑事。"

徐静雅也哭得昏倒在地。一夜之间，苏娅成了苏家的主心骨。她马不停蹄赶到省城，警方说判决下来之前，不允许她见自己哥哥。她找到学校，学校说苏曼是个各方面素质都不错的老师，他们也没想到会出这种事，他们爱莫能助，一切依司法程序处理而定。她三番五次要见康美美，找到康美美家，赖在门口不走，却被康美美的母亲一次次连推带骂轰出去。她了解自己哥哥，他怎么可能会对一个女学生做出这样的事，即便事情是真的，她也可以断定是康美美主动的。她的哥哥，自小就是个吸引异性目光的美少年，她了解他的魅力。就在她们为这件事四处奔波时，苏曼却认罪伏法了，他对公诉方指控的罪名供认不讳，被判处有期徒刑十二年。

判决生效，苏曼入狱服刑。苏娅与父母一道去看苏曼。剃成光头的苏曼穿着一件灰色囚衣，低着头，不知道和父母说什么好。

徐静雅顾不上抹眼泪，问："儿子，你在里面受罪了。是不是有人打你，屈打成招的？"

苏曼仍旧低着头，不说话，眼泪"啪嗒啪嗒"掉下来。

"哥，你说话呀，是康美美主动的，是不是？我知道，肯定是她主动的，你是被冤枉的。"

苏曼说话了，"不管是谁主动的，都是我的错，我是她的老师，她还是个孩子。"

"她不是孩子，她已经十七岁了。"苏娅喊道。

"她是我的学生，这点我比谁都清楚。我傻啊，我有罪，我罪无可恕，那天，我在宿舍一个人喝闷酒，喝得不省人事……对不起，对不起，我不是有意犯错的，我不能原谅自己，我没想到会成这个样子……"苏曼边哭边说。

康美美，苏娅在牙缝里咬着这三个字。这个不要脸的小女生，她害死了苏曼，她害死了哥哥，事后还把一盆脏水都浇到哥哥头上，哥哥这一生被这个女孩毁掉了。她想也不用想就知道是这个女孩恋上了苏曼，缠上了苏曼。十七岁的小姑娘，其实什么都懂了。她一个人闯进他的宿舍，她想干什么。她什么也没干，却什么都干了。

"对不起爸爸，我让你失望了，对不起妈妈，我让你失望了，对不起小娅，哥哥拖累你了。"苏曼泣不成声。

徐静雅哭着："我可怜的孩子，妈妈知道不全是你的错。妈妈最了解你，都是你生的那双桃花眼害了你呀。你很小的时候，妈妈就说过你不该生一双桃花眼，果然被我说中了。我是乌鸦嘴，都怪我，都怪我呀。"

苏叔朋看着妻儿哭声一片，呆若木鸡。

3. 永远沉睡吧

苏曼出事不久，苏叔朋被查出患有严重肝病。苏家自此家道中落，陷入一片暗淡之中。苏娅第一次感受到自己肩上的担子重了，父亲病了一个夏天，整整一个夏天，她拎着一只蓝色的保温饭煲往返于医院、单位、家之间。为了减轻母亲负担，她无师自通地学会了烧煮各种各样的汤，猪骨、冬瓜、莲藕、花生、黄豆，凡是有利于肝病患者的食材，她都买回烹制，父亲的病却一日重于一日。

有一次，她在床上喂父亲小米粥。父亲忽然说："对不起，小娅。"

"对不起？对不起什么？爸，你别瞎想。"

"爸爸对不起你，从小到大，让你受委屈了。"

苏娅垂下头，鼻子发酸，原来他什么也知道，她以为他什么都不知道，他只是忽略身为女儿的苏娅。原来他都是知道的，有感觉的，他知道自己对女儿的亏欠，感情的亏欠。

"对你来说，我不是一个好父亲，也没有尽到一个父亲的职责，我已经是有今天没明天的人了，爸爸有话要告诉你。"

"爸，你别说了，你对我很好，把我养大，让我读书，你没有什么不好的，你不要胡思乱想了。"

"不，有句话憋在我心里这么多年，我必须说出来。我怕我不说的话，以后就没有机会说了。你已经长大了，有权知道真相，我不是你的亲生父亲。"

"什么？"苏娅惊得眼珠子都要掉出来。

"那年，我接受单位安排，参加援建川藏工作，走了整整一年，回来的时候，你母亲已经怀上了你。"

苏娅手里餐盒一抖，里面的米粥洒在床铺上，她放下餐具，找干毛巾擦拭。父亲的话让她震惊，她不敢相信。

"我问她你是谁的孩子，她不说，坚决不说，我一直到今天也不知道你的亲生父亲是谁，我不知道究竟是谁给我戴了这么一顶绿帽子，一戴就是二十多年。你妈当时的意见是如果我接受不了，就离婚。我们在这个问题上达不成一致，谁也舍不得丢下你哥哥，直到你出生，你妈同意我带走苏曼，可是，我不忍心让小曼两岁就成了没妈的孩子，离婚的事情就这么拖下来。"

"难怪您一直不喜欢我，您一直都恨我。"苏娅咽了一口唾沫，吃力地说。

"不，我不恨你，你是无辜的，我没有理由恨你，要说恨的话，我应该恨你妈妈。"

"您还恨她吗？"

"恨过，但是早就不恨了，我们都老了，没力气恨了。"

"您爱过她吗？"

"现在谈这个字很好笑，什么是爱呢，我也不知道。"

"您真的不知道他是谁？"

苏叔朋缓缓摇头，"不知道，我怀疑是你母亲剧团的团长，他是唱小生的，以前追求过你妈妈，如果不是你妈妈知道他在乡下有老婆，还有孩子，没准就嫁给他了。"

"关团长？"苏娅脑子里闪过一个胖脸光头男人，小时候，每次随母亲去剧团，关团长都会捏捏苏娅的脸蛋说一句风凉话："小丫头，没你妈漂亮。"

"对，他是姓关，我与你妈这辈子过的呀，唉！你妈不让我告诉你，她威胁我说如果告诉你，就杀了我，再自杀。我知道她是吓唬人的，但我也不想让你知道，我也不想让你知道我不是你爸爸。"苏叔朋说着说着，老泪纵横，"小娅，我多希望我是你的亲爸爸呀。"

苏娅握着父亲的手，同样涕泪交加。

"你一定要照顾好你妈妈，你妈妈疼你，她疼你远多过苏曼，你一定要好好的，让她放心，让她安心。爸爸还有一个请求，你要常给你哥哥写信，经常去看他，你能做到吗？"

苏娅边哭边点头："您放心吧，您不说，我也会做的。"

"这个家就靠你了。"

半个月后，苏叔朋去世了，葬礼上，母亲哭得伤心欲绝，苏娅想起父亲临终前的话，她确信父亲与母亲之间是有感情的，也许不是爱情，但比爱情更珍贵。他们风风雨雨几十年，努力在一对儿女面前扮演相亲相爱。这扮演的相亲相爱，十分也有五分是真的。父亲葬礼上，苏娅还见到一个身穿黑色西装的女人，白皙、冷峻，她从未见过，听说是从外地赶来的，不知何方亲属。那个女人的小声啜泣同样令苏娅动容，只有发自内心的哀伤才会哭成那样。葬礼结束后，母亲同那个女人小声交谈了一会儿。两个女人拿着纸巾，相对饮泣，那幅情景令苏娅充满迷惑。

事后，苏娅问母亲那个女人是谁。母亲说："你真想知道？"

"当然。"

"你爸爸当年的相好，我和你爸差点离婚，如果不是因为孩子，我们就离了。那时候要是离了，你爸就和她结婚了。"

"还有这回事？"天哪，父亲母亲究竟藏了多少秘密，"她怎么知道我爸去世的。"

"我通知她的，我有她的地址。"

"你，你不恨她？"

"以前恨过，早不恨了，等你到了我这个年纪，你就明白了，一个人一生并不只会喜欢一个人。"

"你呢？你是不是也是另外喜欢的人？"苏娅眼睛一眨不眨地盯着母亲。

徐静雅顿了一下："你爸临死前跟你说过什么？"

苏娅别转头，她轻轻地问："是那个关团长吗？我的亲生父亲真的是那个关团长吗？"

徐静雅一怔："你爸爸果然跟你说了。"

"是他吗？"

徐静雅伸手揽住苏娅的肩膀，女儿的个头早已超出了她，她得抬起胳膊才能揽住她。苏娅安静地伏在母亲肩头，一动不动。

徐静雅说："他已经死了。"

"谁？"

"你的亲生父亲。"

"关团长死了？"

徐静雅没否定，也没肯定。这已经是上一代人的恩怨情仇，苏娅无意探究，谁是她的亲生父亲果真那么重要吗？而且，母亲说他死了，她就更没有必要探究了。她从来没有父亲，以后也不会有。有母亲就够了，只要母亲在她身边，她就没什么可遗憾的。对与错，恩与怨，情与爱，真与假，荡尽岁月的烟雾，一切都已尘埃落定。她没必要非要去翻那些陈年旧账，如果可以，就让它们永远沉睡吧。

第十一章

1. 残酷的真相

　　徐静雅没有对女儿说实话，无辜的关团长不过是她的烟幕弹、挡箭牌，苏叔朋记恨了一辈子的男人实际上只是替罪羊。幸好关团长也在一次意外中去世了，如果他还活着，难保苏娅不去找他。他死了，她确信女儿也就不会纠结于此，这个秘密永远烂在徐静雅的肚子里了。

　　时间倒流回二十多年前的一个夜晚，刚刚结束演出的徐静雅在回家路上遭遇了她一生中最大的不幸，她被三个男人劫持了。时至今日，徐静雅也不知道那三个男人长什么样子，她只记得他们的声音，带着卷舌音的普通话，与本地方言截然不同。那天晚上，她和往常一样卸了妆走出剧场。起先，她和同事相跟着，到了岔路口，各自分开，她独自朝回家的方向走。时间不算晚，约莫十点半，她一点也不觉得害怕。由于演出的关系，她习惯了走夜路。路上，依稀有行人经过，间或碰到熟人，还同她打个招呼。一切都和平时没有两样，可一切都不一样了。

　　就在离家不远处的路边，停着辆小型工具车，光线昏暗，看不清什么颜色。当她经过这辆车的时候，车后闪出一个人，还没等她有反应，一块黑布就蒙到了她头上。她惊恐地想叫出声，嘴巴却被一双手紧紧捂上了。一个声音恐吓道："别动，再动，再动掐死你。"

她被拖拽到车上，车上还有两个人。车子迅疾地启动了，不知朝什么方向驶去，蒙着黑布的徐静雅觉得这车子故意绕弯子，也不知道绕了多久，车子停下了。黑暗中，他们在她嘴里塞了棉纱，是工厂擦机床用的棉纱，簇新的棉纱，透着新鲜的机油味儿。她清楚地知道自己遭遇了什么，她停止反抗，她知道，反抗是徒劳的。她的双手被绳子捆在身后，像被特务抓捕的女英雄江竹筠，她在戏里无数次饰演过这个角色，没想到，有一天，她会身临其境。

"别怕，我们是你的戏迷。"

"没事，我们就是想玩玩，你在舞台上那么迷人。"

几个男人的声音听上去很年轻。

她被带进一间屋子，推倒在一张硬板床上。床上散发着浓郁的机油味儿，混杂着刺鼻的铁腥味儿，她猜想这间房子应该是哪家工厂的车间休息室。她身上的衣服很快被剥光，裤子褪到脚底，冰凉的手在她的身体上乱摸乱抓。

"我想你的身体不是一天两天了，白天想，夜里想。"如果不是出现在这种场合，这个男人的声音甚至称得上温柔。他们蓄谋已久，早就盯上她了。她被捆绑的四肢徒劳地挣扎着，内心充满绝望的耻辱。

那个夜晚，她被这三个男人强暴了。

事后，他们给她穿好衣服，其中一个还把她衣服上蹭的污渍擦洗干净。他们把她送回去，车上，他们威胁她，"你要敢说出去，可就别怪我们对你的儿子不客气。"他们对她调查得很清楚，知道她有个年幼的儿子。"你有什么要说的吗？"嘴里的棉纱被扯出来了，一双手还紧紧卡着她的下巴，似乎随时预防她大喊大叫。

她没说话，没叫，没喊，事情已经发生了，再喊，再叫，于事无补。她始终沉默，一声不响，两行泪从眼眶悄无声息地淌出来，濡湿了蒙着眼睛的黑布。

他们把她放到劫持她上车的路边，解开捆在她手上的绳子。她本来可以第一时间将蒙在眼上的黑布扯下，看清楚这几张邪恶的面孔。可是，她没有，她仿佛害怕记住他们的脸。他们不想让她看到自己的面孔，可是，她比他们还害怕见到他们的真面目。周围一切安静得没声了，她才缓缓解下蒙在眼睛上的黑布。

她拖着沉重的脚步回到家里。苏叔朋在外地，年幼的苏曼全托在幼儿园，家里空无一人。她烧热了一大盆的水，然后埋身在里面。她泡啊洗啊，就像要把她的人生遭遇洗白一样。可是，她知道，无论她怎么洗都没用，她的人生已经被无情地染黑了。

自那之后，她再也不敢独自一人走夜路，她变得胆小怯懦。她没有想过报警，不仅是害怕那些人的威胁，即使没有他们的威胁，她也不会去报警。事情一旦传扬出去，她会成为人们茶余饭后的谈资。想想吧，这个女人竟然被三个男人轮番强奸过，这件事会激发起多少张津津乐道的嘴唇，她还怎么见人，怎么登台表演，怎么面对观众的目光。她想了很多，唯独没有想过死，一个有孩子的母亲是不会轻易选择死的。这场灾难，这份耻辱，这段噩梦，她紧紧闭上眼睛，认了。

然而，噩梦远没有结束。两个月后，她发现自己怀孕了。这个小生命的到来让她担惊害怕，坐立不安。她出了趟门，向单位请假说是去川南看望丈夫，顺便去三峡旅游。实际上，她没走那么远，她只是去了邻省一座小城，住进当地一家旅馆。她出这趟远门，就是为了做堕胎手术，把肚里的孩子拿掉。那是个循规蹈矩的年代，没有丈夫签字，医院不肯给来历不明的女人做流产。她只有找藏在僻静角落的小诊所，开诊所的女人曾经是妇产科医生，不知什么原因被开除公职，便在家里偷偷操起旧业。就在徐静雅躺在简陋的病床上即将手术时，院子里匆匆闯进两个人，女医生慌忙跑出去，原来是前几天做的一例手术出了问题，一个未婚姑娘在她这里做流产，回家后下身出血不止，家人没办法只好来求助她。女医生顾不上四仰八叉、光着下半身的徐静雅，背着医药箱跑出家门。徐静雅从产床上坐起来，她低头看着自己不雅的身体，觉得又可悲，又可耻，又可笑。她穿好衣服，在诊所一直等到天黑，女医生终于回来了，见她还在，疲惫地告诉她，今天太晚了，不能做手术，让她明天再来。

第二天，当她再去的时候，大门紧锁，人去楼空。邻居说，闹出人命了，惊动了公安，开诊所的女医生和她丈夫连夜逃跑了。这对无良的夫妻，收了她的钱，却不负责任地跑了。无奈之下，她只好重新回到青城，肚子里的孩子却留下了。这个孩子，就是苏娅。冥冥中，老天爷不想扼杀这条生命，她如此顽强、努力，想要来到这个世界。她还没有出生，徐静雅就对她心生慈悲，这是怎样的一个可怜的孩子，她不是带着爱和期盼而来，而是带着罪孽而来。

不久，剧团去厂矿慰问演出。在后台化妆间，徐静雅晕倒在地。等她醒过来时，看护她的同事小声取笑她："哟，徐静雅，你家男人弹无虚发呀，去了趟四川就怀上了。"她虚弱一笑，不与争辩。

她面临的最大的困难是如何向丈夫苏叔朋交代，无论是坦白内情还是撒个弥天大谎，她都无法自圆其说。如果坦白的话，他能够接受妻子被人强暴的事实吗？要命的是还产生了一个罪恶不洁的孽种。撒谎的话，她又找不到恰当的谎言。他不在家，她红杏出墙？酒后糊涂，被人占了便宜？不知道为什么，她宁愿这个孩子真是自己不守妇道，外遇出轨得来的。一想到那个黑色的夜晚，她就浑身战栗。如果有一种药能够使记忆清除，她一定不惜代价把它吃下去。那个夜晚，就像一棵藤蔓妖娆的植物，把她紧紧缠住，让她恨不能把这株植物连根拔掉，一把火烧成灰烬，然而，显见得，它就在那里，攀根错节，枝芽交错，让她无能为力。

怀孕症状一天天明显，徐静雅不时感受到婴儿在肚子里伸拳踢脚。这个孩子，还没有出生，就已经在那里招惹她了。如果说她对儿子的爱是出于母亲的本能，那么对这个孩子，更多的是怜悯和同情。她可怜她，可怜她误打误撞存在于她的子宫，可怜她几次三番逃脱厄运，固执地要来到这个世界。

2. 她哭得伤心欲绝

苏叔朋援建工作即将结束，就在这时，有个年轻姑娘找到了徐静雅头上。

姑娘很漂亮，是那种传统意义上的美女，大眼睛，细眉毛，白皮肤，有着令徐静雅羡慕的高挑身材。穿着时髦的翻领毛呢，长长的头发梳成发辫盘在脑后，脖子上系着一条手工编织的红围巾。藏青色长裤，裤线笔直，黑皮鞋光亮可鉴。她走进徐静雅工作的单位，开门见山地说："哪位是徐静雅，我找她有点事。"

同事们正围坐在乒乓球桌四周聊闲话，这间大房子既是他们练功的地方，也是办公场地，乒乓球桌就是他们的办公桌。排练节目时，球桌挪到外面走廊，平时就搬进房内。那段时间，没有演出剧目，大家上班闲聊，喝水，勤奋的在边上抬腿练功，吊嗓子。徐静雅什么也没做，她正倚在窗边发呆。暖气很热，烘着她的双腿，像火炉一样滚烫。她没有听到那位姑娘的话，仍旧心事重重，望着窗外。有同事喊她的名字："徐静雅，有人找你。"

她回过头，看着门口的陌生姑娘，她朝她走过去，问："你找我？"

姑娘点点头。

"找我有什么事？"

"我们出去谈吧。"姑娘谨慎地说。

她们走出大房间，下楼，拐到剧场后门，穿过去，进了剧场观众席。偌大的剧场静悄悄的，只有舞台上亮着一盏微弱的灯。徐静雅就近找了个前排的位置坐下，"我们坐下谈吧。"

姑娘新鲜地看看四周，隔了几个座位坐下，然后倾过半个身子，面对着徐静雅。徐静雅懒洋洋地坐在椅子上，脸冲着舞台的方向，她现在满脑子都是肚子里的孩子，哪有闲暇去想其他事情。她不认识这姑娘，她以为是哪家单位派来找她谈演出的。

"我从四川来。"

四川？徐静雅心头一凛，坐直身体，她敏感地察觉到这个姑娘与苏叔朋有关。她扭头问："你是四川人？"

"不，我是山东人，我和苏工一样，都是派去四川援建的，我是苏工的助手，我叫苗珊。"

果然和苏叔朋有关，徐静雅紧张地问："他出什么事了？"

"他一切都好，您不用担心。"

徐静雅松了口气，"那你找我有什么事？"

"我，我想请您答应一件事，您能和苏工离婚吗？"苗珊说出这句话似乎鼓了很大勇气

"你说什么？"徐静雅以为自己耳朵听错了。

"我，我想请您和苏工离婚。我爱他，他也爱我，可他不想伤害您。"

这一次，徐静雅听明白了。第三者，这个名叫苗珊的姑娘是她与苏叔朋之间的第三者。她冷冷说道："是他让你来的？"

"不，他不知道。"

听说过原配找第三者算账的，还没听说过第三者理直气壮找上门来的，徐静雅没想到这样戏剧性的事情会发生在自己身上。不要脸！这三个字在她的口腔里旋转，就要脱口而出了，但是，她费了很大的力气，用舌尖把它们一个一个咬碎，吞回肚子里。

"你们的关系到什么程度了？"

"这个……"苗珊低下了头。

"好吧，你让他自己跟我说，你可以走了。"

"你同意了？"苗珊脸上闪过一抹惊喜。

"谁说我同意了？我是说，你让他自己来跟我谈离婚的事儿。而且，离不离婚，是我们夫妻的事，外人无权过问。"

苗珊的脸转瞬暗下来，"他以为我回山东了，他并不知道我来找你，他现在也很为难，很痛苦，我不想看他那样。"

"你不想看他那么痛苦，想来看看我怎么痛苦，是吧？"

"不，不是，对不起。"苗珊慌张地道歉。

徐静雅望着她，这个姑娘真是年轻啊。二十出头的小姑娘，天真无邪，不知天高地厚，以为爱情就是一切。她知道苏叔朋有个儿子吗？她知道苏叔朋为了她会丢下自己的亲骨肉随她一起去山东吗？

"好了，你什么也不用说了，你走吧。"徐静雅冷冷地打发走了她。

苗珊走后，徐静雅哭了，哭得痛不欲生。她的人生真是艰难，一波未平，一波又起。昏暗的观众席上，她蜷缩在座椅上的身影显得那么孤单。

3. 干枯的标本

不久，苏叔朋回家了。刚回家，徐静雅就把苗珊找她的经过详详细细告诉了苏叔朋。苏叔朋自知理亏，不说一句话，又是抱头又是挠腮，坐也不是，站也不是。徐静雅说："你要是想离婚的话，我不拦着。"

"我，我……"苏叔朋"我"了半天，说不出一句完整话。

"你究竟想怎样？"徐静雅问。

"我们，我们之间，是她主动的。"

不要脸！徐静雅冷冷地看着苏叔朋，这三个字再一次在她的口腔里转动着，回旋着，上一次这三个字是对苗珊，这一次是对苏叔朋。男人总是以"不是自己主动的"为由开脱，殊不知无论主动还是被动，只要事情发生了，就是半斤对八两，五十步笑百步。这对男女究竟谁更不要脸，徐静雅觉得苏叔朋比苗珊更加不要脸。

爱情究竟是什么，其实徐静雅一点也不懂。她少不更事，18岁就被年长她十几岁的关团长的花言巧语迷惑，失身于他。谈及婚嫁才知对方已有妻室，关团长信誓旦旦说一定会离婚娶她，让她等他。可是，当她亲眼见到关团长乡下的老婆，她就放弃了等待。不是因为等待无期，而是出于内心的良善。那个拘谨的女人畏畏缩缩，小心翼翼的眼神给了她太深的印象。她不能伤害这样一个女人，她不希望自己一生都背负着这样的眼神生活，这样的人生太沉重了，她背负不起。恰逢有人给她介绍苏叔朋，相亲时，她毫不犹豫点了头。不久，她就嫁给了苏叔朋。

尽管她不忍心伤害关团长的乡下妻子，关团长仍然抛弃了那个女人，但这和她已经没有关系，关团长离婚后娶了团里另一个唱花旦的年轻演员。徐静雅一点儿也不后悔，许是因为她根本就没有发自肺腑地喜欢过关团长吧。

无论关团长，还是苏叔朋，他们于她都是一样的。没有刻骨铭心，没有牵肠挂肚，没有魂牵梦萦。她甚至有点羡慕那些为了爱情赴汤蹈火，奋不顾身的勇士，比如这个名叫苗珊的姑娘。可是，苏叔朋当真爱那个姑娘吗？

徐静雅平静地对苏叔朋说："我能理解你，一年多的时间在一起工作，朝夕相伴，她又是个漂亮好看的可人儿，难免干柴烈火。"

"别说那么难听。"

"嫌干柴烈火难听，那就说好听一点的，日久生情，眉来眼去，情投意合，这下可以了吧。不管好听还是难听，意思都一样。我想你也是真心喜欢那姑娘吧，离婚可以，但是苏曼必须跟我，他还小，我是他妈妈，于情于理，他都必须跟我。"

"不，我不能让儿子没有爸爸。"苏叔朋本能地喊出声。

徐静雅忽地站起来，朝厨房走去，边走边说："我饿了，怀孕的女人特别容易饥饿。"

苏叔朋回过神来，惊讶地抬起头，问道："你刚才说什么？你说怀孕？"

"是的，我怀孕了。"徐静雅转回身，直视苏叔朋。她做了最坏的打算，离婚。先前她还为自己能否坦然面对丈夫忧心忡忡，现在，她觉得一切的罪孽都是对苏叔朋的报应：他背叛了婚姻，她才有了这个孩子。无论这个孩子是男是女，她绝不能让他带着先天的罪孽而来，哪怕被人当做是偷情的私生子，也好过丑陋残酷的真相。

"你不用这么看着我，我刚才就说过了，想离婚，自便，我没意见。"

"这个孩子是谁的？"

"我没义务告诉你。"

苏叔朋咆哮着喊道："离婚。"

离婚最棘手的问题是儿子苏曼，夫妻俩谁也不让步。徐静雅说："苗珊知道你有个儿子吗？"

"知道。"

"她愿意做苏曼的后妈吗？就算她愿意，她能做好这个后妈吗？"

苏叔朋刻薄地说："为什么非要和我抢小曼？你不是又怀了一个吗？我看只要你愿意，想生多少就能生多少。"

徐静雅毫不客气，挥手就打了苏叔朋一个耳光。苏叔朋举起手想还击，望着妻子愤怒的目光，抬起的手又缩了回去。他骂道："可恶，不要脸，做了对不起我的事，还这么嚣张。"

徐静雅不甘示弱，针锋相对："彼此彼此。"

两人吵来吵去，每次都没有结果。眼见徐静雅临产的日子一天天到了，这个当口就是想离婚，民政部门也不会准许，离婚的事情就拖了下来。

徐静雅生苏曼的时候，苏叔朋的母亲专门来家里伺候她坐月子。这次生苏娅，徐静雅不敢有此奢望。苏家眼里能揉得进沙子吗？不久，婆婆让人捎来话，说是关节炎发作，不方便前来照看。徐静雅在医院生下苏娅一周后，回到家里，自己煮粥做饭洗尿布，没拿自己当产妇。当粉嘟嘟的小娅张开小嘴含住她的乳房，她的眼泪就掉下来了。这是她的女儿，她不养谁养？她不疼谁疼？幼小的苏曼看着这具小小的婴孩，含糊不清地唤着"妹妹"。苏叔朋面对此情此景，主动分担了一部分家务，这个家表面上恢复了平静。

后来，苏叔朋去了一趟山东，走了差不多半个月。回来的时候，给苏曼买了一身海军童装，同时给徐静雅买回一双青岛皮鞋，却绝口不提离婚的事。徐静雅也不问，耐心等他开口。自打女儿出生，她也改变了主意。她一个人带两个孩子委实不方便，如果苏叔朋不肯放弃对儿子的抚养权，她决定拱手将儿子送给他。

苏叔朋迟迟不开口，徐静雅倒沉不住气了，"你去山东见到苗珊了？"

"见到了。"

"我考虑过了，如果你执意离婚，儿子跟你，我没意见。"

苏叔朋不吭声，抱起苏曼，走到阳台。

苗珊父母不同意他们的婚事，他们不希望女儿嫁给一个离过婚的男人，这也是人之常情。女儿执意要嫁，他们做出了让步，不能远嫁，只有苏叔朋把工作手续调到山东，而且，苏叔朋不能把孩子带过来。跨省调动是一件困难的事，无论苗珊来青城，还是苏叔朋去山东，都面临巨大的难度。被恋爱冲昏头脑的男女，直面现实，才知道水中月，镜中花的美好是多么虚幻。

苏叔朋不急着离婚，徐静雅自然也不去催促。日复一日，这个四口之家就这样貌似安稳地运转下去。偶尔，苏娅会见到苏叔朋来不及收好的寄自山东青岛的信件，邮票规规矩矩贴在信封右上角，信封上的字迹娟秀整齐。

里面写了些什么内容？尽管好奇，她却从来没有拆开过。徐静雅，这个整天在戏文里出入的人，碧云天，黄叶地，大雁南飞……早已潜移默化，腹有诗书，自尊而骄矜，不卑不亢。苏叔朋与苗珊关系的彻底了断是在几年后，在时光催人老的无奈中，苗珊嫁为人妇。自此，苏叔朋死心塌地，接受了现实。他与徐静雅的婚姻起始于懵懂，成长于离乱，安定于积年累月的相守。对于苏娅这个女儿，他始终耿耿于怀，他早知道徐静雅婚前与剧团团长关系暧昧，他想苏娅也许就是关团长的骨肉，他有意识地回避这个女儿的存在。趁苏娅不注意的时候，他又忍不住偷偷盯着她看，想从她的面孔窥出迹象。苏娅长相酷似其母，只有下巴更加尖俏，一张瘦削的瓜子脸与关团长的团团脸迥然不同。偶然路遇关团长夫妻伉俪情深，对他也表现得有礼有节，他又疑惑了，这个女儿究竟出自何处呢？时间一天天过去，他终于放弃了对她身世的探究。徐静雅不说，他也不问。

苏叔朋与徐静雅没有经历过轰轰烈烈的爱情，他们的感情在数十年朝夕相处中衍生成割不断扯不开的亲情，荣辱与共，携手并肩，膝下养育一对儿女，谁能说这种感情不坚固呢？即便苏娅是他眼里的一根刺，天长日久，这根刺也成了一柄柔软的花茎，他对这个女儿，也不是没有感情的。

苏曼出事后，他一病不起。苏娅拎着保温饭盒冒着烈日一趟趟给他送饭、喂食、洗漱，无微不至照顾他。看着她消瘦的面孔，汗水濡湿的发缕，努力向他展开的宽慰的笑颜。他真是悔啊！如果生命可以重新来过，他一定善待这个女儿，给她一份父亲的关怀与宠爱。可是，一切都来不及了，如果有下辈子，他希望能够有缘与她再续一段父女情缘。然而，这一生，只能这样了。带着无限的不舍，带着对儿子的牵挂，对妻子的流连，对女儿的愧疚，他永远地合上了双眼。他心里本来还有一个小小的角落，埋藏着另外一个女人。可是，随着时间的流逝，她埋得越来越深。在他离开人世之时，几乎想不起她的模样了。在时间面前，再刻骨铭心的爱情也会如同夹在书页中的蝴蝶，沦为干枯的标本。

第十二章

1. 不完整的人生链条

苏娅知道自己不是苏叔朋的亲生女儿后，涌上心头的除了难过，还有如释重负的轻松，仿佛多年来想要解答的一道难题终于有了正确答案。从小到大，她一直努力想得到父亲的关注，甚至暗暗嫉妒苏曼。她为自己的性别自卑，为自己不够优秀懊恼。现在，一切真相大白，并非她不够好，并非她太差，而是另有隐情。她原谅了父亲多年来的漠视与不关心，她不恨他，一点也不恨，看着病床上奄奄一息的父亲，她除了同情，还是同情。她也不恨母亲，母亲给予她的爱足以抵偿她所有的过失——如果她真的有过失的话。父亲葬礼中出现的神秘女人使她知道父亲和母亲都是有秘密的人。秘密，每个人都有不为人知的秘密，这些秘密是开在暗夜里的花朵，见不得阳光。它们有的芳香迷人，有的渺小寒碜。无论它们是丑还是美，是卑微还是高贵，就让它们开放吧，悄无声息地开放，悄无声息地凋零，悄无声息地陨灭，悄无声息地消失……

她仔细回忆关团长的音容笑貌，家中相册有几帧母亲与同事的合影，其中也有关团长。年代久远的黑白相片，众多人头挤在一起，即使用放大镜也未必能看清每张面孔的模样。偶见一张略微清晰的，五个人，全身照，上面写着欢送某某同志下乡留念。中间个子最高的是关团长，戴着雷锋帽，短大衣，圆盘大脸，老辈人管这种脸型叫富态。苏娅盯着这张富态的面孔，左瞧右看，心里毫无感觉。

在创造生命的过程中，父亲作用微乎其微，一个男人一生要产生多少可以孕育生命的精子啊，苏娅不过是N亿万分之一。苏娅合上相册，她告诉自己，完全没有必要记住他，只要记着是谁养育了自己，给了自己关心和宠爱。"父亲"这两个字给予她的意义，以前就不在意，今后更无所谓了。然而，终有缺憾的呀，父亲的影像是人生完整的一个链条的重要环节。这个环节，她终究是丧失了。

2. 盘子里的茄子

哥哥入狱，父亲去世，很长时间，苏家笼罩在一片阴影之中。

表姨打来电话，说要到苏家探望。表姨就是苏娅曾去医院探望的病人，为此，她还丢掉了一辆自行车。人是健忘的动物，事情发生并没有过去多久，苏娅已然记不得那辆车的样子。她曾矫情地为之付出的难过和伤心，与后来接踵而至的一系列的事件相比，就像一粒米与一碗饭放在一起，小到忽略不计。如果丢自行车能挽回苏曼的牢狱之灾，她宁愿丢十辆、二十辆、三十辆，买一辆丢一辆，把所有的钱都花光，透支，举债，身无分文。可是，这是哪儿跟哪儿呀，风马牛不相及。苏曼的入狱，苏家的霉运，苏叔朋的离世与自行车有什么关联？

表姨拎着一袋水果敲开门，苏娅请表姨进门，表姨问："你妈妈呢？"

苏娅说："在房间等你。"

徐静雅没事就坐在沙发上看电视，或者翻来覆去听戏曲磁带，从前三天两头就要擦一遍的窗玻璃有一阵子没打理了，蒙上细细的灰尘，经过一场雨的冲刷，隔窗看去，混沌一片。苏家再也不是从前那样纤尘不染了。

表姨是来给苏娅介绍对象的，她开门见山，对徐静雅说："咱家小娅人老实，没有本事自己交男朋友，如果不早点张罗，怕到最后，寻不到一个好的人家。"

苏娅听到表姨的话事关自己，退出房间，两只耳朵却竖起来，留心隔壁动静。

表姨的话说到了徐静雅心里，她边用水果刀削苹果边说："前几年，我生怕她不小心碰上坏心眼的，遇人不淑，平日里看管得紧。现在，她也参加工作了，我也放出话，可以谈恋爱，可是，也没见有个动静。你说对了，小娅老实。外人不替她张罗，怕是一辈子也嫁不出去。"

"就是嘛。"表姨说，"我来就是说这事的，前些时候，有人托我说媒，我看对方条件挺好，和咱们小娅般配。"

徐静雅问："是哪家的孩子？"

"我从前同事的儿子，在银行上班，是个好小伙，就是对自己终身大事不上心。他不急，可他妈着急，几次托我给这孩子询问个靠实姑娘，我就想到小娅了。"

表姨给苏娅介绍的对象姓姜，名叫姜博健，年龄大苏娅七岁，家境还不错，父亲是一所中学校长，母亲是表姨同事，银行的退休职工。小姜有两个姐姐，都已出嫁。

徐静雅本来嫌对方年龄大，可架不住表姨巧舌如簧。什么女人老得快，嫁人就得嫁个岁数大些的。男人岁数大点，知道心疼老婆。大个六七岁算什么，人家还有大十几二十岁的呢。徐静雅斟酌思量一番，就替女儿点了头，"好，那就先让他们处一段时间再说。"

家里连续遭受了一连串打击，为了让母亲宽心，苏娅对母亲的话言听计从。既然母亲应允了人家，她就赶鸭子上架，开始了她平生第一次与异性的正式交往。

小姜模样平常，像影视剧里的路人甲，迎面走过，都不会让人多看一眼的角色。他个子不算高，苏娅身材高挑，若是穿高跟鞋，怕是比小姜还要高，幸好她从不穿高跟鞋。她对小姜谈不上好感，可也没有明显的恶感。

第一次见面在小姜的大姐家，表姨把苏娅带过去，打个招呼就走人了。

姜大姐给苏娅洗了个鸭梨，塞到她手上，也没用水果刀切开。鸭梨个头特别大，两只手托着才能拿得稳当。苏娅大半时间都用在对付那只鸭梨了，一旦吃开了口，总得给人家吃完吧。在陌生人面前，不好意思大口咀嚼，只能抿着嘴小口吃，这只硕大的鸭梨吃得她浑身疲惫。小姜坐在对面，有一句没一句地问上三两句话。苏娅有问才答，不问不说话。平时工作忙吗？不忙。有些什么业余爱好？没有。是本地人吗？是的。你喜欢小动物小狗小猫吗？不喜欢。嗯，我也不喜欢，我最受不了家里养宠物，我对动物毛发过敏。又问，你喜欢什么颜色？蓝色。奇怪，苏娅心里想，为什么问我喜欢的颜色，难道他也相信颜色测试性格的八卦之说。内心虽有疑问，却没有说出口。她一直低着头，装作专心致志对付大鸭梨。最后，小姜也不说话了，两人就那么干巴巴相对无语。

事后表姨打电话询问苏娅意见，还说对方愿意同她相处，就看她什么态度。苏娅拿不定主意，她想拒绝，可是，为什么拒绝人家呢？她也说不出个所以长短来。于是，听从母亲的建议相处一段时间再说。母亲说，见一面哪能看出一个人是好是赖，总得处一段时间才能摸出个子丑寅卯来。

第二次，姜家郑重其事请苏娅去家里做客，小姜在门口接应。苏娅惊讶地发现小姜家住的地方和苏拉在同一个小区。交谈中，她问起苏拉，"我有个同学在这里住，叫苏拉，你认识他吗？"

"不认识，也许见了面，有点印象。你同学比我年龄小好多吧，平时不大留意，他现在还住这儿吗？"小姜问。

那时候，苏娅已经听说苏拉去了电影学院进修，她摇摇头，"听说去了北京，不过，他父亲好像是XX企业的领导。"

"哦，我知道你说的是谁了，你说的是苏总的大儿子，他家就在我们家楼下。"

这么巧！苏娅霎时瞪圆眼睛。

小姜父母对苏娅特别中意，苏娅言谈举止给人一副老实本分的印象，正是老辈人喜欢的类型。

第三次见面约在苏娅家里。小姜第一次去苏娅家，买了一大堆东西，拎都拎不动。徐静雅被小姜的实诚劲儿打动了，心想，岁数大一点算什么，女儿如果能嫁给这个小伙子，倒也不错。她笑眯眯地看着小姜，自从丈夫去世，她还是第一次露出发自内心的由衷笑容。苏娅看母亲的态度，有些宽慰，又有些怅惘。

她问自己，我有什么可怅惘的？我不喜欢小姜，难道我就有喜欢的人吗？在这个世界上，我连一个喜欢的人都没有。我惆怅什么呀？她也一心巴望着生活中能够出现一个让她怦然心动的男性，可是，多遗憾，没有。她细究自己的情感历程，自从对钟远新一厢情愿的单恋结束之后，再没有一个异性闯进过她的心房。再想一想，等等，好像有，她的脑子里飞快地闪过苏拉的影子，但是，很快，她就打住了。那是不作数的，一念之间的错觉。苏拉是个糟糕的家伙，她不能对他动心。如果真是那样的话，她简直看不起自己了。

小姜不大爱说话，苏娅更是懒得开口，两个人待在一起，不免犯闷。见过几次后，苏娅萌生退意，知女莫若母，徐静雅看穿女儿的心思。这天晚上，徐静雅走进苏娅房里，推心置腹地对苏娅说："小娅，妈看啊，小姜的家境和人品，在你周围，算上乘了，妈是过来人，知道什么样的男人适合过日子，你嫁给他，不会有错！"

"我们之间没有爱情。"

"那你和谁有爱情？"

"我……"苏娅摇摇头，"没有。"

"这就对了嘛。"徐静雅拿准女儿在外边没有心仪的男人，她像个开明的家长，循循善诱，"如果你有喜欢的人，我不反对。如果没有，那么小姜就是不二的人选。有爱情好，没爱情也没有什么不好，总归是两个人过日子。再说了，这爱情常常是个假象，是用来哄骗女孩子的，这个世界上根本没有爱情——如果有的话，它也是瞬间的东西，短暂的东西，它不长久。小娅，婚姻就是你一生一世几十年的相依相伴，这和爱情完全不是一回事。"

苏娅目不转睛地盯着桌上的台灯，灯光刺得她眼睛发胀，看什么都成了恍恍惚惚一片。

不久，小姜单位派他去外地学习半年，姜家父母希望在小姜临走之前，把婚事先定下来，等小姜学习期满，就给他们把婚事办了。姜家言词诚恳地征询徐静雅的意见，徐静雅转而问女儿："小姜学习回来你们就结婚，你看怎么样？"

苏娅一脸愕然："不需要这么快吧？"

"你能等得起，小姜等不起，他快三十岁了，我们也要体谅人家的难处。"

苏娅沉默。

小姜临走之前，姜家在一家酒店办了桌酒宴，算是他们订婚仪式。小姜的母亲，送给苏娅一只翡翠镯子，说是祖上传下来的，烟绿色泽，光洁玲珑。苏娅接过来，小心翼翼套在手腕上。看着这只玉镯，她感觉它就像个漂亮的"圈套"，她已经掉进这只"圈套"里了。往下脱的时候，不知怎的，好端端的镯子掉在地下，"啪嗒"一声，碎成两瓣。苏娅表面一团惊慌，心里却窃喜，"圈套"被她破坏了。小姜母亲满脸痛惜，徐静雅见此，大为光火，责备道："小娅，你也太不用心了，多好的一只镯子，硬让你毁了。"

小姜大姐抱怨："妈真偏心，我一直想要这只镯子呐，您不舍得给，这下好了吧。"

二姐在旁边插一句风凉话："大姐，这是祖传的，不传给外人，我们这些做女儿的，在妈眼里，都是外人。"

场面陷入尴尬之中，苏娅悲从中来，有一种想哭的感觉，索性伏在酒桌上哭起来。弄得姜家人面面相觑，不知道怎么办才好。小姜母亲安慰她："摔了就摔了，不就是一只镯子嘛，我们家还有呢，回头再送你一只。"两个姐姐看场面收拾不住，纷纷站起来做好人，劝苏娅不要在意镯子的事，刚才她们的话都是无心的，万不可放在心上。

徐静雅没再说话，她瞟了一眼女儿。她的女儿她了解，她知道她这哪是为了一只镯子，根本是借题发挥。

风波终于过去。苏娅擦净脸上泪痕。酒店包间的空调出了毛病，小姜二姐不时唤服务员进来调低些温度，可房间还是陷在闷热之中。苏娅看着面前一盘油焖长茄，一层红油明晃晃地浮在表面，茄块软绵绵地浸泡在汤汁中。她觉得自己就像茄块，浑身黏满了油汪汪的汁液。她想挣脱它们的包裹，身体却软绵绵的，毫无力气。她努力想让自己高兴点，但是，没用。她不甘心地想，我的人生就这样了吗？青春、爱情、梦想，一切都没有开始，一切就都结束了。

3. 莫名其妙的相识

姜博键不在的日子，苏娅的生活安静了许多。母亲已经从大起大落的动荡中安定下来，渐渐接受了丈夫的死及儿子身陷牢狱的事实。徐静雅重新开始对环境吹毛求疵，洗衣服、擦玻璃、听戏曲，忙得不亦乐乎。

苏娅看到母亲这个样子，终于松了一口气。这么久以来，她一直提心吊胆，担心母亲的精神状态被家庭变故彻底打垮。现在好了，看上去，母亲已经恢复元气。她这个做女儿的，也可以放宽心了。再大的悲伤，再多的痛苦，终是要落实到一菜一蔬、一粥一饭中，随着时间的流逝，终是会变得波澜不惊、温吞滞缓。时间是一块质地优良的肥皂，这里擦一擦，那里抹一抹，混乱的往事就漂洗干净了。

有时候，下班早了，苏娅不想直接回家，就在路上拐一道弯，沿着河坝徒步走到一座露天广场。路上，不忘在临街店铺买一包乌梅干。她喜欢它们的味道，吃到嘴里，酸，甜，还苦，就像生活的滋味。

那天也是如此，苏娅到达广场的时候，正是黄昏。她走得急，身体困乏，坐在长椅上，索性脱了鞋子，盘起双腿，靠着椅背。这个坐姿特别，广场散步溜达的人们不时把目光扫到她身上。露天广场眼界空旷，花岗石路面，被清洁工人打扫得干干净净。铁制的黑色栅栏围起一片片花圃，种植着冬青、铃兰、黄色或蓝色的雏菊。间或还有几处汉白玉搭建的水榭亭台，乱石堆砌的假山。休息一会儿，她从包里拿出一本杂志。如今，身为阅览室管理员的她，最大的便利就是能够浏览各种各样的期刊杂志。她的挎包里常年装着一只袖珍收音机，她喜欢收听本地交通台，这个台除了通报路况路讯，便是播放一首接又一首的流行歌曲，连歌名都不报。苏娅戴上耳机，一边听着收音机里的音乐，一边翻着手里的杂志，心情安逸。

光线逐渐暗下来，暮色四合，华灯初上，广场亮起绚丽的霓虹。苏娅起身收拾东西，准备回家。这时候，有人喊住了她："喂，你刚才看的什么书？"

听到声音，苏娅诧异地回头，站在她面前的是一个陌生的年轻男子，一头不知是烫过还是天生的卷发，新潮，洋气，时尚。身上穿着敞怀的、颜色夸张的碎花半袖衫，脖子上还戴着一枚亮晶晶的观音玉坠。要命的是，他敞着的，裸露的前胸刺着图案，是一条张牙舞爪的青蛇。苏娅皱皱眉，她从来没有和这样吊儿郎当的人接触过，他胸脯上的图案是文身吧，这可怕狰狞的图案。她犹豫片刻，把手里杂志递给他。他低头扫了一眼封面，笑道："这杂志有什么好看的。"

苏娅不作回应，她想赶紧离开。可是，他拿着她的杂志，看样子，并不打算还给她，而是自顾坐在旁边的椅子上，优哉游哉跷起二郎腿。还喧宾夺主地招呼苏娅坐下，"坐下，聊一会儿吧，时间还早。"

"这恐怕不合适，我得走了。"苏娅鼓起勇气，伸手从他手里掣过自己的杂志，转身就走。

没想到，那人腾地从椅子上站起来，三步两步追上了她，"喂，别走，跟你说一件正经事，我有两张电影票，就在附近剧场，我们一起去看电影好不好？"

莫名其妙！苏娅心里冒出四个字。她停下脚步，不可思议地看着这个满头卷发的家伙。

苏娅笃定这个人是那种无事生非的街头混混，既讨厌，又吓人。想到这儿，她一声不吭，转身继续朝前走，脚步加快，近乎小跑。可是，她走得再快，也赛不过卷毛的两条长腿。他追到她身边，讨好地说："喂，我只要你去看电影，不，我只要你陪我进电影院走一遭，哪怕你这头进去，那头出来。"

苏娅心慌气短地想，天，看来我真得遇上麻烦了。她故作镇定："对不起，我已经有男朋友了。"没想到，她话未落音，却招来那个家伙一通大笑。他的笑声使苏娅犯怵，她不明白他笑什么，有什么好笑的。神经病，真是个神经病。

他边笑边说："你有没有男朋友跟我有什么关系，难道你以为，我想做你的男朋友？"

苏娅被他问得大窘："你，你，你到底什么意思？"

"就是看场电影嘛。"

"不！"

"必须去！"

"我要回家。"苏娅头也不回。

他几步追上她，伸手揪住苏娅的胳膊，几乎是用威胁的口气说道："必须去，否则我拧断你的胳膊。"

苏娅的手臂被他揪疼了，差点流出眼泪，心里又害怕又无计可施。她的口气软下来，"为什么非得看电影？"

"别问那么多，就算是帮我一个忙。"卷毛口气听上去不急不缓，但又暗含着不容置疑的蛮横和霸气。

街上人来人往，看你能把我怎么样？想到这里，苏娅问："进去就可以出来？"

"当然，我以人格担保。"

苏娅心里"呸"了一口，臭流氓，你也配说人格。可还是被这个家伙的凶悍吓住了，没办法，她只好答应。剧场就在广场左侧，她走在前面，他紧随其后，前后相跟进了影院。她刚进去便要返身出来，他压低嗓音说："进去，坐到位置上，然后，你就可以自便了。"苏娅忍气吞声找位置坐下，卷毛不离左右，寸步紧跟。卷毛说："好了，电影一开，灯光暗下来，你就可以走了。"他递到苏娅手里一筒冰激凌，这家伙不知什么时候买了冰激凌。苏娅一把推开："不要。"卷毛压低声音，说："让你拿着你就拿着，别找不自在。再等一会儿，电影一开，灯一黑，你就可以离开了。"苏娅只好别别扭扭接过手里的冰激凌。

铃声响过，电影开场，背景音乐响起，灯光暗下来。她扫一眼身旁的卷毛，心里打起小主意。她打算等一会儿假装离开，然后换个角落的位置继续看这部电影。反正……不看白不看。卷毛似乎明白苏娅的心思，小声说："这部电影不错，我看过，建议你也看看，别浪费了电影票。"苏娅不做声，直了直腰身，暗暗白了他一眼。

很快，苏娅就专心投入到电影中了，她甚至没有发现身边的卷毛是何时离开的。影片中间，男、女主人公一而再、再而三地错过相遇的机会，每一次近在咫尺，每一次擦肩而过。他们一次又一次被命运捉弄，就像海面上漂浮着的两块浮冰，眼看就要相撞了，一个浪头打过来，转瞬隔得更远。苏娅暗暗替他们焦急、遗憾、难过。当她看到，多年以后，两个人终于邂逅在纽约街头……端坐在影院中的苏娅，无声地落下眼泪。真好，她想，真好！他们没有辜负对方的坚守与等待，老天爷终于还是让他们相遇了。

电影散场，苏娅思绪回到现实中。卷毛没有再出现，他果然兑现了自己的承诺，说到做到。他只要求她陪他一起进电影院，仅此而已。可是，苏娅还是感到百般不解，这个莫名其妙的家伙，他为什么这样做？难道有精神病？一点也不像呀。她低头看着自己手上捏着的冰激凌蛋卷的空盒子，心想，不仅白看了一场电影，还白吃了一筒冰激凌。如果她会写作的话，今天的经历完全可以写成一篇小说。

看完电影回到家里，已经十点钟了。苏娅很少这么晚回家，徐静雅不放心，正在楼下的路口等她，远远看到她的身影，生气地喊道："死丫头，你疯到哪里了，这么晚才回家。"

苏娅小跑着过去，解释说："我去看电影了，临时决定的。"

"真是把你惯坏了，一点不把家里人的担心放在心上，再怎么也应该打电话告诉我一声吧。"徐静雅还在气头上，"赶明儿你也买个手机，找你方便。"

手机刚刚兴起，苏娅还没有赶这个时髦。

"我保证，以后再有这种情况，一定先打电话。妈，今天的电影可好看了。"

"少跟我打马虎眼，你和谁去看的电影？"

"我……我和罗小玲，临下班的时候，她去单位找我，叫我一起去。"苏娅即兴撒了个谎，与母亲边说边回家。

"以后记得，不管去哪里，都要提前说一声。"徐静雅听信了女儿的话，她问："你上次不是说罗小玲谈了个对象，快要结婚了，定日子了没有？"

苏娅点点头，又急忙摇摇头："没定日子。"

"小伙子怎么样？和小姜比怎么样？"

"半斤八两，差不离，嗬，个子也不高。罗小玲说了，我们俩一个命，和矮子有缘。"

"人不可貌相，海水不可斗量，跟你说多少次了，不要以貌取人，长得高有什么好，傻大个，做衣服还多费二尺布。你知道拿破仑多高吗？一米五，小姜可比拿破仑高多了，你别矮子长，矮子短挂在嘴边，让人家听到了，心里不自在。"

"嗯。妈妈，我就是喜欢高个子男人，也可能我从小就是照着哥哥的标准看男人的，所以，瞧谁也不顺眼。"

听女儿提到儿子，徐静雅不做声了。

苏娅自知失言，引起母亲伤心，急忙转移话题："妈，罗小玲对象是个司机，这点不如小姜，小姜好歹是机关的，用现在流行的说法，属于白领。"

徐静雅回过神，白了女儿一眼，"看人主要还是看人品，不管白领黑领，人品最重要，我就看小姜实在。"

苏娅心道，人品是抽象的，一般情况下，看不见，摸不着，只有在大是大非面前，才会露出真面目。但是，她没有这么说，她不想和母亲在这个问题上纠缠不清。

徐静雅语重心长地劝女儿："若是搁以前，我巴不得你常在外面跑，玩一玩，多交朋友，多点社交。可是，现在不同了，你已经和小姜订婚了，就要安分守己，千万不要节外生枝。"

"不过是吃了一顿饭，哪里就订婚了？"

"你这孩子，订婚就是两家大人一起吃顿饭，你以为还要像外国电影里那样弄个什么仪式。小姜也许不是最好的，但你也未必能找到比他更好的，我了解你，你没那本事。"

"你这么小看我？"

"不是小看你，是了解你，真有好男人走到你跟前，你也抓不住。能抓得住的，肯定还不如小姜。"

苏娅被母亲打击得情绪低落，母亲也许是最了解她的。

第十三章

1. 橙子和石头

接下来的几个星期，苏娅过得很平静，每天下了班，早早回家，再没有去露天广场。这期间，小姜母亲主动提出让她去小姜学习的城市玩几天，徐静雅也建议她趁此机会散散心。苏娅一口拒绝了。阅览室工作虽然不重要，可是一个萝卜一个坑，她走了，别人就得顶着，她可不想给别人添麻烦。姜家偶尔打电话来，叫苏娅去家里吃饭。在他们眼里，苏娅俨然是他们家的准儿媳妇。他们对苏娅非常满意。穿衣打扮朴素，不化妆，不张扬，说话轻声细语，模样不算多俊，但眉清目秀、十分耐看。但凡做长辈的，都喜欢这样的姑娘做儿媳妇。

每次去小姜家，都会经过苏拉家。苏娅忍不住多看两眼，门上倒贴着一张色彩鲜艳的"福"字，福字中间被手指戳破了，露出门镜部分。门镜里面的世界她看不着，也没有探看的欲望。有一次，她看到有个女人从门里出来，盘着头，穿件藏青色外套，徐娘半老，风韵犹存。她猜这可能是苏拉母亲，不由多看几眼，眉宇间果然和苏拉有几分相似。

这一天，苏娅在单位接到小姜母亲电话，说是小姜两个姐姐回娘家吃午饭，他们做了鱼肉馅饺子，也请她过去。苏娅喜欢吃鱼，听到鱼肉馅饺子，嘴里先勾出馋意。

苏娅给母亲打电话说这事，母亲叮嘱她去时不要空手，买点水果。下了班，苏娅在附近的水果摊买了香蕉、香橙，又去小超市买了果奶、布丁。小姜姐姐的孩子还小，爱吃零食。

九月的阳光依旧炽热，头皮晒得热烘烘的，像美发店烫发的烘炉。苏娅拎着袋子站在路边打出租车，没有一辆是空的。眼看时间不早了，公交车来了，便挤到车上。正是下班时分，闷热的车厢，前面后面都是人，额头刘海很快被汗水溻湿，手心、脖颈、腋窝，处处都湿漉漉的。为了换一个不太尴尬的位置，她吃力地朝窗口方向挪动几步，探出一只手抓住扶杆，装水果和零食的袋子勒得她的手指隐隐发痛，她暗暗后悔早早买了这些东西，小姜家附近也有商店嘛。想到这里，她叹一口气，心情无端地沮丧起来。

也是这个时候，苏娅忽然发现，身边座椅上坐着一个满头卷发的男人。这头卷发非常眼熟，微微发黄。苏娅心里一动，她好奇地俯下身体，试图看清卷发的面孔。可是，这个男人、这个一头漂亮卷发的男人，始终一动不动地面朝窗外。苏娅窥到他脖子上戴着的亮晶晶的观音玉坠。是他？她差点喊出声。他今天穿着一件深蓝色长袖衬衫，扣子系得规规矩矩，除了隐约能够看得到脖子上的玉坠，前胸狰狞的文身图案被衣服遮住了。苏娅盯着他的后脑勺，心想，这个家伙，居然也乘公交车。她很快对自己的想法感到好笑，凭什么人家就不能坐公交车？她一边看着卷毛，一边瞎琢磨。他穿长袖衬衫的样子看上去好多了，干净、清爽、整洁，一头卷发显得更加时髦、洋气、与众不同。水果袋子拽得她的一条胳膊又酸又困，她的另一只手几乎下意识地，抓了一把卷毛的肩膀。她为自己这个动作赫然吓了一跳，天，我这是干什么？为什么要抓他？然而，迟了，他已经把头转过来了。他满脸不悦，打量周围的乘客，想看看是哪个无聊的家伙抓了他的肩膀。苏娅紧张地握紧手，一颗心怦怦乱跳。她想，他一定认出自己了。她在心里打腹稿，她准备说，是我不小心抓你的，我拎的袋子太沉了，想请你帮忙……不，不这样说，就说，对不起，我认错人了……可是，卷毛歪着头，眯着眼睛挨个盯着几个乘客，一个一个看过了，似乎没有发现可疑的对象，又把头转向窗外。看他这个样子，苏娅松了一口气，却又隐隐约约生出一点失望。他不记得她了，看来，他根本就没记住她的样子。他怎么可能不记得自己呢？难道他不是那个死缠烂磨，逼她去看电影的家伙吗？他的面孔，他胸前的玉坠，还有他的卷发，分明就是那个莫名其妙的家伙。我都认出他了，他凭什么没有认出我？他居然没有认出我！就在她的内心生出满腔怨怒时，卷毛忽然转过头，挑衅地、似笑非笑地盯着她，"刚才是你抓我的吧，你凭什么抓我？"边说边站起来，把自己座位让给苏娅。他嬉皮笑脸地，"这位姑娘，请坐。"苏娅羞恼不已，"不，还是你坐吧。要不这样，你帮我提着这个袋子就行，刚才我认出你后……想让你帮我拿这个袋子，太沉了，真的，太沉了。"卷毛没等她啰唆完，拽过她胳膊，一把把她摁到椅子上，"我一会儿就下车，你不想坐就让给别人。"

很快，公交车停靠了几站，下去一部分人，车厢不像刚才那样拥挤了。卷毛并没有下车迹象，看来，他是特意给她让座的。这么一想，苏娅心里舒坦了许多。终于到站了，苏娅起身，对卷毛说："我要下车了，你坐吧。"不曾想，卷毛说："这么巧，我也要下车了。"下车后，卷毛与她同路，他很绅士地把苏娅手里的塑料袋拎到自己手上，他们一左一右，像认识的朋友搭讪着。"你家在这里住？"双方几乎同时开口，"不，"他们又同时回答了一个"不"字，然后，两个人不约而同地笑了。

卷毛说："附近有家餐馆，朋友叫我去吃饭，我要去那里。你呢？"

"我……我去一个朋友家。"苏娅顿了一下，"我想问你一个问题。"

卷毛笑了，"我知道你想问什么，是不是那天看电影的事？"

"是的，我很纳闷。"

"那我就告诉你吧，那天，你坐在椅子上看书的时候，我们在离你不远的地方爬山。"

"爬山？哪里有山？"苏娅瞪圆眼睛，奇怪呀，露天广场，一马平川，哪来的山？

卷毛哈哈大笑，"是'趴三'，你不知道'趴三'是什么？就是支锅底。"

"支锅底是什么？"

"哈哈，算了，看来你是真不懂，你只要知道'趴三'是一种扑克游戏就行了。"

"哦。"苏娅眯着眼睛使劲想了想，依稀记起，当时不远处，确实有几个人聚成一堆，原来是在"爬山"。她不解地问："那你们爬山和看电影有什么关系？"

"当然有关系了，我当时输了钱，过河了，赢了钱的家伙出了个馊主意。他说，你要是能把坐在椅子上看书的那个姑娘勾上手，让她和你一起进电影院看电影，他就把我欠他的钱一笔勾销。"

苏娅恍然大悟，原来无意中，她充当了一场游戏的赌注。她觉得自己应该生气，可心里却觉得好笑，"你刚才说过河，过河是什么意思？"

"过河，就是把身上的钱输光了。"

"后来呢？你欠的……你欠的赌债一笔勾销了吗？"苏娅斟酌着用了"赌债"两个字。

"我向他们吹牛说，你不仅和我看了电影，还留下了联系方式。赌债嘛，当然一笔勾销了。请你原谅，让你当时担了惊，我当时实在是不能给你讲明白。"说着，他停了一下，"不过，你也免费看了一部电影嘛。"

苏娅调皮地说："是啊，还免费吃了一筒冰激凌。"

走到餐馆门口，卷毛同苏娅道别，苏娅礼貌地说了声"再见"。苏娅刚向前走了几步，卷毛又喊住她。卷毛从裤兜掏出一个小本子，撕下一张纸，飞快地写了一串数字。他说："这是我的手机号，算是认识一下，交个朋友。"苏娅迟疑着接过，当着卷毛的面，苏娅把小纸片认真装进包内。但是，她心里清楚自己不可能会找他，她没有理由找他，找他做什么？

苏娅仰头看着这个一头卷发，两条长腿，来历不明的年轻男子。他算得上好看，当然，如果拿他和哥哥苏曼比，还是差一点，五官不够精致，但也可以说是另一种风格，像是塞外高原与江南水乡的区别。也许在其他异性眼里，他比苏曼更有吸引力。倘若小姜长成这副样子，她还会挑三拣四，心有不甘吗？心念及此，她的脸"腾"的红了，迅速红到耳根后面，该死，脖颈也跟着烧起来。她看不到自己的脸，却能感觉到。她急忙说："再见，谢谢你帮我拎袋子。"转身疾走。

"别客气，你的脸怎么红了？"讨厌的家伙竟然发现了她脸上的变化。

她只好停下脚步，调皮地回应他，"我精神焕发。"这是样板戏里的对白，母亲常在家播放各类戏曲，她自小听熟了，急中生智，就驴下坡。

"怎么又黄了？"想不到卷毛也是行家，他这个年纪竟然知道样板戏，和她对上戏词了。

"天冷涂的蜡。"

"天王盖地虎。"

"宝塔镇河妖。"

对完戏词，二人哈哈大笑。卷毛说："我得赶紧进去了，他们等着我呢。"

"快去吧，快去吧。"

望着卷毛一路小跑进了餐馆，苏娅这才返身朝小姜家方向走去。她想，这家伙做什么的？居然知道样板戏？可是，看上去像个无业游民。咳，无论他做什么的，一定与她不是同类人，就像……她低头看着袋子里的香橙，她与他就像橙子和石头，完全不搭调的两种人。谁是橙子？谁是石头？当然她是橙子，他是石头了。可是，换个角度，她像石头，他像橙子呢。她自问自答，忍不住笑出了声。

2. 挥之不去的号码

秋天的夜晚来得早，才十月底天气，下午五六点钟光景，暮色就匆匆降临了。

小姜打电话说，春节前回来。他要是回来，他们是不是就要谈婚论嫁了？这么想的时候，苏娅心里陡地升起惆怅。她在周围女同事身上看到了自己的未来，结婚了，就会怀孕，挺起丑陋的肚子。然后生孩子、喂奶、洗尿布，腰身变粗，身上散发出浓浓的奶腥味。有个女同事休完产假上班，苏娅每次经过她身边，都会闻到甜腻的奶腥味。衣服前襟常常被奶水浸湿，浆成硬硬的一块。有一次，在卫生间，苏娅看到她吃力地端着一只茶杯，一只手解开衣服，捧着沉甸甸的乳房挤奶。她对苏娅说："我的奶水太好了，不挤出来难受。"苏娅尴尬地看着她，她喘着气挤奶的动作令苏娅想起牛奶场的奶牛。天，女人都会这样吗？她替她感到难为情，还觉得羞耻。可是，她又知道，这没有什么可羞耻的，人也是动物，人又比动物强到哪里？况且，这是母乳，充满母性光辉的东西，应该加以赞美。女同事只比她大两岁，二十四岁，但是她的模样，已经没有了青春，没有了朝气，只留下温吞的母性。苏娅想，再过两年，自己也会沦为这样的女人，或者说妇女。她有些惧怕，她从来没觉得自己年轻过，难道就要老去了？

天气渐渐冷了，裙子、衬衫、凉鞋……一一打包收进箱底，只等着下一个夏季的来临。她裹着风衣穿过街头，想起夏天，竟觉得它是陌生的，遥不可及。事实上，才过去几个月，却仿佛隔世了。苏娅再也没有去过露天广场，那片丰饶美丽的景色被季节带走了。想起露天广场，苏娅就会想到卷毛。她试图阻止自己想到这个家伙，可是，越想阻止，他嬉皮笑脸，玩笑不恭的样子出现在她脑子里的频率越高。

卷毛到底是个什么样的人？他靠什么生活？他做什么工作？她把他设想成是个街头混混，成群结伙，偷鸡摸狗，赌博滋事，没有正当职业。当然，她不认为卷毛是鸡鸣狗盗之徒。她主观地判断，卷毛是不幸混进其中的好孩子。

公司老总升迁调离，单位换了新领导，新官上任三把火，先是大张旗鼓搞卫生，各科室大扫除，阅览室自然也不例外。整整一个下午，苏娅又是擦玻璃，又是洗门窗，又是拖地板。房间像水冲洗过一样，湿润、清洁。苏娅在清理办公桌抽屉的时候，发现了那张小纸条，那张写有卷手机号码的纸条。她不晓得这张纸条为何跑进了抽屉。她原以为早丢了，她本来没有把它放在心上的，不是吗？可是，现在，它固执地守候在那里，像个被遗弃的孩子，等待苏娅的关注。她凝视着这张纸条，蓝色的圆珠笔划出的一串数字挑逗着她。没用，她不会找他的。她把它一撕两半，扔进了纸篓。

可是，真气人，那串数字竟然在她的脑子里排列整齐，如同挥之不去的咒语。纸条扔了有什么用，她早就背下了这串号码，都怪那十一个数字排列太简单，前面139，中间区号，后面居然是1616。她不想记住也记住了。

她当然不会找他，不，她会找他。因为不，所以会。老天，这是什么逻辑？办公桌上有一枚一角钱的硬币，她捏在手里，迟疑地，扬手一扔。硬币滚落在地，滚到门边，钻进书报架。她告诉自己，如果是正面，她就打这个电话。如果是反面，她就不打。国徽是正面，花是反面。不，花是正面，国徽是反面。她做了个深呼吸，起身去书报架寻找硬币。没找到，不知钻进哪个犄角旮旯了。

坐回桌前，拉开抽屉，看到一小瓶鱼肝油。前段时间眼睛干涩，母亲建议她吃点鱼肝油。"双数不打，单数打。"她脑子里冷幽幽地冒出这样一句话。找来一张报纸，她开始这个无聊的游戏。鱼肝油倒在报纸上，一粒一粒，她开始数数，一、二……二十、二十一、二十二、二十三、二十四、二十五……没了，剩下二十五粒，单数。

她拎起桌上的电话，以最快的速度拨下那串号码。她担心速度慢一拍，就没有勇气拨完它。拨通后，响了两声，她的勇气像鼓胀的气球忽然泄气了。我这是做什么？不过是一面之交，不，两面之交，我有什么理由给他打电话？我连他的名字都不知道，为什么要打这个电话？打电话说什么？打电话做什么？话筒登时像烫手的山芋，她赶紧丢下了。

几分钟后，铃声大作，苏娅愣了一下，接起电话。卷毛的声音，"请问你给我打电话了？"

苏娅对着话筒，结结巴巴地说："你，你怎么知道我给你打电话了？"

卷毛的耳朵够灵敏，一下子听出了苏娅的声音，"原来是你呀，我当然知道了，有来电显示嘛。"

"哦，我，我刚才打扫卫生，看到那张纸条了，就是你留电话的那张纸条，所以……"

"不用解释了，很高兴你还记得我，还给我打电话，我还不知道你的名字呢，你叫什么？"

"我叫苏娅，你呢？"

"苏娅，名字很好听，像个外国女孩。我叫张贵生，你就叫我卷毛吧，大家都这么叫。"

"张贵生，呵，这名字像个乡下孩子。"

"夸我还是损我呢。"

"不夸也不损，我只是说出自己的感觉。"

"感觉正确，我就是个乡下人。"

苏娅只当他开玩笑，"乡下人好，乡下人朴实。"

"我以为你早就忘记我了，"卷毛说，"这个周末有空吗？我们准备去青云山赏红叶，你去不去？"

"赏红叶？"苏娅愣住了，青云山是邻县的风景区，苏娅读中学的时候曾经去过一次。

"我们约好骑自行车去。"

"可是，我没有自行车。"她想说，我有一辆，丢了，又觉啰唆，干脆不提。

"那你得借一辆自行车。"

苏娅心想，咳，我又没说自己要去，"四五十里路程，骑车去，多累啊。"

"要的就是那种气氛，骑车比较好玩。"

"可是……"苏娅寻找不去的借口，"我没有自行车，也借不到。"

"没关系，区区一辆自行车，我帮你借。"

"这个……"

"你到底去不去？"卷毛催问。

红叶就是黄栌叶，苏娅少年时期与贾方方采过的红叶就是这个。若说赏红叶，她家附近的山上就有。可是，当然是不一样的，去青云山赏红叶只是一个名堂，郊游联欢才是目的。她的眼前出现了漫山遍野的红叶，如火如荼，如——燃烧的青春。燃烧的青春，这句话诱惑着她。青春，她何曾有过燃烧的青春。心底的另一声音也在说，去吧，去吧，以后，想去也没有机会了。

"去的都是些什么人？"

"美院的学生，还有我的朋友。"

"美院的？他们是去画画的吧？莫非你也画画？"

"难道我不像个艺术家吗？"电话里传来卷毛的笑声。

画画的？这倒出乎苏娅的意料，赌博、文身、当街勾搭女孩子，她一早就把他打入另类了。现在，他忽然说自己是个艺术家，苏娅还真不敢信。"你们怎么集合？"

"星期天早晨六点，露天广场，准时出发，不要迟到。因为赶时间，不等人。"

苏娅说："嗯，我记住了。"

放下电话，苏娅才想起来，自行车的事情还没有交代清楚，正在犯疑，电话很快又响了，卷毛一开口就问："忘了问你，你会骑哪种自行车，变速的山地车会骑吗？"

"不会，我就会骑最简单的，最好是女式车。"

"好的，知道了。"

回到家，苏娅告诉母亲，同事组织郊游，约她一起去。

母亲爽快地答应了，"去吧，深秋的红叶最漂亮。路上小心，注意安全。"

苏娅没敢说是骑自行车去，不然，母亲一定反对。

3. 金色的太阳

星期天一早，天还没有亮，苏娅和徐静雅就起床了。徐静雅为苏娅准备要带的午餐。她烙了几张香喷喷的葱花烙饼，切成三角形状。餐盒里放着炒得香喷喷的酸辣土豆丝，还有酱牛肉。另外，还装了一瓶腌制的泡菜。苏娅前一天已经买好了火腿、面包、饮料。她不知道郊游共有多少人，以前，她参加郊游，都是每个人带一些食物，午餐时，大家凑在一起吃。野餐时，家做的饭菜总是比超市买来的成品受欢迎。出发时，她的背包鼓鼓囊囊。

卷毛一行果然准时，苏娅到达露天广场时，人已经到齐。连苏娅在内，总共九个人，五男四女，大都背着个画夹子。其中一个女孩穿着背带工装裤，裤子从上到下，全是口袋。其余两个女孩也是奇装异服，一个耳朵上垂着比拳头还大的耳环，肩膀上搭着条滚花披肩。另一个头上戴着西部牛仔的宽檐帽，长及臀部的红毛衣外面罩着吊在半腰的金色小外套。戴耳环女孩没骑自行车，说是不会骑，几个男的轮流带她。相比之下，苏娅穿一身深蓝色运动服、白色旅游鞋，这身装束与她们站在一起，反而显得不正常了。

工装裤女孩对卷毛打趣道，"你从哪里拐来这么一个清纯妹妹。"耳环女孩说话嗲声嗲气，她对工装裤说："人家是卷毛的朋友，你少胡说。"卷毛把苏娅介绍给大家，"这位小姐姓苏，我刚认识的朋友。"

"哟，我们这里正好有位唐小姐，卷毛，你不会是想当方鸿渐吧。"一个男的开玩笑。

戴耳环裹披肩的女孩就是姓唐的，气恼地回击："少他妈拿我说事。"

"别把说脏话当成赶时髦，说顺嘴了，可就他妈的改不回来了，哥哥我是深受其害呀，妹妹你可别跟哥哥学。"

"呸，谁他妈是你妹妹，我当你姐姐还差不多。"

"你干脆当我姨吧，我叫你一声唐阿姨，你他妈敢应吗？"

"我他妈怎么就不敢应了，你叫我就应。"

这二人左一句他妈的，右一句他妈的，像两只好斗的蛐蛐。

"你们俩要吵架回他妈家吵去，少在这儿耍贫。"卷毛呵斥。

苏娅被这群人的话砸懵了，心说，这都他妈的什么人呢。天，看来语言这东西比流行感冒还具有传染性，只一会儿工夫，她也"他妈"上了。

卷毛对苏娅说："我们见惯不怪，你一定是见怪不惯吧，他们就这德性。不过，你放心，他们都是语言的巨人，行动的矮子，看着像流氓，其实他妈的都是良民。"

苏娅被他的话逗乐了，"我叫苏娅，很高兴认识大家。"

穿工装裤的叫娜娜，戴耳环的名叫辣妹，还有一个是小丁。那几个男的，一个小崔，一个东东，一个森哥。

卷毛给苏娅准备的自行车是辆女式车，甚合苏娅心意，美中不足的是车把前面没有放东西的筐，她这么大一包东西只能带在车后。车夹夹不紧，东西随时会掉下来，她寻思找个绳子捆一下。留意周围，这才发现他们几个人除了背着画夹，什么东西也没带，卷毛也只比其他人多挎了一只方包。这帮人，中午上了山，准备吃什么？途中倒是有饭店，可郊游不就图个野餐热闹嘛。看来人家是准备去饭店吃饭的，她太老土了，老老实实准备了这么多食物。

卷毛分派好简单的任务，不会骑车的辣妹由五个男的轮流带。卷毛看到苏娅摆弄手里的背包，一把拎过去，"你这都是拿的什么东西，这么沉啊。"

"吃的。"

"呵，准备吃几顿呀，计划在青云山小住几日？"他把背包卡在自己的山地车筐里，"我帮你带，你的车子不好带东西。"

辣妹充满敌意地盯了苏娅一眼，只这一眼，苏娅就看出辣妹喜欢卷毛，她在吃醋。不知怎的，苏娅心里生出一丝快意。被人嫉妒，也是有快感的。

约莫半个多时辰，他们就骑离市区，到了郊外。公路两边是绵延不绝的庄稼地，山沟水渠，收割过后的田野呈现出懒洋洋、空荡荡的姿态，不远处的村庄在清晨的雾霭中渐露痕迹。天色大亮，灰蒙蒙的天空出现了圆滚滚的橘红色太阳。在整片灰色的背景上，这只红皮球一样的太阳缓慢地升上来，它鲜亮、温暖，似乎触手可及。这样的太阳，在城市是断然看不到的。早醒的车水马龙、市井烟火会惊扰它。就如同矜持的妇人，小心翼翼守护着自己的美丽，不愿暴露在尘嚣喧嚷中。只有在安静的乡村早晨，它才不会被忽略，才能短暂地露出迷人的气质。苏娅骑着自行车，目光温柔地追逐着这只圆滚滚的太阳，汗水渐渐濡湿后背。朝阳的美丽如同露珠一样，很快被光芒万丈替代。温和、乖顺的橘红色不见了，接下来就成了赤裸裸的，灿烂耀眼的金色阳光。

第十四章

1. 今天是个好天气

今天是个好天气。

卷毛嘹亮地吹了一声口哨，"注意安全，路上车渐渐多了，我们尽量走成一排，靠边骑。"他骑过苏娅旁边，关切地问："还习惯吗？累不累？大约十一点左右，我们才能到达青云山。"

苏娅说："没问题，我不累，你们可以，我也一样可以的。"

胸无城府的辣妹看到卷毛同苏娅说话，径自从别人车座跳下来，冲卷毛嚷嚷："卷毛，轮到你带我了。"卷毛说："好吧，好吧，你上来。"辣妹跳到卷毛的后座，伸手揽住卷毛的腰，示威似的回头看看后面的苏娅，似乎向她挑衅，卷毛是我的，你休想打他的主意。苏娅觉得她蛮可爱，不由多看了她几眼。

"你看我做什么？"辣妹说。

"我没看你。"

"你就看我了。"

"那你看我做什么？"苏娅似笑非笑地反问。

"我才没有看你。"

"你没有看我，怎么知道我看你了？"

二人像是绕口令，后边的小崔追上苏娅，小声对她说："别和小丫头较劲儿，仗着自己年龄小，就喜欢寻衅闹事。"

"没，没有，我没和她较劲儿，她挺可爱的，还是学生吧。"

"对，她和娜娜是美院学生。"

"你呢，做什么？"

"看过《青城文艺》吗？"小崔问。

"看过。"

"我是那儿的美编。"

"你们都是画家吧。"

"谈不上画家，大家都喜欢画画，久而久之，就聚一个圈子了。"

"就我是外行。"

"森哥也不会画，他是卷毛的合伙人。"

"合伙人？他们合伙做什么？"

"你不知道？"小崔说，"你不是卷毛的朋友吗？难道不知道他干什么的？"

苏娅期期艾艾地说："仅仅是认识，不太了解。"

"这样呀，他们在东湖路开着一间画廊，有空去看看，那儿也有我的作品。"

原来卷毛是开画廊的，还真是艺术家，苏娅起初小瞧了人家，把他想成无业游民了，都怪他那幅吊儿郎当、嬉皮笑脸的样子，给了她错觉。"画廊生意好吗？"她顺嘴问。

小崔心直口快："好个屁，早晚得关门。"

"这样呀，他以前做什么的？卷毛。"苏娅佯作漫不经心。

"我和他是同学，我们都是美院的，不同的是，我顺利毕业，参加工作。他呢，倒霉孩子，临毕业那年，因为打架斗殴被学校开除了。他家是安徽农村的，被开除了也没让家里人知道，就留在这里混日子，混了好几年了，偶尔给广告公司设计方案，赚点糊口钱。卷毛很有才华，比我画得好，可惜时运不济。森哥么，传说中的富二代，别看他跟咱们一样骑车郊游，人家有辆越野车的。"

"哦。"苏娅说,"听着怪复杂的。"

小崔压低声音:"森哥喜欢艺术,就是那种特能附庸风雅的主儿,你有空和他聊聊就知道了,印象派、现代派、达达、后现代、高庚、塞尚、梵高,谈起西方美术史,一套一套的。因为喜欢这个,被卷毛一忽悠,就跟家里人要钱开了个画廊,结果也没赚到钱。小丁擅长工笔,喜欢画唐宋仕女图。她认识森哥还是通过卷毛,结果和森哥好上了,过河就拆桥,非让森哥撤店关门,真要把画廊关了,卷毛连住的地方都没了,平时他就住在店里。"

苏娅远远看一眼卷毛的身影,原来他不是开玩笑,他真是个乡下孩子。

"卷毛不像从农村来的。"

"属于进化快的那种,一年土,二年洋,三年不认爹和娘。"苏娅被小崔的话逗笑了。卷毛听到了,放慢车速,回头问:"你们谈什么呢,笑成这样,气氛亲切友好。"

近朱者赤,近墨者黑,这才一会儿工夫,苏娅就被他们的语言感染了。夸张,风趣,搞笑,苏娅一向拘谨的性子也被他们解放了,"我们在谈论卷毛大师的才华如何了得。"

"他舍得夸我?不编派我的坏话,就阿弥陀佛烧高香了。"

经过与小崔交谈,苏娅对这帮人的情况有了大致了解。小丁是工艺美术厂的技师,与森哥在谈恋爱。辣妹和娜娜是美院学生。辣妹是湖南人,la与na两音不分,说"那个人,那个东西",总是"la个人,la个东西",故称辣妹。这倒出乎苏娅意料,她原以为是她性子比较烈,抑或嗜食辣椒的缘故呢。苏娅留意了一下,辣妹唤娜娜的时候,果然就像是叫"拉拉"。

途经一座小镇,大家停下来,稍事歇息。卷毛对大伙说:"这是距青云山最近的集镇,咱们AA制,每人交三十元钱,我去买野餐的食物。"

森哥说:"AA制个鸟,多少钱,我出了。"

卷毛说:"知道你有钱,但别坏了规矩。这次活动是我组织的,不是你。"

森哥不再勉强,小丁的钱由森哥主动代交,剩下的人,包括辣妹和娜娜在内，都把钱交到卷毛手里。苏娅也急忙从裤兜里掏钱递过去，没想到，卷毛把她的手挡回去，拍拍车筐里的背包，问："苏姑娘，你包里都是装的什么好吃的，给大家汇报汇报。"

"烙饼、土豆丝、酱牛肉，还有泡菜、面包、火腿、饮料。"

几个男的听了，大呼一声，"太棒了，看来我们的野餐很丰富。"

卷毛说："你带的够全乎，但就是差了一样。"

"差哪样？"

"酒，有佳肴无美酒，就仿佛有红粉无知己，人生一大憾事。"

辣妹在旁边呼应："走，我们买酒去，卷毛，你说是二锅头，还是老白干？"

"都买。"众人一窝蜂朝路边食品店走去，卷毛回头朝苏娅喊道："你别动，在这儿照看自行车。"

苏娅答应了一声，把卷毛拒收的钱装回裤兜，心里升出暖意。

卷毛他们采购回几大袋食品，蛋糕、面包、可乐、午餐肉、鱼罐头、火腿、榨菜、烧鸡、烤鱼、果酱、几瓶白酒。卷毛还买了一块廉价塑料布，他说："野餐的时候，把它铺在树林里。"苏娅设想了一下那样的场景，感觉很特殊，很浪漫，不禁微微笑了。她的学生时代，还没有过这样的浪漫经历呢。

买好的东西分派到几个男士手里，每人负责携带一部分。卷毛仍旧拿着苏娅的背包，姑娘们轻装上路。一队人马，歪歪扭扭，沿着公路继续前进。大约又骑了一个小时，终于到了青云山脚下。

2. 青云山的红叶

山下有一座安静的村庄，清澈的溪水自村庄蜿蜒流过，颇有小桥流水的韵味。卷毛轻车熟路地把他们带到一户敞开的院门口，从门外望去，头上裹着杏色方巾的女主人正在院里喂鸡，手里一边撒谷粒，一边发出"咕咕"的声音召唤鸡群。听到动静，抬起被日头晒得潮红的脸庞望向门外，她认出卷毛，高兴地打招呼："贵生兄弟，是你呀，快进来，快进来。"

卷毛说："大嫂，我们要上山，这几辆自行车还得存在您家。"

"没问题，没问题，快点推进来吧。"

大家纷纷搬起自行车，跨过院门槛，把自行车推进院子。小院内灰砖石铺成的地面干净平整，房檐下挂着一串串金黄的玉米，院中有一棵结实的柿子树，一个个尚未成熟的柿子果像灯笼一样挂在枝头。大嫂招呼大家把自行车沿墙角一溜儿排列放好。辣妹是南方人，第一次见到柿子树，好奇地发出惊叹："柿子树原来是这样的呀。"

大嫂说："还得半个来月才能熟透，现在涩得很，不能吃。"

辣妹想起了什么似的，"大嫂，我见过你。"

"你在哪里见过我？"

"画里，卷毛的画里，头上也有这么一块头巾，是绿色的。"

大嫂略带羞涩地笑了，"是的，贵生兄弟画过我呢。"

"你头上为什么包头巾？"

"图暖和呗。"

"为什么不戴帽子？"

"这个……帽子太热了。"

"帽子有厚有薄嘛。"辣妹打破砂锅问到底。卷毛打断她的话："你怎么问起来没完没了，像个幼儿园的小孩子。"他对大嫂说："真是不好意思，又给您添麻烦了。"

"瞧你，又说况外的话，你就放心吧，自行车放在我这里，一颗螺丝也少不了。"

"那我们走了。"

"不坐下喝点水，休息一会儿？"

"不了，我们赶时间呢。"

"那就不留你们了。"大嫂把他们送出院门。

苏娅看着卷毛与大嫂熟悉的样子，便知卷毛常来此地写生作画，这个地方山清水秀，处处风景，只这一座农家小院，入到画里，也很好看。一路上，骑自行车已经两腿发麻，开始爬山，反而轻便了许多。半道上，她追上卷毛。"我来背包吧，要不，我和你一起拎，它太重了。"卷毛把身上的画夹以及斜挎的黑色方包从肩上摘下来，递给苏娅，"你帮我拿这个就可以了。"辣妹和娜娜紧随其后，两个姑娘自告奋勇，"我们除了画夹，两手空空，把包里的东西分给我们一些吧，大家互相帮助，离山顶还远呐。"

卷毛停下脚步，朝山顶望望，采纳了她们的建议。他打开苏娅的包，把里面的饮料拿出来递给辣妹："你拿这个。"他发现包里面还有一瓶体积硕大的黄桃罐头，直嚷嚷："难怪这么重，还有这么个东西。不行，不行，我看这样吧，敢问苏姑娘，能不能把它现在就消灭了，那样，我们就可以轻松一些？我也有点渴了。"

小崔在前边听到了，从自己拎的袋子里翻出一听易拉罐可乐，回头问："谁渴了？渴了喝这个。"

辣妹说："他是嘴馋，想吃罐头。"

苏娅赶紧说："吃吧，吃吧，吃了把瓶子一丢，减轻分量。"

小崔大呼小叫，"要吃罐头的话，大家一起吃。"

卷毛二话不说，把罐头从包里掏出来，举起拳头砸瓶盖，用力一拧，瓶盖开了。他端着罐头瓶仰脖喝了一大口，夸张地叫道："甘之如饴。"

接下来，几个人三下五除二，一会儿就把罐头的糖汁喝干了，找出筷子，夹出黄桃，很快一瓶罐头就被风卷残云去。罐头瓶丢到路边草丛，包里轻便了许多。卷毛说："这下可轻了些。"娜娜说："那我拿点什么？"卷毛分派："你和辣妹轮流带饮料就可以了。"

这个时季，爬山的人寥寥无几，人们都知道青云山的红叶漂亮，可是，真正有兴趣来赏红叶的人并不多。间或有胸前挎着相机的摄影师，东拍一张，西照一张。深秋的天气，阳光晒在身上暖洋洋的，扑面而来的风却透着阵阵寒意。山路边不时冒出一丛丛红得滴血一般的黄栌，吸引了苏娅的目光。她停下脚步，爱不释手地摘了几片叶子。再往远处看，满山都是鲜艳夺目、堪比夏日玫瑰的红叶，一丛丛，一簇簇。玫瑰的红是一种肉感的红，红得发紫；红叶的红是通透的，像葡萄酒，不，像晚霞，火烧一般的晚霞。它们聚集在一起，红到极致，红得——简直令人忧伤。苏娅想起一首老歌，"红得好像，红得好像燃烧的火，它象征着纯洁的友谊和爱情……"这种纯净的、没有杂质的红色，让她瞬间有些伤感，她心里唱到"……哎，红得使人，红得使人不忍离去，它是用了青春的血液来浇灌。"

卷毛注意到苏娅的走神，问："想什么呢？"

"它让我想起一首老歌。"

"什么歌？让我猜猜。"少顷，他得意地唱起来："……为什么这样红，为什么这样红，哎，红得好像，红得好像燃烧的火，它象征着纯洁的友谊和爱情。"唱完回头对苏娅说："我猜对了吗？"

苏娅朝他竖大拇指，"真聪明！"

卷毛也不客气，"那当然。"

苏娅说："要是把这些树栽在城市道路两旁，到了秋天，火红一片，蛮好看。"

"黄栌是落叶灌木，长不高，不适合城市道路种植。"

"你对它了解挺多的。"

辣妹看到卷毛和苏娅走在一起，就插过来，一会儿问香山红叶是不是就是这种叶子，一会儿又问红叶和枫叶有什么区别，把人的注意力集中到她的问话上。

上山的路七拐八弯，虽不艰险，却也辛苦。苏娅有意拉开与卷毛的距离，问小崔，"辣妹好像不喜欢别人靠近卷毛。"

"她不是不喜欢别人靠近卷毛，而是不喜欢你靠近，她知道你是卷毛叫来的。"

"她是卷毛的女朋友？"

小崔摇摇头，"不是。"

"她喜欢卷毛？"

"傻瓜都能看出来，辣妹年少无知，过不了多久，识破卷毛庐山真面目，很快就会对他失了兴趣。"

"你怎么这样说话？"苏娅不悦。

"卷毛是我最好的朋友，也是最坏的朋友，经常和我借钱，我工资的一半都被他借走了，就他这状况，哪有能力谈情说爱？现在姑娘现实得很，你和人家搞对象，兜里没钱搞个屁。卷毛模样招异性喜欢，可她们一旦知道他的底细，马上就脚底抹油，跑路了。"他压低嗓音，"原先小丁也是冲着卷毛才常去画廊的，结果最后还不是和森哥好上了。卷毛有自知之明，知道辣妹对他有那个意思，也假装不知道。再说了，辣妹小姑娘家家的，也不是卷毛喜欢的类型。"

"那他喜欢什么类型？"苏娅脱口而出，复又觉得这话问得不合适，急忙补救道，"你不是说他也接广告公司的活儿，怎么还借你钱，借钱做什么？"

"找人体模特，你说他都混到这份儿了，还要高价请模特，美院的人体模特要价老高的。"小崔说起卷毛借钱的事，怨声载道，"这年头，搞艺术得用钞票搞，没钱搞个屁，我也不是金山银山，禁不起他折腾。"

"也许他是真心喜欢绘画吧，对了，他为什么被学校开除？"

"不是和你说了嘛，打架，被拘留。"

"我是说因为什么打架的？"

"你真想知道？"小崔故意显得神神秘秘，勾起苏娅的好奇心。

"有点好奇。"

"先前他有个女朋友，也是我们同学，原本和他挺好，后来和另一个同学好上了，他忍不下这口气，冲冠一怒为红颜，把对方差点打成残废，躺医院一个月起不了床。要不是他的前女朋友求情，对方撤诉，他可能被判刑了，现在就待在监狱里呢。为了一个女人把前途毁了，太他妈不值了，要不怎么说女人都是祸水……"说到这儿，大概意识到苏娅也是女的，急忙解释，"哟，小苏，你可别介意，我的意思是说，有的女人是祸水，不是所有女人都是祸水。"

"没关系。"苏娅笑一笑，心里却有点发沉发重，为了爱情把自己弄得狼狈不堪，这样的人还真不多见，可怜的家伙，可怜的卷毛。

"我把卷毛的底都透给你了，你可别把我卖了。"

"不会，我卖给谁呀。"

"我是为你好。"

苏娅没听清，"你说什么？"

"我是怕你陷入情网，误了终身。"小崔挤眉弄眼，他可能误以为苏娅是被卷毛吸引，才来参加郊游的。可是，难道不是这样吗？

苏娅解释，"我有男朋友，婚都订了的，他在外地学习，等他回来我们就办婚礼了。"

小崔双手抱头，故作夸张地叫一声："天呢，原来你是名花有主，弄了半天我这是损人不利己，早知如此，何必煞费苦心。"

苏娅笑弯了腰，她指着前面的辣妹和娜娜，"原来你是另有图谋，没关系，那两个姑娘和你志同道合，更有共同话语，不妨加足马力，攻城略地。"

小崔半认真半玩笑地说："谢谢苏姑娘指明方向，不过，等她们明年毕业，不定流落何方，我可不想吃不着羊肉，反惹一身膻，我看我还是稍安勿躁，另觅良缘吧。"

苏娅欢快地笑起来，这个小崔，还真是块活宝。

3. 那碗温暖的方便面

最先爬到山顶的是森哥和小丁，双个人肩并肩，双手卷成喇叭状，朝山下"啊……啊……"呼叫，下面的人听到喊声，一边乱应答着，一边加快脚步，大家陆陆续续到达山顶。山风异常凶猛，咆哮着刮过来，像是海边的巨浪，一浪高过一浪。苏娅慌张地倚在一棵树旁，双手抓紧树干，她担心自己会被这野兽般的飓风刮倒在地。

卷毛忽然走近，什么话也不说，身体却靠过来。苏娅一惊，以为他要做什么。不想，他只是要打开苏娅斜挎在身上的——他自己的那只黑方包。他的下巴抵到苏娅的鼻梁，苏娅感觉到他鼻尖喷出的微热的喘息，夹杂着香烟的味道，这是一种陌生而新鲜的年轻男子的气息，它们向她逼过来，逼近她的嗅觉，逼近她的胸腔。除了自己的哥哥，从没有一个异性如此近距离地接近她的身体。她不禁屏住了呼吸，一颗心竟然不由自主怦怦直跳，抓着树干的手卷成一团。如果这个时候有人盯着她的手，会注意到它在微微抖动。整个过程，从头到尾，其实只有短短几秒。除了苏娅自己，没有任何人察觉出她的异常。

卷毛从包里拿出一只小巧的相机。辣妹看到相机，让卷毛给她照一张。卷毛说这里风太大，镜头不好把握，他让森哥招呼大家朝另一条下山的路走。好不容易爬到山顶，未作片刻停留，就开始下山了。其实爬山的目的不是为了爬到山顶，而是为了最后仍旧回到山底。这世上一切的事物难道不都是这样吗？开始就是为了结束，从出生，就开始走向死亡。

苏娅回头看一眼，见卷毛还站在风口浪尖，一头卷发被风吹得东倒西歪。他在干什么？卷毛拿着相机朝着险峻的山峦拍了几张。苏娅想，卷毛拍照片可能是为了以后作画用。她有一种冲动，想返回山顶帮助他，可也只是想一想，脚并没有动。卷毛没停留多久，很快就撵上大家，一起朝山下走去。

走到一片背风的树林，大家决定在这里停下来，纷纷卸下身上的画夹、背包，堆至一处。辣妹率先跑到一棵黄栌树旁，一手叉腰，裹起披肩，摆出姿势。卷毛端起相机，调好镜头，给她拍了一张。接下来，森哥、小丁、小崔等也过来抢镜头，你一张，我一张，三人组合，双人合影，相机"咔嚓咔嚓"响个不停，只有苏娅局外人一样站在远处无人理睬，刚才路上还对她热乎的小崔也把她遗忘了。最后，辣妹嚷嚷着抓住卷毛的胳膊拍了一张合影，卷毛也不拒绝，还亲热地揽着辣妹的肩膀，像一对恋爱中的男女。苏娅仁慈地想，俊男美女，很般配的一对。这个念头冒出来后，她觉得酸酸的，莫名其妙地难过。可是，她没有道理难过，她有小姜，她是属于小姜的。卷毛、辣妹，这一干人等，都只是陌生人，她只是不巧混进其中的外人。她和他们不是一伙的，他们是文艺青年，先锋艺术家，她只是个本分姑娘，她与他们格格不入。她就像个锁在家里贪玩的孩子，趁大人不在，偷偷溜到院子外面放风，无意中，看到一些新鲜的风景。无论这些风景如何吸引她，她终究还是要回去的。放完风，就得回去，回到自己的屋子，回到自己的轨道。她与他们是桥归桥，路归路，阳关道与独木桥。

这帮人终于忙活够了，相机重新回到卷毛手中，其余几个人则四处寻找作画场景，以不辜负大老远一路背来的画夹。卷毛这才寻找苏娅的身影，看到苏娅坐在一块石头上，背靠树干沉思，他向她走来，说："别动，就这个姿势，我给你照一张。"

苏娅双手托腮，微微一笑，卷毛按下快门，把她的笑容留在了深秋的青云山，留在鲜红的黄栌叶旁。

"站那边一点，再照一张。"

"没关系，我不照也可以的。"

卷毛检查了一下相机，"还能照几张，对，站到那棵树旁。"

苏娅听话地站过去，伸手摘下一片叶子举在手边。卷毛赞扬她："你很会照相。"

"我可不会。"

"别谦虚，你的镜头感不错。"

"我可不觉得。"

"换个角度，再来一张。"

苏娅指了指卷毛扔在地上的画夹，"我想拿那个当道具。"

"没问题。"卷毛拾起画夹递到苏娅手里，然后又从包里找出一支碳素笔递给苏娅，"假装比画一下。"

苏娅坐在一块石头上，打开画夹，煞有介事地拿起画笔做样子。

照完这张，卷毛说："只给你留了三张，对不起。"原来他刚才忙着和大家拍照的时候并没有忘记她，特意给她留了三张。她还以为他和他们一样，根本把她忽略了。

苏娅说："你不要多心，就是不照也没关系，何况你还给我照了三张，够了。"她又问："用的什么胶卷？"心里算计的是回去之后应该把照片成本给卷毛。他没钱，她已经知道这可怜的家伙经济窘困，她不想沾他的光。

"柯达。"卷毛说："还是数码相机好，不用胶卷，就是太贵了。森哥有一个，他忘带了。"那几年，数码相机刚刚兴起，尚未普及。

二人找好一块平洼地，铺好塑料布，把路上买来的食物和苏娅自带的饭菜一一拿出来，放在塑料布上。一切准备妥当，卷毛招呼散落在各处的人员，"各位兄弟姐妹，快点过来吃饭，晚了可就被我们吃光了。"话音一落，他先盘腿坐下，启开酒瓶。苏娅疑惑："没有准备纸杯，怎么喝酒？"

"用不着酒杯。"卷毛就着瓶口喝了一大口，然后把酒瓶伸到苏娅面前，"你喝吗？"

苏娅慌忙摇头，"不，不，我不会喝。"

大家聚拢过来，吵吵着，喧闹着，几个男的就着瓶口轮流喝白酒，苏娅从家带来的泡菜、酱牛肉、土豆丝，正好成了下酒佳肴。其他几个女孩子吃相也不斯文了，不一会儿就把苏娅的葱花烙饼吃了个精光。面包、蛋糕品相不佳，冷落一边。苏娅矜持地剥了一只熟鸡蛋，就着水，边吃鸡蛋边喝水。男士们喝够了酒，才开始吃主食，到最后，面包、蛋糕、火腿肠、午餐肉统统被他们一扫而光。不知谁挑了个头，哼起了歌，于是大家起哄让每个人都唱一首歌。卷毛有一副好嗓子，首当其冲唱了一首周华健的歌，"真爱过，才会懂，会寂寞，会回首，终有梦，终有你……"卷毛一边唱，一边拿起酒瓶当话筒，摇头晃脑，十分投入。辣妹、娜娜唱了流行歌，轮到苏娅，苏娅看逃不过，便唱了一曲《虞美人》，这还是母亲教她唱的。"春花秋月何时了，往事知多少，小楼昨夜又东风，故国不堪回首月明中。雕栏玉砌应犹在，只是朱颜改，问君能有几多愁，恰似一江春水向东流。"她的声音低柔婉转，把这支小曲儿唱得抑扬顿挫，赢得大伙掌声一片。唱歌轮了一圈，众人依旧意犹未尽。森哥和小丁不过瘾，再次声情并茂，合唱了一首《无言的结局》。小崔喝高了，胡言乱语："情侣合唱这首歌不吉利，铁定会分手。"小丁不高兴了，举起拳头敲了小丁一下，"让你乌鸦嘴，让你乌鸦嘴。"

事实证明小崔的确是乌鸦嘴，多年以后，苏娅曾在超市偶遇小丁。她的身边是一个结实的男童，同她眉目仿佛，显然是她的儿子。苏娅盯着她看了很久，确认她就是小丁，主动打招呼："小丁，你好。"小丁不记得这个和她打招呼的人是谁，她问："你是谁？"苏娅说："很久以前我们一起去青风山玩过，骑车去的。"小丁眉头拧了一下，似乎连这件事也不记得。苏娅指指她身边的男孩："你的孩子？""是的。""长相随你了，和森哥不一样。""森哥？"小丁吃了一惊，继而明白过来，顿时笑得前仰后合，"想起来了，想起来了，你是那个唱'春花秋月何时了'的姑娘，哦，这都多少年了，你不说，我完全忘记了。我和森哥早就不在一块儿了，我丈夫做餐饮生意的。""分手了？""是啊，分手了。"

什么原因分手的，小丁没说，苏娅当然也没问。普天之下，分手的恋人成千上万，他们不过是其中一对。走出超市，苏娅还在想着小丁的样子，她的脑子里出现的是她画的丰腴美丽的仕女图。她不禁想，小丁还画工笔吗？也许还画，也许不画了，谁知道呢，她也并不真得关心。

再回到那天的野餐现场，高潮终于落幕，塑料布上只剩一片狼藉。作画的继续假模假式去作画，谈情说爱的继续躲到一边谈情说爱，卷毛仰面躺在草丛中，透过树叶望着天空发呆。苏娅像个被这帮人雇佣的仆人，任劳任怨把残羹冷炙拾掇进塑料袋，扎好袋口。餐盒水壶等装回背包，塑料布弄脏了，她小心翼翼卷好，卷毛说："扔了吧。"

"拿回家洗干净下次还能用。"

"下次，还有下次吗？"

苏娅诧异地看着他："为什么没有下次了？"

"天下没有不散的宴席，这世上从来没有'曲终人不散'的结局。"卷毛的话听上去，充满悲观。

下山后，卷毛在村庄的小卖铺买了七八包方便面，请看管自行车的农家大嫂为他们煮面，大嫂用一口大锅煮好方便面，还慷慨地甩了几只鸡蛋，搅成蛋花，里面还加了葱花、酱油、醋。大伙一人端着一碗香喷喷的方便面，吃得冷冰冰的肚子热乎乎的。午餐没有吃饱的苏娅饥肠辘辘，她第一次觉出方便面竟有这般美味。多年后，她常常回忆起那碗热腾腾的方便面汤，它温暖了她的胃，温暖了她的青春，温暖着她与卷毛之间无限稀薄的回忆。

第十五章

1. 她在为谁发烧

从青云山回来的当晚，苏娅病倒了。发烧，头痛，躺在被窝里，伸直腿不舒服，蜷起来也不舒服，仰面不舒服，侧躺也不舒服。她在床上翻过来，倒过去，浑身火烫，直想把自己投进冷水缸。被子蹬到地下，没了被子，很快又觉得冷，抱着肩膀，身体瑟缩成一团。迷迷糊糊中，有人给她盖上被子。母亲扶她起来吃药，责备她，"一点不知道照顾自己，出去玩了一天就病倒了。"喝了药，重新睡下，闭上眼睛都是梦。不知是真的梦，还是半梦半醒臆想的情景，一幕一幕，像胶片电影。电影的主角不是别人，是卷毛。卷毛在作画，一会儿在湖边，一会儿在山顶。卷毛在打架，鼻青脸肿，浑身是血。卷毛在喝酒，喝醉了，唱歌。梦里还有卷毛的女朋友——一个漂亮姑娘，有点像辣妹，又不完全像。她抛弃了卷毛，卷毛追着她的背影……梦里的姑娘变成了苏娅自己，她回头看着卷毛，冷冰冰地说，对不起，别追我了，我不想看见你。小娅，小娅，卷毛还在叫她的名字。她奇怪极了，喃喃问道，你怎么知道我的小名叫小娅？她睁开眼，原来叫她的不是卷毛，是母亲。

母亲说："小娅，你可醒了，烧了一晚上，嘴里叨叨念念也不知道说些什么。"

　　她朝窗外看了一眼，天已经大亮，挣扎着坐起来，"几点了？今天还得上班呢。"

　　"上什么班，我打电话给你请假了。"

　　"太好了，不用上班了。"她心里一松，重新躺下。

　　徐静雅去楼下邻居家要了一碗酸菜，煮开，加了辣椒和生姜，拌进面疙瘩。这种菜饭合一的疙瘩汤喷香诱人，适合生病没胃口的人食用。每次苏娅生病了，母亲就做酸菜疙瘩汤给她吃。那时，家里有现成的酸菜，每年入冬前，苏家总会腌制一坛雪里蕻，随吃随取。自从苏叔朋去世，苏曼出事，徐静雅就失去腌酸菜的兴致了。

　　吃完酸菜疙瘩汤，苏娅重新躺回床上，她的身体还在发烧，可是脑子很清醒。她知道自己发烧的不止是身体，她的心也在发烧。很久没有这样的感觉了，久违的感觉，她一度以为这种感觉再也不会来了，可谁能想到，它还是来了。她惧怕这样的感觉，却又被这样的感觉吸引，睁开眼睛是一个人的脸，闭上眼睛还是那个人的脸。他在笑，他在说话，他在唱歌，他玩世不恭，他命运多舛，他怀才不遇……怎么办？怎么办？她不断地问自己。还能怎么办，还能怎么办！她自问自答。

　　苏娅在家休息了两天才上班，日子貌似恢复了正常。苏娅常常怔怔地盯着桌上的电话发呆，她清楚自己在等什么，这种等待让她度日如年，让她忐忑不安，又让她惶惶不可终日。这天早晨，去了单位，她在脸盆里涮洗抹布，擦抹桌椅。电话铃声响起，声音穿过阅览室。刚好有个同事进来看杂志，帮她接起电话，喊她："小苏，有人找你。"

　　她甩掉手上湿漉漉的水珠，接过话筒，却不是她想了一千遍一万遍的那个人，找她的是小姜。小姜平时很少给她打电话，她与小姜家人的联系比跟他本人联系还要多。有时，苏娅恍惚觉得和自己谈婚论嫁的对象并非小姜，而是小姜的家人。

　　小姜说："苏娅，最近好吗？"

　　"呃，好，挺好的……你呢，你的情况？"

　　"我也挺好的。"

"有事吗？"

"没事就不能给你打电话了？"

"不，不是，当然不是。"

"你是不是正忙？"

"是的，正要开会了。"苏娅旋即撒谎，那边便挂断了电话。

放下电话没一会儿，铃声再次响起，苏娅接起来，她眼睛一热，差点流泪。电话那端是卷毛。距离郊游过去一个多星期了，卷毛说："相片洗出来了，拍得不错，有空过来拿一下。"

"去哪儿拿？"苏娅问。

"画廊，对了，你还没来过吧，东湖路13号，左边是家工艺品商店，右边是工行储蓄所。"

"好的，知道了。"

下班前，苏娅给家里打了电话，告诉母亲自己想去逛街，晚一点回家。

2. 向日葵画廊

卷毛的画廊有一个好听的名字，"向日葵"，一看就知道取自梵高名作。画廊不大，四壁挂满各类画作，每一幅画的右下角都贴着标签，写有画者姓名，创作时间，以及出售价格。苏娅细细看过一遍，其中有小丁的画，也有小崔的画。画廊左边靠墙的位置放着一张桌子，上面有一个三角形陶瓷笔筒，里面塞满画笔，一旁立着画架。门口一个矮小的玻璃柜台，里面摆满画笔，颜料等作画用具，每样物品也明码标价。画廊右角有一扇半开的小门，小门上挂着蓝底白花的蜡染门帘。卷毛看苏娅歪着头打量小门，便说："里面是堆放杂物的地方，也是我睡觉的地方。"

"门帘很漂亮。"苏娅走过去抚摸门帘，顺便掀开一角窥视屋内情形。巴掌大的小屋子，单人床就占了一多半面积，床上堆满了报纸杂物。小屋虽然零乱，却洁净，不像苏娅想象中的单身汉居室。被子、枕头、床单，都有点陈旧，却干干净净像是刚洗过。

卷毛正从一堆相片中找苏娅的那几张，他问道："你刚才说什么？"

"没说什么。"

"我听到你说门帘。"

"我是说，门帘很漂亮。"

"乡村庙会货摊上淘来的，女孩子用这种布料做衣服，或者做头巾，很好看。"

"不愧是画家，眼光果然与众不同。"

"我这里也有这种布料，你要的话，我给你扯一块。"

"那……那好吧。"

不等苏娅说完，卷毛已经从桌子下面拖出一卷布料，"要几尺？"

"二尺吧。"

"二尺能做什么？"

苏娅想了想，"做围裙吧。"

"做围裙大材小用，其实做成方巾，包到头上很好看。"

苏娅摇摇头，她可比不得那些奇装异服的艺术家，那样子会让人讥笑的。

卷毛用皮尺量好，然后手持剪刀裁下二尺布，苏娅站在一边帮忙，问："想不到你这儿还卖布，这布多少钱一尺？"

"十元，只卖这一种，捎带卖的。"

卷毛已经把苏娅的相片挑选出来，放在桌子上。苏娅低头看，拍得很不错，尤其是那张假装作画的，她一本正经握着画笔的样子还真有几分以假乱真的效果。

苏娅掏出三十元钱给卷毛，"这是买布的钱。"

卷毛说："怎么多出十元？"

苏娅说："还有相片呢，胶卷加上洗相的钱，总不能让你贴钱吧。"

"这……"卷毛犹豫了一下，但还是接过钱，"没想到你还挺认真。"

"我看看其他相片，可以吗？"

"当然可以。"卷毛拿出装相片的纸袋，悉数倒在桌子上，"你自己看，我进去找样东西。"说完，进了门帘后面的小屋。

苏娅一张一张翻看照片，除了青云山拍的，还有一部分不知哪里照的。里面的人有苏娅见过的，也有没见过的。其中有一张卷毛站在麦地，夏天，戴着草帽，穿着黑色半袖圆领背心，双手插在牛仔裤兜，身后是一望无际的金黄色麦田。苏娅的手仿佛不听使唤，她悄悄把这张相片放进自己包里。她警惕地扫视了一下小屋内的动静。卷毛还在里面，不知找什么东西，里面传出他搬运东西的声响。

我这是做什么？居然偷人家的相片，苏娅的心忍不住怦怦乱跳。中学的时候，同桌曾经偷过她一张一寸黑白照。同桌是个邋遢男生，身上总有股说不清道不明的气味，是那种常年不洗头，不洗澡才会有的味道。苏娅只和他做了短短三个月同桌，她对他是刻薄的，桌子上划着一道清晰的分界线，他的胳膊稍有逾越，她就会毫不客气地用尺子顶回去。学校办团员证，要交三张免冠照，她明明带了三张，不知怎的变成了两张。她以为是自己不小心弄丢了，只好拿底板又去洗了一张。不久后的一天，同桌铅笔盒夹层掉出了她那张丢失的照片。她捡起照片，充满愤慨与鄙视。她还记得同桌臊得通红的脸，羞愧万分地耷拉着脑袋，很长一段时间，不敢正眼看她。如果时间倒回去，她很想对他说一声对不起，她愿意把那张相片赠送给他。喜欢一个人，偷偷喜欢一个人，原本是件多么美好的事，她为什么要嘲笑他，她的肠子都悔青了。

她在心里悄悄对卷毛说，对不起，我没有想要怎么样，我只是拿走你一张相片而已。

自钟远新之后，她再一次陷入对一个异性的爱慕中，而且，状况更甚。如果当初对钟远新的暗恋是一条小溪，现在，她对卷毛的暗恋，就像汪洋大海。她穿着救生衣，戴着救生圈，扑腾在汪洋大海里。这样的爱情让她兴奋，欢喜，却又使她悲伤，难过。她享受它的喜悦，同时也享受它的悲伤，而且，她似乎更加迷恋后者。她就像一个心理患有疾病的孩子，却不自知。

卷毛从小屋走出来，手里拿着一块蜡染布料。"找了好半天才找到，在床下面的藤条箱里。"

"找它做什么？"

"送给你，"卷毛把它展开，果真是一块漂亮的花布。

"哟，你这还是买一送一。"苏娅接过来，发现这块花布，花色与之前的布料相似，手感却完全不同。

"你裹在头上让我看看。"

"现在？"

"是啊，这块布还是在云南买的呢。"

"很贵吧。"

"别跟我客气，你不说买一送一嘛，我就买一送一了。"

苏娅把花布罩在脖颈上，却不知怎么个用法，她从来也没用过这类饰品，难道像农家大嫂那样把头发包起来？卷毛指着墙上一幅画，画里面一个身穿民族服饰的女人头上就裹着一块类似的布，他说："就像那样，很好看。"

苏娅依样做了，用布把头发包起来，在脖子后面挽了个结。卷毛看着她，夸赞道："不错，不错，很好看。"边说边找来一柄圆镜递给她。

苏娅举着镜子左看右看，难看倒是不难看，但只是适合在家里，这副样子可不敢走到街上招摇，一定会成为路人焦点的。她摘下花布，围在脖子上，斜着绾了个小结。

"这样也好看。"

"你把它披在肩上，或者这样，梳个辫子，把它系在发梢。"

"那倒是，扎头发也不错。"

画廊的生意冷冷清清，自打苏娅进来，没发现有第二个顾客光临。这间店想要开下去，恐怕很难，难怪森哥会萌生退意。苏娅又坐了一会儿，起身告辞。卷毛挽留她，"一起吃饭吧，我想和你说件事。"

"什么事？"

"哦……一会儿再说，我去那边买几个包子，你在店里等我。"卷毛语气略显迟疑。

苏娅皱皱眉，她想到小崔曾经和她提起过卷毛经济窘困，时常举债度日，难不成要跟她借钱？如果真是那样，她会借给他的。她倒没有济危救困的美德，这和美德不搭边。而是，她苦恼地想，她手里能自由支配的钱实在有限，每个月的工资都如数上交给了母亲。母亲对她从不苛刻，想要多少零花钱就给多少，问都不问做什么。可她从来也没多要过，她不是个乱花钱的孩子，若是张口多要钱，母亲会起疑心的。

卷毛买回五六个包子，热腾腾的还冒着气。卷毛说："你趁热先吃包子，我煮包方便面。"

"没见你这里有炉灶，怎么煮面？"

"有个电磁炉。"卷毛进了小屋，抬脚从床底下踢出个电磁炉。插上电，电磁炉上面坐了一只小锅。水开了，方便面、调料下进锅里，小屋飘出油腥的方便面味。苏娅嗅嗅鼻子，别说，还挺香。

"你是不是经常吃方便面？"苏娅看到角落放着一箱方便面，"这东西吃多了不好，里面有防腐剂。"

"没事，怕什么呢。"

面煮好了，卷毛拔掉电源，端起小锅走出小屋。他把煮好的面分别捞进两只碗，还从抽屉里拿出辣椒酱、醋、香油，他对苏娅说："粗茶淡饭，将就吃点，等哥们儿以后发达了，请你吃大餐。"

天色已经黑下来，卷毛把外面的卷闸拉下半截。苏娅心想，他的日常生活真是冷清得很。可是，转念一想，谁的生活不清冷？

吃饭过程中，苏娅问："你不是要谈事情吗？究竟什么事？"

卷毛并不急着回答苏娅的问话，他喝光了碗里的方便面汤，手里举着包子，边吃边在地板中央踱了两个圈，这才说："我想和你商量个事，就是不知你愿意不愿意？"

苏娅以为是想跟她借钱，"没问题，你说吧。"

"请你做模特，愿意吗？"

"模特？意思是画我？"这倒令苏娅感到意外了。

"对。"

"画呗，这算什么事。"苏娅大大方方地说，"求之不得，画好了，最好能够送我一幅，挂在我们家墙上。"

"我说的是……人体模特。"卷毛后半截儿的声音低了下去。

人体模特？苏娅愣住了，那不就是脱光了给他画？她听说过这事儿，有人专门就做这行，按小时收费，说是为了艺术，其实还是为了挣钱。她低下头，不吱声。

"专业模特太贵了，以我现在的能力，已经请不起了。我也可以给你钱，但是，给不了多少，我不勉强，你可以考虑考虑。"

"为什么找我？"苏娅心想，美院的辣妹上赶着黏糊你，找她不是更方便吗？

"你的身材比例特别好。"

苏娅脸红了，卷毛这句话好像剥光了她身上的衣服。

"下个月，广东有个人体画展，我想参赛，这是一个机会，我不想错过。之前画了很多，都不理想。"卷毛点燃一支烟。

"你找找辣妹，我觉得她对你，非常友好。"苏娅吞吞吐吐，她也不知道自己为什么要这么说，似乎想证实什么，又似乎想打探什么。辣妹细腰长腿，身材也不错嘛。

"我不会找她的，有很多原因。"卷毛猛吸了一口烟，"我不想给自己找麻烦，她是一个比较麻烦的女孩。"

"你找我，就是因为我不麻烦？"苏娅脱口问道。

"我不是这个意思，你是不是误会什么了？我刚才说了，我可以给你钱的，只是我现在手头紧，给不了你多少。如果画作能得奖的话，我会重谢你。"

苏娅明白了，他找她，也许并不是他说的她的身材比例好。她有自知之明，知道自己身材如何。他在恭维她，捡好听的话哄她。真正的原因是：他识破了她，她老实，不麻烦，好打发，不缠人，既不会漫天要价，也不忍心拒绝他。她既便宜，又好说话。他慧眼识人，一眼就吃定了她。她的眼睛一下子湿了。卷毛没有发现，他还在抽烟，但是，他的一只手暴露了他的内心。那只手不停地张开，合上，合上，又张开。他担心她拒绝，是啊，一个清清白白的姑娘，凭什么脱光了衣服给你做模特？就凭我喜欢你，你就可以随便轻侮我吗？她在心里呼喊着这句话。她知道自己冤枉了他，他不知道她喜欢他。如果知道的话，怎么样？他是不是也会像躲辣妹一样躲开她？会吗？也许会，也许不会。他知道的话，最大的可能是假装不知道。她早就看出来了，这个阴险的家伙。她起身，抓起椅背上的挎包，径直朝门外走去。

"你不愿意？"他的声音沙哑，像是从山崖滚落到谷底，充满失望。这声音像一把铁钩，钩住了她的心。

她弯腰走出卷闸门，停在门外，"什么时候画？"

"你答应了？！"他惊喜地说，声音从谷底升上了云端。

从他一开口，她就知道自己会答应，她太了解自己了，她拿自己没办法。"不过，你得替我严守秘密。"她想，若是母亲知道了，天，若是母亲知道了，不知会气成什么样子。还有小姜，一想到小姜，她的心里冷不丁"咯噔"了一下。

"你放心。"卷毛从卷闸下面弯腰走出来，"我送你到车站。"他对她献殷勤。对他而言，这大概是一件天大的难事，没想到事情这么容易就解决了，但是，在她面前，他又得极力克制，不能显得太高兴，似乎担心她随时变卦。

3. 我是你的模特

卷毛与苏娅定好在周日午后作画，在此前一天，苏娅神差鬼使逛遍商业街为自己买了一套新内衣，黑色蕾丝胸罩，黑色蕾丝内裤。女人在这方面，都有无师自通的本事，知道自己穿什么颜色的内衣才是最性感的。原谅苏娅吧，她还不懂性感为何物，她只是本能地觉得这样颜色的内衣好看。穿上这套内衣的苏娅鬼鬼祟祟站在穿衣镜前，感觉自己变成了另一个人，另一个陌生的，新鲜的人。看着镜中的自己，她想，这是我吗？我怎么穿成这个样子，就像一个妓女。她恶狠狠用"妓女"这个词来形容自己，这个词让她心跳，讶异。女为悦己者容——没错，她之所以要做这一切，无非是因为他卷毛，哪怕他仅仅只是把她当做模特。

周日下午，"向日葵"画廊关门停业，卷闸门从里面反锁。苏娅紧张极了，她精心购置并穿在身上的内衣，卷毛根本没有看一眼。他事先拿了一本画册，翻到某一页，上面是一个光着身子的女人，他说这是莫迪利亚尼的画，希望苏娅能照这个样子躺在床上。"必须这样吗？这个姿势真难看。"
苏娅说。

"很好看，不难看。"

"他画的是谁？这个画家很有名吗？"

"莫迪利亚尼，很有名的。这幅画里的女人是他的一个模特。莫迪利亚尼特别重视模特的第一印象。他的记忆力好，只要看一眼，就能在脑子里烙下这个人的印迹，然后，凭着过人的记忆力把这些作品完成。他还曾经给女诗人阿赫玛托娃画过一幅肖像呢。"卷毛说起莫迪利亚尼和他的画，兴致盎然。苏娅似是而非地点点头，对卷毛所说的一切，实在是一点都不懂。

"有的画家作画的时候，常要求他的模特一动不动，他需要作更好的光线变化和图形几何的处理，有的是另一种样子，只要模特在那里随心地做什么都行。有的人则更简单，只要看模特的相片都可以作画。"

"你呢？"苏娅问，她想知道卷毛画画时的情况。

"我？我喜欢有模特在场的当下作画，不是很快，但很沉醉，很有想象力，可以观察到很多瞬间出来的细节。至于你，只要像这个样子躺在床上就可以，或者，你干脆闭着眼睛睡觉也行。"

苏娅心想，在你的眼皮底下，我能睡得着吗？

卷毛把画册放在床边，关上小屋门，让苏娅在里面脱衣服。他说"准备好了以后，你叫我进来就可以了"。苏娅在里边拖拖拉拉，磨磨蹭蹭，脱了长裤，再脱外衣，冬天的衣服一层又一层，脱起来没完没了。最后，苏娅身上只剩下了漆黑簇新的胸罩和底裤。她看着画册中的全裸模特，知道自己必须把它们也一并脱下，而且，必须脱下，在这一瞬间，她意识到穿着它们比脱去它们更令她羞耻。她担心卷毛看出这套内衣是新买的，是她特意准备的，如果让卷毛看出这一点……她的脸蓦地红了，迅速地把胸罩摘下，褪去底裤，终于赤身裸体了。她把脱下的衣服一件件叠放整齐，努力照着画中女人的模样侧身躺下。用枕巾盖在身体中央，双手抱肩遮住双乳。卷毛轻轻敲门问道："苏娅，好了吗？"

她深呼吸一口，"嗯"了一声。

开始作画了，卷毛示意她把盖在身上的床单拿掉，苏娅横横心，把床单拿去，她的身体，纤毫毕现地裸露在卷毛面前。

房间温度不高，卷毛很细心，担心暖气不足，特意在小屋点了电暖气，电暖气吹出热乎乎的风。苏娅仍然觉得冷，也许不是皮肤冷，而是因为害羞和紧张造成的心理冷。

"放松，苏娅，就和平时一样。"

说得轻巧，怎么可能一样，赤身裸体躺在一个男人面前，怎么能和平时一样？她安慰自己，现在是骑虎难下，只能硬着头皮做下去。其实，还有一点心理是她自己不愿承认的，她这样袒胸露乳，紧张不安的同时，内心也有一丝隐秘的雀跃和期盼，那套新内衣不就是一个明证吗？

卷毛作画时，表情凝重，有点自顾自恋和自闭倾向，有一刻，苏娅果真闭上了眼睛，电暖器的热风吹得她昏昏欲睡，她差点忘记自己是在做什么，快要沉入梦乡了。蓦地醒悟过来，睁开眼，看着卷毛认真作画的情形，轻轻叹口气，眼睛不由不主地湿润了。她心里涌起爱情的蜜意，——当你爱上一个人的时候，你就会不由自主地叹气，无缘无故，眼睛湿润，泪流满面。你爱一个人，却不想让他（她）知道。卷毛，她爱他，却不想让他知道。倘若卷毛爱她，她确信自己一定会毫不犹豫地接受，继而不计后果地追随他一生一世。才不管他其他的一切。可是，倘若卷毛不爱她，不爱她，这是一定的，她看得出来，他对她没有那个意思，她能感觉到，可即使这样，她也一样爱他。她不会去主动示爱达意，她只把这份爱藏在心里。她就是这样的人，从来都是，永远都是。

临走，卷毛拿出一笔钱给她，"这是给你的酬金，很惭愧，太少了，拿不出手。"

苏娅看到桌子上放着几个包子，还有一瓶酱豆腐。她想，这可能就是卷毛的晚餐。她的心被什么刺了一下，不是尖锐的疼，是沉闷的疼。她在杂志上看过相关报道，穷困潦倒的艺术家、诗人。卷毛是不是也是这样一位？想到这里，苏娅把钱放到桌子上，"我不是专业模特，你不用给我钱。我这么做，只是想帮你。"

"那，那怎么好意思。"

"你不是说得了奖，重谢我嘛，还是等那一天吧。"

"没问题，到时候，我加倍酬谢。"

　　那个冬天，苏娅给卷毛做了三回模特。卷毛不断否定自己的画作，每次在作品快要完成的时候，无名火就会光临，陷入创作失败的苦恼中。他的烟抽得越来越凶，每次作完画，地板上都是烟蒂。从他那里回来，苏娅做的第一件事就是赶紧洗头，她要把头发里的烟味洗掉，被母亲怀疑，那可就糟了。

第
十
六
章

1. 圣诞节的派对

圣诞节到了，森哥在家里搞了一场沙龙聚会。森哥父母去外地旅游，趁父母不在家，他大张旗鼓组织了这个派对。聚会采取AA制，参加者要交纳五十元活动费。

卷毛问苏娅："你愿意去吗？"

"都有谁？"

"参加上次郊游的几个人都去，另外还有一些圈子里的朋友。"

圈子里的人，被卷毛称之为大杂烩，各行各业都有。森哥喜欢结交艺术家，画画的、写诗作文的、搞音乐的。苏娅好奇，想去看看，可她自觉什么也不是，"你们都是艺术家，我什么都不是，去了会不会让人笑话？"

"你现在已经是艺术家了，模特也是艺术家的一种。"

"要死了，你说过保密的。"苏娅生气了。

卷毛笑了，"逗你的，我保证，我发誓，天知地知，你知我知。说正经的，你到底去不去，小丁说要统计人数，他问我带几个人去，我得提前告诉她。"

"你们经常聚会吗？"

"不，很少，一年也没几次，除了吃饭，聊天，就是玩几个小游戏，猜猜谜语、玩玩成语接龙了，或者，唱唱歌、跳跳舞什么的，和上次郊游差不多。只是，运气好的话，能碰到几个投缘的朋友。听小崔说你有未婚夫了，要不然，这种场合可是谈恋爱找对象的好机会。对了，你可以把你男朋友带来，大家认识一下。"

原来他什么都知道，小崔真多嘴，可是，这难道不是事实吗？她确实是订过婚的人了。她满脸通红，有男朋友还给人家做裸体模特，卷毛怎么看待这件事？真当她是活雷锋啊！她咬咬嘴唇，"他不在，他在外地学习，不过快回来了。"

"他是干什么的？"

"银行的。"

"不错的职业。"卷毛恭维，"瞧你呆头呆脑的，还挺会挑男人，嫁给会理财的男人，你这辈子可以高枕无忧了。"

"为什么？"

"银行工作自然都是理财高手了。"

"我能带个女友去吗？我的女同学。"苏娅想到了罗小玲，前不久罗小玲还打电话询问圣诞节有什么安排。

卷毛笑着说："要带就带美女，歪瓜裂枣的可别来，影响大家情绪。"

"怎么样的才算美女？"

"起码也得像你这样吧。"

"放心，比我强多了，你可不许打人家主意。"

"我是那号人嘛，能让我打主意的女人，恐怕还没生出来。"

圣诞节前夜，苏娅带着罗小玲去了森哥家。森哥家房子果然大，小崔说过森哥是富二代，此言不虚。罗小玲一进房间就连声惊呼，"房子真大，房子真大，你从哪儿认识这家人的？"

"小点声，别一惊一乍的，我不是告诉过你嘛，卷毛介绍的。"

"你从哪儿认识卷毛的？"

同卷毛认识的过程太过戏剧化，若是对罗小玲讲述起来，颇费周折，苏娅干脆说："我，我逛画廊的时候认识的。"

"卷毛就是你说的那个画画的？"

　　"对呀，就是他。"

　　客厅中央放着一株圣诞树，苏娅本以为是假的，走近细看，摸了摸硬铮铮的针叶，才知道是真的塔松。圣诞树上披挂着一条条的彩灯彩链，一闪一闪，烘托出浓厚的节日气氛。她脑子里闪过很多年前和贾方方逛花溪公园的情景，那对路遇的情侣扬言要在圣诞节锯树。一时间，她的眼睛瞪得溜圆，盯着招呼客人的森哥。难道真是他？从年龄上看应该差不多。她拉着罗小玲走过去同森哥打招呼。森哥见她带了一个同伴，问："这位是？"

　　"我同学，罗小玲。这是森哥。"他们互相点点头，算是认识了。苏娅迫不及待地问："森哥，你从哪里弄来的圣诞树？"

　　森哥嘻嘻一笑："几个小兄弟从花溪公园弄来的。"

　　果真是从花溪公园锯来的，"这树叫塔松。"

　　"我知道，多年前逛公园，听一个小姑娘说的，她说这种树是圣诞树，我就记住了。"

　　"你每年都会弄一棵这样的树过圣诞吗？"

　　"不，这是第一次，多少年了，一直有这念头，直到今年才实现。"

　　苏娅莞尔，她没有说出自己就是那个告诉他塔松就是圣诞树的小姑娘。她的心里暖暖的，怪怪的，不是因为圣诞树，而是因为回忆令她想起了贾方方。如果贾方方此时在她身边，他们一定会为这个巧合开怀大笑。世界真大，可是，世界真小。转身再看罗小玲，苏娅莫名内疚，仿佛自己辜负了她。她从来也没有对罗小玲产生过像对贾方方一样的感情。曾经沧海难为水，除却巫山不是云。谁说这句诗是单单描写爱情的，人世间所有的情感都可用它来表达，不止爱情。

　　小丁走过来，手里拿着一个本子，"你们登记了没有，来客先要登记的。"

　　苏娅急忙从包里掏出事先准备好的五十元钱交给小丁，罗小玲见状也把自己的五十元钱交到小丁手里。小丁接过，收起，埋头在本子上作了登记，然后问："你们带礼物了吗？"

　　苏娅懊恼极了，真糟糕，她竟然把这件事忘了。卷毛告诉过她聚会时每人要带一份小礼物，她怎么就忘了呢。她连忙说："哎哟，对不起，忘了，忘了。"

小丁说："是这样的，来的时候带一份礼物，走的时候也会带走一份礼物，主要是想给活动增加点乐趣。"

罗小玲拉了拉苏娅的胳膊，"这样吧，我们下楼去看看，时间还早，现买也来得及。"

她们从森哥家出来，走到街对面的超市。门厅貌似庞大，商品却乏善可陈。两个人挑来挑去，也不知道该买什么。最后，罗小玲买了一双白色运动棉袜，苏娅则看中一枚精致的卡通猫形状的指甲刀。苏娅有些犹豫，"买这个会不会太寒酸？"

罗小玲说："刚才我注意过了，圣诞树旁边有个纸箱子，里面就放着些礼物，有的是书，有的是贺卡，都不是值钱货，所以呀，我们千万别买贵的，买贵了，反而吃亏。"

"那就买这个吧。"苏娅点点头。

等她们再返回去的时候，卷毛、小崔、辣妹等全都到了，已经见过一次面，彼此没有了生疏感，辣妹给了苏娅一个夸张的拥抱，嘴里叫嚷道："苏姐姐，太高兴了，又见到你了。"仿佛苏娅是她许久不见的亲姐姐。苏娅不习惯这样的亲热，被她一搂一抱，弄了个大红脸。罗小玲低声说："这就是你说的画家，怎么一个个都神经分分的。"苏娅连忙制止，"别说了，小心人家听到。"

晚餐是自助餐，桌子上摆满了蛋糕、豆酥、麻球、面包、各式各样的小点心和火腿片、牛肉干、皮蛋，开了盖的果酱、辣椒酱、沙拉酱。中间两个大玻璃盘，盛满了拌好的蔬菜沙拉和水果沙拉。还有葡萄酒和小香槟。认识的，不认识的，都在那里端个盘子，边吃边聊。

罗小玲问苏娅："我们交了五十元钱，就吃这个？这哪能吃饱。"

"图个开心热闹罢了，又不是特意为了吃才来的。"

"小丁是女主人？"

"嗯，她是森哥的女朋友。"苏娅想说之前她见过森哥的女朋友，在花溪公园，小丁不知道是第几任了。她张了张嘴，却没说下去。往事牵扯到贾方方，她不愿在罗小玲面前谈到贾方方，似乎，这对于她和贾方方的过往，是一种亵渎。真是奇怪，连她也搞不明白这是怎样的心理感受。如果你真心爱过一个人，分手了，又有了新的伴侣，你一定不愿意在新人面前提及旧爱。那些在新欢面前津津乐道于往日恋情的，一定不是真心在乎过往情感的。

2. 在蓝色的天空跳舞

饭后，人们把桌子收起。大家坐在沙发上，沙发坐不下，就坐在椅子上，等待节目上演。主持人是一个短发女孩，好像是个幼儿教师，声音脆生生的，很甜。小崔在短发女孩身边忙前忙后，端茶递水，搬凳子，挪椅子，调音响，好不殷勤。苏娅暗笑，小崔大概对短发女孩又有想法了。

短发女孩指挥小崔击鼓传花，击什么鼓呀，其实就是用一根竹筷子敲打一个小瓷盘。一束玫瑰花随着鼓声在众人手里迅速传递，鼓声一停，玫瑰花落在谁的手里，谁就乖乖站起来表演一个节目。苏娅坐的位置正好挨着窗户，隔窗望外看去，外面不知什么时候飘起了雪花。下雪了，不知是谁喊了一声，众人立刻欢呼起来。圣诞节的雪花自然成了助兴的使者。

玫瑰花停在一个打扮得花里胡哨的人的手里。只见那个人穿着条大红的灯芯绒长裤，一件天蓝色圆领毛衣，脖子上围着条雪白的围巾，如此艳气的扮装者却是位雄性十足的男士，留着一头烫过的披肩长发。他给大家即兴朗诵诗一首：

许多年以后
雪花还会落下
那时，我们都不再年轻
在对如烟往事的回忆中
你该记得
你曾被一个人如此地爱过
那个生活在遥远的北方的人
……

大家被他的声音和诗歌的节奏打动了，一时间，室内悄然无声，人们恍然沉浸到诗歌的旋律中去了。接下来，一位拉小提琴的女孩演奏了一曲舒伯特的小夜曲。玫瑰花到了罗小玲手里，她站起来，落落大方地唱了一首流行歌。罗小玲五音不全，唱歌跑调，好在众人并不介意，歌声一落，大家仍然报以热烈的掌声。卷毛唱的还是周华健的歌，一首老歌，《让我欢喜让我忧》，他声情并茂，拿着话筒，"你这样一个女人，让我欢喜让我忧，让我甘心为你难过，付出我的所有……"苏娅装作无意地瞟向窗外，雪花纷纷中，夜色微阑。她的心灰灰的，让卷毛欢喜忧伤的，还是他的前女友吧。失去的，就是最好的。旁边的罗小玲说："这小子唱得真好听，快赶上专业水平了。"

苏娅点点头，"不过，他的专业是画画。"

"改天找他画一张，不知道行不行？"

苏娅淡淡地说："你自己问他吧。"

那晚的表演者众多，击鼓传花没一会儿，就改自告奋勇表演了。苏娅本来预备了一首歌，还对着镜子练习了几遍，遗憾没派上用场。

表演告一段落，音箱放出一支支舞曲。小崔算是旧相识了，主动请苏娅跳一曲。奈何苏娅笨手笨脚，以前从没正经跳过舞，虽说单位偶尔也组织类似活动，但她看得多，跳得少。小崔耐心不够，感觉她不是个好舞伴，一曲终了，就闪一边去了。罗小玲倒是如鱼得水，她单位每个周末都有舞会，她久练成精，三步、四步、恰恰、仑巴、探戈，样样精通。像只花蝴蝶一样摇臀摆胯，扭来扭去。卷毛请苏娅跳一曲，苏娅坐着不动，"不会，我不会，你还是请别人吧。"

"没关系，你只要跟着我走就可以。"

苏娅只好站起来。卷毛伸一只手揽住她的腰身，另一只手拉着苏娅的一只手，随着舞曲前后左右快慢移步，没一会儿，苏娅也摸到一些门道。卷毛说："你看，很简单吧，这不就会了。"

"刚才和小崔跳，就不行，老是踩他的脚。"

"他自己还是个生手，当然带不了你。跳舞就像两个人一起聊天，只要一个健谈，另一个人不说话也没关系，乖乖听就是了。若是两个人都不说，那就只好冷场了。"

"这比喻不恰当，说话和跳舞可不一样。"

"异曲同工，我还看过一个和跳舞有关的比喻。"

"什么比喻？"

"和你说不合适。"

"怎么不合适？"

卷毛眨眨眼，嘴角闪过一丝狡黠的笑。苏娅料到不是什么正经话，便不再追问下文了。

过了一会儿，卷毛又说："谢谢你。"脸上的表情很真诚。

"谢我什么？"

"你知道。"

苏娅明白他指的是什么，她说："希望你能获奖，也希望你有好的发展，你这么有才华，一定会成功的，是金子总会发光的。"

"这句话最不可信。"

"哪句话？"

"是金子总会发光的，这句话最不可信！发光的金子只是少数，更多的金子深埋在地下，暗无天日。"

苏娅从他的话里听出了一丝悲怆和无奈。

接下来，罗小玲主动邀请卷毛跳了一曲快四，舞毕，罗小玲回到苏娅身边，愤愤不平地说："什么玩意儿。"

"怎么了？"苏娅诧异地问。

"那个卷毛呗。"

"他，他怎么了？"

"我让他给我画一张画，你猜他怎么说？"

苏娅心里一紧，"他怎么说？"

"他问是素描还是油画，我说，你看着画吧，哪种都可以。他居然说，素描便宜，三百。油画就贵了，至少五百。他以为他真是大画家？谁认识他是哪根葱，自不量力，气死我了，给脸不要脸，让他画是看得起他，他还真把自己当盘菜。"

苏娅暗暗松了一口气，她还以为卷毛也想让罗小玲做人体模特。她劝道："你别生气，他就是那样的人，说话直截了当。"

罗小玲仍然一副气咻咻的样子。

过一会儿，罗小玲又去跳舞，卷毛走过来向苏娅道歉："对不起，得罪你朋友了。"

"没关系的。"

"我这人说话做事，心直口快。"

"她其实挺好的。"苏娅想为罗小玲辩解几句。

"好不好跟我没关系，我看一个人，靠直觉。"直觉？这说明他对罗小玲的直觉不好。

舞会告一段落，聚会进入下一个环节，是个文字游戏。还是那个短发女孩，要求每个人在发到的第一张纸条上面写上自己的名字，第二张上面写一个方位名称，第三张上面写一个描述行为动作的词。除了名字真实以外，其余两张尽可以展开最丰富、最夸张、最离奇的想象。写好以后，再把小纸条交还上来。

苏娅思考良久，写了"宇宙飞船"和"吃醋"，她自认为这是她想象的极致了。主持人收回纸条后，下一步，每一个人都要抓阄一般，分别从三张字条里抓一张出来。森哥第一个抓，他抓到的是"小崔""五星饭店""吃狗屎"，连起来一念，就成了"我和小崔在五星饭店吃狗屎。"众人哄然大笑，顿时领悟了这个游戏的好玩之处，个个笑得东倒西歪，欢声一片，现场气氛像一锅烧开的水，沸腾到了顶点。接下来，有的抓到在月亮上裸奔，有的抓到在床上制造飞毛腿导弹，还有的更绝，在钢丝绳上做爱。偏巧还是一个女的抓到一个男的，女的叫张晶，男的叫王军，连起来就是张晶和王军在钢丝绳上做爱。老天，一群人尖声高叫，这可是高难度动作，示范一个，示范一个。张晶羞得满脸通红，恨不得找地缝儿钻进去。王军也一脸尴尬。苏娅仔细观察这两人神态，心想，没准这个游戏还能成全一对有缘人呢。

她猜得没错，那两个人果然由此加深了了解，发展成恋人。几年之后的某一天，苏娅逛市场的时候碰到他们，张晶手里提着一袋青菜，王学军则拎着一条肥厚的鲫鱼。苏娅认出了他们，主动打招呼，她脱口而出："你们结婚了？"张晶点点头："是的。"苏娅问："你们以前就认识吗？我是说参加那次圣诞聚会前。"张晶摇摇头："我是被朋友带去的，我们那天是第一次见面。"苏娅不由得笑逐颜开，仿佛她是料事如神，先知先觉的智者。什么是"天作之合"？她想，他们就是"天作之合"。他们问起她的近况，她支吾两句搪塞过去。回忆令她想起那场喧哗热闹的圣诞Party，巨大的哀伤笼罩着她，然而，她顾不上哀伤，匆匆买菜离开了市场。

轮到苏娅抓阄了，先抓姓名，纸条上写着"卷毛"，再抓另两个，一个是"蓝色的天空"，一个是"跳舞"，连起来念就是，"苏娅与卷毛在蓝色的天空跳舞"。好浪漫呀，众人起哄。有人叫道，哟，在蓝色的天空跳舞，这可是升到天上了啊！说这话的大约觉出不对劲儿，赶忙改口，喂，你们俩是在飞机上呢还是在飞船上呢。苏娅丢下纸条，走回座位，卷毛却不是个省油的灯，趁热打铁，站起来说，我们是在白云上跳舞，对月而歌，踏云而舞……

聚会在这个游戏中达到了高潮。不知不觉，时间已近零点，再闹腾下去，左邻右舍就该抗议了。最后一项是派送礼物。大家来时带的礼物都放在纸箱子里，纸箱四面封住了，只在盖子中间留出一个口。每个人走过去伸手进箱子拿一件东西，多数人不好意思挑挑拣拣，摸到什么算什么。也有个别女孩子摸起来没完没了，摸个没够。苏娅的指甲刀刚好被卷毛拿到了。指甲刀装在一个纸盒里，体积最小。卷毛打开一看，笑道："摸在手里以为是火柴盒，没想到是指甲刀，不错，我正缺这玩意呢。"苏娅不动声色，心窝深处却欢喜地开出一朵花。她摸到的是一本书，拿出来一看是本菜谱。带礼物的人太毛糙，菜谱竟然是旧的，简直糊弄人。罗小玲挺开心，因为她摸到了一只巴掌大小的毛绒玩具小白兔。

这场圣诞聚会是苏娅记忆里华丽的一章，它像一个五彩缤纷的水晶球，即使岁月把它碾成了碎片，仍然散发着绚烂的光芒，熠熠生辉。在那以后，她再也没有经历过类似的Party。

3. 自恋的姜博健

聚会结束不久，卷毛打电话和苏娅提起罗小玲，他问罗小玲在哪里工作，是否有男朋友。苏娅觉得奇怪，反问他为何打听罗小玲。卷毛说，小丁托我打问的，你那个姓罗的女同学最近老给森哥打电话，被小丁发现了。小丁很不高兴，她托我转告你，姓罗的要是不老实，她就找人教训她，到时候，你可别怪我没提前告诉你。苏娅手持话筒，张口结舌，说不出话来。

那阵子，罗小玲已经看好日子，即将举行婚礼，苏娅没想到在这个节骨眼上她还会另谋打算。苏娅给罗小玲打电话，电话通了，却开不了口。罗小玲不耐烦了，"苏娅，怎么了？想说什么？"

"我妈，我妈问你结婚的事准备得怎么样了，你父母都在外地，她问你需不需要帮忙？"

"没什么要帮忙的，都准备好了，替我谢谢阿姨。"

"没有变卦吧。"苏娅小心翼翼。

"没有，定了的事怎么能变呢。"罗小玲对婚事显得漫不经心，这点倒和苏娅态度一致。

苏娅这才放下心，究竟发生过什么？罗小玲和森哥到底怎么回事？小丁有没有找她算账？这一切苏娅全然不知。罗小玲照常结婚了，新郎便是那个不起眼的司机。苏娅猜想罗小玲不甘心嫁给他，不然也不会打森哥主意。至于森哥，罗小玲从未提过，苏娅也只当不知道。

罗小玲的聪明之处就是她能清晰地看清自己的处境，从而做出合适的选择。她努力与命运抗争，拼不过的时候，她就选择妥协。苏娅恰恰相反，她过分忠实于内心感受，从不理会周围的一切。她根本不明白哪一种生活是适合她的，或者说，真正适合她的生活，她又是不屑一顾的。

罗小玲婚礼没几天，小姜就出差回来了，苏娅的婚事紧跟着提上议事日程。其实早在小姜回来之前，两家大人就来往频繁，陪嫁的包袱有几个，红包几个，妆奁几箱，送亲的人有多少，相应要做些什么准备，大事小情定了个八九不离十。房子是现成的，但婚后小两口暂时和婆婆公公一起住，有了孩子再盘算搬出去。姜家就这么一个儿子，父母不想他们早早搬出去。诸多事宜都先征得徐静雅同意，这个婚看上去不像苏娅结，更像是徐静雅要结。她和母亲一道去看新房，小姜的两个姐姐正在布置。母亲一会儿敲敲衣柜的门，一会儿拉拉梳妆台的抽屉，一会儿闻闻柜子里的气味，生怕家具质量有问题，慢待了她的宝贝女儿。之外，首饰也备齐了一套，耳环、项链、手镯、钻戒。姜家悉数把礼金、首饰交到徐静雅手上。平心而论，姜家置备的一切没什么可挑剔的，比起罗小玲的婚礼，不知要强多少倍。也许正因为这个，苏娅看什么都点头，行，可以，好，没问题。姜家人背后说这个媳妇倒是好伺候，就是她那个妈不好交代。

苏娅和罗小玲基本是前后脚结婚。罗小玲农历十一月，苏娅农历腊月。

苏娅给卷毛做了三次模特之后就没再去过画廊，她以为她的任务完成了，何况小姜也已回来，星期天叫她一起买东西。苏娅也是在这个时候才发现小姜穿衣打扮比女人还挑剔。从衬衣到袜子，从领带到皮鞋，挑来挑去，非名牌不要。就说结婚穿的礼服吧，明明已经买了一套西装，结果两个姐姐偶尔说了句颜色老气，他就非要换，拖着苏娅与他一道在几家商场转来转去。他看西服标签时的神态一丝不苟，抚摸衣服面料几经陶醉。在给苏娅购买东西时，却很随便，问苏娅，你看怎么样？苏娅说，差不多就行了。他二话不说就买下来，看也不多看一眼。苏娅心里一惊，买他的东西，那么认真，买我的东西，怎么这样随便？她故意提出买一件呢裙，挑挑拣拣，消耗他的耐心。果然见他频频看表，显出不耐烦。对于最后买下的呢裙，也不作任何评判，甚至连什么牌子都没有问一下。按说，他可是个名牌控啊。苏娅的心陡地凉下去，她意识到这桩婚姻并不像表面看上去的四平八稳，而是暗藏危机。小姜貌似温软的性格中，对于自己过分的关注，对于他人的疏忽，这样的人是不是就是传说中的自恋狂？"自恋狂"姜博健丝毫体会不到苏娅的心思。他个头偏矮，却看中一件灰色长风衣，对着镜子比画来比画去，就是最小号的风衣也快要盖住他的脚踝了。苏娅站在一旁呆呆地看着他，心里却在想着另一个人——卷毛。卷毛如果穿上这件衣服，一定是玉树临风、英俊潇洒。苏娅原本以为自己不是以貌取人的女孩，想当初，她牵肠挂肚暗恋过的钟远新不也是个其貌不扬的中年男子嘛，可是，面对姜博健，她失望了。这一刻，她发现自己就像个贪恋美貌的好色男子。

第十七章

1. 我原谅了这个世界

苏娅接到卷毛的电话，苏娅问："有什么事？"卷毛却半天不吭声。苏娅追问，"到底有什么事？"卷毛这才期期艾艾地说："你，你可不可以再做一回模特？"

"你不是画完了吗？怎么还要画？"苏娅感到意外。

"我对那幅作品不满意，越看越糟糕，恨不得一把火烧掉它。"

"你对自己要求太高了。"

"不是我要求高，是竞争太残酷，像我这样的无名小辈除了拿出有分量的东西，还能拿什么给自己加分。这次参赛是森哥资助我的，森哥说了，他要关了画廊，有人相中那间铺子想开礼品店，他已经答应人家了。为了给我一个交代，他出钱资助我去参加画展，希望我能赌一把，出人头地。我也不想寄人篱下，老这样混日子了。"

"参加画展还要花钱？"

"当然，租赁展位，价格很贵，所以，我很珍惜这次机会。"

"那好，我答应你。"

中午下班时，苏娅请了半天假，管事的知道她婚期在即，没等她编排请假理由，就挥挥手，去吧，去吧，忙你的去吧。她没有回家吃饭，而是直接去了"向日葵"画廊。去之前，在临近的街市买了几份凉拌小菜与油饼。画廊大门紧闭，苏娅伸出拳头砸卷闸门，她想卷毛此时应该在里面休息。旁边工艺品商店的服务员正端着盒饭吃饭，边吃边探出头看动静。服务员是个面团脸的矮胖女人，头发削得短短的，不知多久没洗，黏成一绺一绺，紧贴在头皮上。

卷闸门终于从里面拉开了。卷毛头发零乱，衣衫不整，像是刚从床上爬起来。"你怎么大中午就来了，不是说好下午三点才来吗？"又问："你吃饭了没有？"

苏娅给他看看手里拎的食品袋，"没吃，买了点现成的，省得回家还得多绕路。"

卷毛请她进去，把卷闸门拉下来。矮胖妇人伸长脖子看着他们。进了画廊，苏娅小声嘀咕："那个女人老盯着我看。"

"别理她，她就那样儿，喜欢窥探别人的生活。她对我意见挺大，因为我从不搭理她。"

苏娅闻到屋子里有浓郁的酒味儿，桌子上放着一碟花生米，喝剩的半瓶二锅头。"你喝酒了？"她问。

"是的。"

"没喝多吧。"

"喝了一点儿，正准备小睡一会儿，养足精神画画。"

"那我打扰你睡觉了吧。"

"没关系，你可是我的贵人，打扰睡觉算什么，就是差使我做牛做马，我也心甘情愿。"卷毛又开始油嘴滑舌。

苏娅从抽屉里找出两个空碗，把路上买的凉拌素鸡、腐干、莲藕、红萝卜、海带丝，连同塑料袋一起放在碗里，油饼摊开搁在桌上，残余的热气袅袅升上来，香气扑鼻。"你也吃点，趁热。"苏娅说。

卷毛也不客气，伸出筷子夹了块饼，边吃边说："让你破费了。"

"客气什么，没花多少钱。"苏娅实话实说。

两个人坐在桌边吃饭，卷毛给苏娅倒了一杯酒，他劝酒挺有一套："白酒是消炎的，少喝点对身体有好处。而且，女人更应该喝酒，酒是好东西，生津止渴。"

苏娅笑出声，"拜托，别说了，生津止渴那是川贝枇杷露。"

这是苏娅第一次喝白酒，才入口，就觉辛辣，却旋即又感到热乎乎的。第二杯落肚，酒劲儿就有点上头，她忽然有一种豁出去的冲动，不就是喝酒嘛，她也想尝尝醉生梦死是个什么滋味。到了第三杯，她已经不需要卷毛劝酒了，自斟自饮。

卷毛开始还诧异苏娅的举动，不一会儿也被她的情绪感染，索性从床底下又拿出一瓶，"干脆我们今天放开了喝，我还没有单独和女人喝过酒呢。"

"一会儿你还要作画。"

"莫里迪亚尼就是酒后作画，他那些伟大的作品都是喝了酒才画出来的，我今天也效仿一下这位大师。"

酒喝多了，话也多起来，卷毛絮絮叨叨讲述自己的经历，贫穷的皖南农家子弟，扬眉吐气考上大学，遭遇坎坷，连毕业证都没拿到。

"你看过海子的诗吗？"

"海子？"

"连海子也不知道，他可是伟大的诗人，也是我的同乡，我特别喜欢他写的关于麦地的那首诗。"

卷毛背诵起海子的诗：

有时，我孤独一人坐下
在五月的麦地，梦想众兄弟
看到家乡的卵石滚满河滩
黄昏常存弧形的天空
让大地布满哀伤的村庄
……

卷毛问："怎么样，这首诗好吧。"

苏娅摇摇头："不知它好到哪里。"

"你一定没有见过大片大片的麦地，在我的家乡，麦田一望无际，用刚从田里收割的小麦碾成的面粉，烫一张饼吃，那味道别提多美了，比这个不知强多少倍。"卷毛不屑地指着桌上的油饼，眼睛里仿若看到家乡麦浪滚滚。

"没见过麦田，但是，我见过玉米地，郊外都是玉米田。"

"那不一样，视觉上是两种不同的感觉。"

"你们画画讲究形象思维，注重视觉感。"

"是，第一眼最重要，比如你，第一眼看见你，你给我的视觉形象就很好，不然，我也不会主动上去搭讪你。"

微醉的苏娅听到这句话，脸色像涂了一层胭脂，她白了一眼卷毛："算了吧，别嘴上抹蜜，你那是为了还赌债。"

"没错，是为了还赌债，可是，假如你给我的感觉糟糕的话，我宁愿欠钱也不会那么做的……也许有一天，我也会和他一样。"

"和谁一样？"

"海子，我的同乡诗人。"

"你也要写诗？"苏娅觉得自己的身体轻飘飘的，像是有半截儿飘在了空中，这就是喝醉的感觉吗？喝醉的感觉可真美妙，难怪有那么多人贪恋这点杯中物。

"不，我不写诗，我也不会写，我是说，也许我的下场和他一样。"

"他的下场怎么了？"

"他自杀了，卧轨自杀，要是你，你敢吗？"

"不，我不敢，我怕疼，如果有一天，非要选择自杀，我希望自己喝安眠药。但是，我不认为自杀是勇敢的表现，自杀是一种怯懦，自杀的人都是软弱的人。"

"别跟我讲大道理，不是每个人都有勇气面对死亡的。你说的安眠药是个好办法，安安静静地就死了，但是，不够壮烈，不像个男人的死法。女人可以这么死，男人不能。男人就得卧轨、跳楼，或者开枪、割腕、切腹。要死，就要死得掷地有声，鲜血横流，触目惊心。"

"写诗的人这里有病。"苏娅指指额头，"你可千万别学他，咱还是活着好，好好活着，好死不如赖活着，老天爷给了咱们一条命，咱们就要有始有终有头有尾对待它，别半途而废。"

"你这是贪生怕死。"

"我不是贪生怕死。"苏娅想到了母亲，"我死了，我母亲也会伤心而死，这就等于我害死了她。我害死自己不要紧，可是，我不能害死别人，尤其是不能害死自己的母亲。诗人海子就没有母亲吗？他有没有想过他死了，他的母亲会多么伤心。"

卷毛听了这话不做声，良久才说："你说得对，我想得太简单了，我死了，我母亲也会伤心而死的。"

苏娅转移开话题："过不了多久，我就要结婚了，我要是结婚了，可就不给你做模特了，这事儿，怎么说，也不光彩。"

卷毛有些意外，"你说的是真的？真要结婚了？"

"真的。"苏娅认认真真点点头。

"眼睁睁看着一个好姑娘又要被世俗的婚姻糟蹋了。"

"照你这么说，女人就不要结婚了？"

"嗯，我和贾宝玉一个理论，女人只要一结婚就会变得庸俗不堪，叫人讨厌。喂，我问你，他知道你做模特的事吗？"

"不知道，你想他会知道吗？"

"你为什么愿意做我的模特？其实我都没想过你能答应，我只是抱着试试看的态度问你的。"

"你想听真话还是假话？"喝了酒的苏娅面若桃花，她的眼睛里泛着光，一眨不眨地盯着卷毛。

喝酒的人其实心里都是清清楚楚的，敏感的卷毛躲开了苏娅的目光，"无论真话还是假话，我都不想听了，我只想告诉你，你是个好姑娘，善良、真诚、大方，我从来没有见过比你更好的姑娘。"

苏娅笑了，她与卷毛的认识其实并没有多久，可是，她却觉得自己十分了解他，就连他心里想什么，她都能猜得到。他可能有点喜欢她，但谈不上爱。即使他可能爱上她，她也留不住他。他不属于某一个人，甚至不属于某一个地方，他就是传说中的江湖浪子。有一天，也许会脱颖而出，成为一个知名艺术家。她希望他飞黄腾达，春风得意。她会用一生的时间祝福他，仰望他。还有比这更高尚的爱情吗？没有功利，没有索取，付出不求回报，她简直要为自己感动了。

她再一次衣衫褪尽，全身裸露在他面前。这一刻，他变身莫里迪亚尼，血液里的酒精散发出的热情与他的才情相撞，犹有神灵附体。是她的眼神挑逗了他，还是他自己不能自抑地停下画笔。他们咫尺相对，空气凝固一般。她能听到他的喘息声，热切、克制、隐忍。他能闻到她的体香，像夜色里的黄玫瑰，因为，只有夜色里的黄玫瑰，才有如此幽微动人的芳香……他们纠缠在窄小的床板上，仿佛都用尽了全身的力气。他惊讶她柔弱的身体里怎么会蕴涵如此巨大的能量，她诧异一个强悍的男子也会有孩童般的温情。她发现他胸前狰狞的图案不见了，她抚摸他的胸，喃喃问道，你的文身呢？他吻着她的脖颈，告诉她，我哪来的文身，那是画上去的，一洗就没了。他脖子上的观音玉坠贴在她的胸前，温暖的，潮湿的，浸润着两个人肌肤的汗液。他摘下来，戴在她的脖子上。苏娅，我没有什么可给你的，我把它送给你。她听到他喃喃自语，不知道他在说什么。她问，你在说什么？他说，我想起几句诗。你听，我念给你：

一想起这是个秋天
我就原谅了自己
我原谅了自己
就原谅了整个世界
……

苏娅听清了后面的两句，我原谅了自己，就原谅了整个世界！

原谅他们吧，原谅这对年轻人吧，如果要怨，就怨青春，青春的萌动、青春的哀怜、青春的无助、青春的愚昧。他们是一对真正的可怜人，与其说是他成全了她，不如说是她成全了他。在这个微凉轻薄的世间，他们本来可以成为彼此的暖源，然而，他要的不止是一具女人温暖的身体，他还想要更

多，梦想、荣光、艺术、浮浪、红尘。而她，无怨、无悔，幻想有那么小的
一个世界，风平、静流。

2. 婚礼如期举行

苏娅婚礼如期举行，此时的卷毛已经踏上了南下的旅途。

入冬后天气异常寒冷的一天。路面结满冰凌。身着大红绸缎衣裤的苏娅，
头上蒙着一块红纱巾，红纱巾中，看着忙碌的人们在她周围走来走去。今天，
她是众人瞩目的女主角，所有的人都在为她忙碌。再平凡的女人，一生当中也
有属于自己的一天，她心安理得地享受别人为她的一切忙碌和服务。送亲的姐
妹只有罗小玲一个，余下全是亲戚家的同龄女孩。姑姑，叔叔，包括已近八十
岁的奶奶都来了。自打苏叔朋去世，苏家的人还是第一次上门。他们自小对
她就冷淡，父亲去世前一刻她才明白其中缘由。这么多年，苏家的人都守着一
个共同的秘密——苏娅，她不是苏家的孩子。母亲徐静雅则涕泪交加，坐在床
边，握着女儿的手，一句话也不说，好像千言万语都聚集在掌心之间了。迎亲
的人到了，鞭炮声炸响，宣告着喜庆的开始。到了婆家，苏娅又马不停蹄换上
白色婚纱，去了酒店，在司仪主持下，举行千篇一律的婚礼。

就这样，出嫁了。

婚后的生活，在她还没有准备停当，就映入眼帘。可有时候静下来一
想，其实也没什么可准备的。无非是半夜醒来，枕畔忽然多出一个人，脑子
一下子转不过弯来，不免有些小的惊吓。随着时间一天天过去，苏娅对姜博
健了解深刻了。他喜欢照镜子，喜欢在头上喷摩丝，喜欢把皮鞋擦抹得油光
锃亮，照出人影儿，喜欢熨裤子，裤缝总要笔直笔直的。这些对细节的过分
关照，都让苏娅心生厌烦，她讨厌一个男人如此自恋。她把她的不满告诉母
亲，母亲说，这些都不是缺点，换一种眼光，也可称作是优点。爱干净，爱
收拾自己，注重外表，对人尊重。苏娅"哼"了一声，他才不爱干净呢，他
是假干净，桌子上蒙一层灰，他也不知道拿抹布擦一擦。母亲笑道，敢情是
个驴粪蛋蛋面面光呀。苏娅也笑了，你猜我婆婆怎么说他？我婆婆说他是假

干净，尿骚气。母女俩笑作一团。

　　然而，还是有缺憾。夜里，睡不着觉的苏娅，大睁着眼睛直视着天花板上的吊灯，明艳俗气的彩条仍旧张挂在吊灯的边缘。她轻轻地叹口气，眼睛不自觉地湿了。有一首歌这样唱道：若不是因为爱着你，怎么会夜半没睡意；若不是因为爱着你，怎么会无缘就叹气。她安慰自己，在这个世界上，曾经有幸遇到过我爱的人。谁说过这样的话？得而失，聊胜于无。

　　她渐渐把心思用在婚姻的操持里，小姜喜欢穿笔直的裤子，她就常给他熨裤子。小姜喜欢皮鞋锃亮，她就经常给他擦皮鞋。小姜父母十分喜欢苏娅，逢人就说，媳妇如何如何称心如意。

　　这年春节，苏娅在楼道里碰上了回家过年的苏拉。她一点也不意外，从她知道苏拉家就在楼下时，她就知道总有一天会碰到他。当年对苏拉的不满与鄙夷仍旧暗藏于心，当她在楼门口碰到他，他吃惊地看着她，而她呢，微微一笑，擦身走过去。

　　"你，你怎么在这里？"他追着问。

　　"我住这里，就在你们家楼上。"

　　"你，你怎么会住这里？"他像一个笨拙的孩子，脑子没有绕过弯。

　　"我结婚了。"

　　这下苏拉才恍然大悟，"姜家哥哥娶的是你？"

　　"是的。"

　　"你怎么这么早就结婚了？"

　　"反正迟早都要结的，早与晚又有什么区别。"苏娅很满意自己的回答，若是往深里讲，这句话简直有哲学的味道。

　　几年不见，苏拉变了许多，头发留长了，脑后扎着小辫，嘴角蓄起小胡子。苏娅心想，你也成了艺术家了。由此想到了卷毛，心里隐隐一痛。卷毛是艺术家，可是卷毛没有留长发。心里这么想，嘴上就说出了口，"你怎么梳起辫子了，像个女人。"

　　苏拉没有听出苏娅言语中的讥诮，一本正经地说："我是赶时髦。"

　　"听说你在电影学院进修。学的什么专业？"

　　"导演。"

　　"你果然做了导演。"

　　"现在还不是，以后一定是。"

　　"毕业了，还回青城工作吗？"

　　苏拉摇摇头："可能性不大。"

　　"罗小玲也结婚了。"

　　"你们结婚都这么早啊。见了她，替我恭喜她。"

　　可恶的家伙，想起从前的事，苏娅忍不住在心里骂道，你还有脸恭喜她。她凶恶地看了一眼苏拉，苏拉被她的凶恶吓了一跳。这个无辜的人，从来也想不明白自己究竟哪里得罪了苏娅。

　　他们只见过这一次，春节后，苏拉家搬走了。——婆婆不无羡慕地说，楼下苏家好福气，买了更大的房子，搬走了。

3. 身在曹营心在汉

　　苏娅怀孕了。婆婆每天变着花样儿给她做好吃的，又是炸麻叶蒸枣糕，又是煮酸梅汤，又是熬猪脚，苏娅像个被宠着溺着的孩子。这个时候，她有点醒悟母亲缘何一门心思让她嫁给小姜。母亲独具慧眼，女人出嫁，有时候不是嫁的一个男人，而是嫁的一个家庭。

　　苏娅感到遗憾的是，她的付出并没有赢得小姜对她的投桃报李。小姜从小被母亲娇惯坏了，衣来伸手，饭来张口。身怀六甲的苏娅低头弯腰洗衣服，他也懒得伸手帮一把。举案齐眉、相敬如宾的夫妻景象离苏娅实在太远，远得就像天上的月亮，看得见，够不着。她安慰自己，世上没有十全十美的婚姻，选择谁都有缺憾。普天之下，多数夫妻都是凑合过日子。

　　罗小玲结婚不久就和婆家闹得势不相立，电话里哭诉嫁人不淑。对婆婆公公包括窝囊丈夫的指责，罄竹难书。她说自己如果不是为了能在这里安个家，落个脚，打死她也不会嫁给这户人家。相比她的状况，苏娅当然算好的。

　　可是，"当然算好"的婚姻竟然没有维持太久，就露出它可怖的一面。苏娅从罗小玲耳朵里听到了一个让她震惊的消息，小姜外面有女人，而且还是个中年妇女。

罗小玲所在石油公司有个死了丈夫的寡妇，年龄已经三十大几，奔四十岁了，身边拖着个孩子，是个十几岁的少年。传言她在外边有个相好的，是个没结婚的毛头小伙，同事戏言她是老牛啃嫩草。这一老一嫩，相好多年，如果不是年龄相差太大，恐怕会结婚呐。寡妇是罗小玲的部门同事，单位中秋节分苹果，寡妇没来上班，罗小玲主动把苹果送到她家，撞见过一次那个男的，当时只是打了个照面，没大看清楚。苏娅婚礼时，她看着小姜面熟，却一时想不起在哪儿见过。这次，她在路上亲眼碰到寡妇和小姜走在一起，这才忽然想起来，小姜就是那棵"嫩草"。

"不可能，你是不是认错了？

"千真万确，你结婚那天，我老走神，你还问我怎么了，我当时看着他就像一个人，可就是想不起来，这次确定了，就是他，没错。"

苏娅顿感浑身无力，差点把手里的电话掉在地下。

如果罗小玲说的是真的，姜家紧锣密鼓催促他们结婚的内幕并不是小姜年龄大了，而是怕夜长梦多，担心苏家母女识破真相。她被骗了，被骗的不止她，还有母亲。小姜竟然另有所爱，爱的还是一个半老寡妇。姜家企图用婚姻把儿子的心从寡妇身上挽回来，看来效果式微。苏娅笑了，这件事太荒唐了，像个笑话，还是个黑色笑话。

回家后，苏娅不动声色观察小姜动静，她查看他的工资单，朝他索要工资本。所有女人在遇到这种事之后的反应都差不多，先控制他的财路。他果然支支吾吾，推三阻四。苏娅说："按说我不该和你要钱，我自己也有工资，可是我们现在是夫妻，夫妻财产理应共同管理，你需要花钱的时候，理由正当，随时可以和我要。"

婆婆听到小两口的争执进来帮腔，小姜在双面夹击之下，乖乖缴械。小姜交上来的工资本里面没存一分钱，显见月月亏空。苏娅又好气，又好笑，心想，日子长着呢，以后看你如何应对。

小姜自有办法，媳妇这里要不出钱，朝父母手里要。父母对这事儿当然知根知底的，趁苏娅不在家，苦口婆心规劝儿子收心。两个姐姐也忙里偷闲，轮番回家教导弟弟。结婚之初，小姜大约也想和苏娅伉俪情深，恩爱过生活，谁知苏娅没有能耐拴住他的心，尤其怀孕后，夫妻虽是睡在一张床上，苏娅却躲得他远远的，碰都不让他碰一下。陷入情欲迷惘的男人，那是刀山火海都要攀都敢跳的，与寡妇断了一阵，重修旧好，就像戒掉烟瘾复发，更加变本加厉。两个姐姐的嘴皮子磨破了，什么悬崖勒马，回头是岸的扯淡话，他一句也听不进去。

周末，苏娅回娘家小住，她装作没事人似的，没和母亲提这件破事儿。她不想给母亲心里填堵，嫁都嫁了，有什么办法，总不能刚嫁就离婚吧，何况肚子里的孩子眼看就要出生了。

十月怀胎，一朝分娩，孩子终于出生了，是个男孩，取名毛毛。姜家上上下下都很高兴，公公婆婆把苏娅当菩萨供起来的心都有。他们暗地里咬牙切齿诅咒勾引他们儿子的狐狸精，小寡妇，老女人，不要脸，早点下地狱，早死早超生，好让儿子安安心心回家过生活。苏娅心知肚明，不予点破，一切似乎都朝着好的方向发展，不伦之恋注定不会长久的，苏娅原谅了小姜，她对早出晚归的小姜视而不见，没有横加指责。她之所以对小姜的行为没有痛恨，没有挑明，甚至还睁只眼闭只眼姑息养奸，其实只有一个理由——她也不干净。小姜是身在曹营心在汉，她何尝不是？小姜掉在泥塘子沾满污点，她何尝清白？有时候，夜里睡不着，她会忍不住从牙缝里蹦出两个字：报应。望着怀中的婴儿，望着这个看上去温情四溢的大家庭，望着婆婆一遍遍不辞辛苦端到她手上的汤汤水水，她阻止自己不去想卷毛，不去想那段点到即止的露水情缘。可是，她做不到，她对自己无能为力。每天早晨睁开眼，第一个念头仍然是卷毛的脸，接着是卷毛的眼睛、卷毛的头发、卷毛的声音、卷毛的身体。一想到那个人，她的心就像冰块放在火炉边，软软的，毫无反抗地，心甘情愿地融化了。

她自己都是这个样子，她还有什么脸去指责小姜？

4. 来历分明的孩子

毛毛五个月大的时候，苏娅发现儿子渐渐长长的头发开始打卷弯曲。她先前被他的五官麻痹了，徐静雅第一次见到小外孙就言之凿凿地说，这个孩子和苏曼小时候一模一样。婆婆眉开眼笑，都说外甥像舅，真要随了舅舅，长大准是个美男子。毛毛五官的确和苏曼的相像，直刮挺拔的鼻子，棱角分明的嘴巴，乌黑明亮的眼睛，只是这卷曲的头发与苏曼完全不同。这个发现令苏娅坐立不安，她抱着毛毛去医院验了血型，她是B型，小姜是O型，而毛毛居然是AB型。一切月明星稀，水落石出，真相大白。初时的慌张和忐忑过去后，苏娅心里莫名地生出几分侥幸，她被这侥幸的心情击倒了，也吓倒了，我这是怎么了？难道这正是我希望的结果吗？

回到姜家，年迈的婆婆抱着毛毛宝贝心肝地唤来唤去，她再也坐不住了。如果将错就错，隐瞒下去，苏娅做不到，这违背了她内心的良知。她觉得自己是好人，可是现在，她不敢下这样的定义了，她觉得自己更像是一个恶人、坏人。如果坦诚相告，和盘托出，她也做不到，这不仅是令姜家蒙羞的丑事，同样也令苏娅无地自容，尤其是——她得顾虑母亲的感受，母亲的颜面。家里出了一个苏曼还不够，还要她再给母亲的伤口撒一把盐？有些秘密是不能大白于天下的，她承担不起。怎么办？

她对这桩乏味的，谈不上幸福圆满的婚姻早已生出厌倦和疲惫。小姜的出轨，不，其实他不是出轨，他的不轨早在认识苏娅前就已经发生了的，严格说出来，苏娅才是后来者，她更像第三者。现在，她甚至庆幸小姜早有私情，他的私情与姜家对此事的隐瞒，削弱和冲淡了自己内心的罪恶感。

她给卷毛打电话，被告之该号码已停止使用。她去过东湖路，"向日葵"画廊更名易主，变成了"知味斋"书屋。她知道自己的婚姻维持不下去了，拖着这个来历不明的儿子，她该怎么办？她唯一可以找的，除了卷毛还能有谁？

她去了两次森哥家，敲门敲得手都疼了，可是家里没人。她去工艺美术厂找过小丁，结果也没见着小丁，同事说她很久没有上班了。她只好给罗小玲打电话，她说："你能告诉我森哥的电话吗？"

罗小玲口气很不友善，反问："你怎么知道我有他的电话？"

"我猜的，我找不着他，去他家，他家里又没人。"

罗小玲说："我没他的号码，你可以找他女朋友问问嘛。"

苏娅说："我和小丁不熟，而且，我也找过了，找不着，单位说她没上班。"

"你找森哥究竟有什么事？"

"我找他问点事。"

"问什么事？"

"我找他问问卷毛的下落，他的画廊关闭了。"

"这样呀。"罗小玲口气松下来，"我以前的确有过他的联系电话，可是后来不联系了，就忘了，没记下来，不骗你。"

苏娅相信罗小玲说的是真的，她没必要骗她。

卷毛找不到，森哥也没有消息，回到家里，她决定恶人先告状。她把小姜的事情摆在桌面上，她说："我必须离婚，我接受不了这个事实。"小姜始料不及，起先还吞吞吐吐想抵赖，无奈苏娅连寡妇的姓名单位地址都说得一清二楚，"我成全你，按说，你们认识在先，我才是第三者。"她言词恳切，一不哭，二不闹，却态度坚决，非离婚不可。小姜镇静下来，倒也不慌张："离就离，反正我也看得出来，你对我压根儿没多少感情，我能感觉得到。"他倒也不傻，身边的人谁对自己是虚情假意敷衍，这是凭本能感觉出来的。小姜感觉不到苏娅对他的真情，苏娅又何尝感觉过他对自己的真义呢。他们是同一个屋檐下的陌路人，千不该万不该被婚姻捆绑到一张床上。

离婚的事惊动了姜家，姜家婆婆搬来了苏娅的母亲，一把鼻涕一把泪："亲家母，小两口结婚还不到两年，正是锅碰碗，碗碰碟的时候，适应了，也就好了，怎么能轻而易举就离婚呢？"

徐静雅知道了小姜不检点的往事，心里也很恼火，但真要谈到离婚，她也是不情愿的，她劝女儿："孩子都有了，说离就离，你当婚姻是儿戏？"

苏娅说："不管怎么样，这个婚我非离不可。"

此言一出，两家大人面面相觑，都愣住了。没一会儿，姜家婆婆才大呼小叫哭起来，哭自己命苦，生了个不争气的儿子。又哭自己吃斋念佛，不做恶事，老天爷却对她这么残忍。襁褓中熟睡的毛毛也被家中的混乱惊醒了，睁开眼睛，哇哇大哭。一时间，姜家乱作一团。苏娅泰然自若，处变不惊，脸上的表情是一副吃了秤砣铁了心的执拗，全然不顾小姜两位姐姐苦苦相劝，也不管年迈婆母悲怆哭啼，抱着孩子就要回娘家。一旁的徐静雅看得心惊，难不成她的女儿果真是眼里揉不得沙子，心意已决？她对亲家母说："小娅正在气头上，就让她回家住几天，我好好劝劝她，我是不主张离婚的，婚姻不是儿戏，婚要是这么好离，那还结婚做什么。"

姜家婆婆拉着徐静雅的手："亲家母大人有大量，小两口床头吵架床尾和，你一定好好劝劝小娅，我们也会好好管教儿子，我保证他会痛改前非的。"

苏娅听着两位长辈的话，抬眼看小姜，小姜也在看她，似有妥协求合之意。她在心里轻轻叹了口气，心道，对不起，姜博健，我们的缘分尽了。

森哥、小丁、卷毛都找不到，苏娅决定找小崔。她记得小崔说过他在《青城文艺》担任美编，苏娅通过114查询到杂志社的电话，电话几经辗转终于到了小崔手里。"你是哪位？"小崔在电话里问。

"我是苏娅。"

"苏娅，哪个苏娅？"小崔没记起苏娅是谁，他们只见过两面，又没有深交过，此时距离圣诞节的聚会已经过去了一年半。

"你真是贵人多忘事，我们一起骑车去青云山，还有，在森哥家跳舞，我总是踩你的脚。"苏娅语气友好地提示他。

"是你呀，太阳从西边出来了，你怎么好端端给我打电话？"小崔终于想起苏娅是谁了。

"我找你问点事，我那天去卷毛的画廊，发现画廊关了，他去哪儿了？"她尽量显得漫不经心。

"你不知道卷毛的事？"小崔吃惊地问。

"什么事？卷毛出什么事了？"苏娅脑子懵了一下，小崔的声音有点怪异，让她有一种不祥的感觉。

"卷毛，卷毛早就死了。"

"你说什么？"苏娅几乎尖着嗓子喊出了这句话。

"你没听说吗？去年，哦，不，是前年，卷毛去广东参加画展，出了车祸。报纸上刊登过这起事件，客车刹车失灵，经过一座大桥的时候，忽然冲下桥，车毁人亡，卷毛恰好就在那辆车上。"

苏娅双手颤抖，她已经听不见小崔的声音了，她的面前是浩浩荡荡的千军万马，呼啸着朝她冲过来，从她的身体上碾过去，碾碎了她。她被碾成碎尸万段，血肉模糊。真是太残酷了，这个世界真是太残酷了。怎么会这样？怎么可以这样？可怜的卷毛，那样鲜活有力的身体竟然早已化为灰烬，她却全然不知。毛毛，可怜的孩子，他还从没有见过自己的父亲，就永远失去了父亲。这是不是就是宿命，她的孩子将要重蹈她的覆辙。她如此决绝地想要离婚，未尝不是暗藏合家团圆的希冀。现在，她知道了，无论今后她将如何生活，她的孩子，以及她，他们的生活，都将是残缺不全的了。她把手探进自己的脖子里，紧握卷毛送给她的那枚观音玉坠。只有这个，她想，她能抓住的，只有这个了。

晚上，回到家里，苏娅对母亲说："我要离婚，妈，我必须离婚。"

"为什么非要这样？小姜是有错，可是我们也不能一棍子打死人吧，总要给他一个机会。"

"不，妈妈，我们的婚姻不幸福，一点也不幸福。"

"幸福？我早跟你说过，幸福是抽象的，看不见也摸不着的，你说幸福是什么？有的吃有的穿就是幸福了，你不要想那么多，我的闺女，好不好？"

苏娅摇摇头，"我要离婚，不管你怎么想，我一定要离。"

"说得轻巧，孩子这么小，你舍得把他丢给姜家？"

"孩子我带。"

"你以为一个离了婚的女人带孩子容易？以后你们娘俩怎么生活？"

"我有工作，我能养活得了他。"

"你脑子是进水了，还是想赶时髦做单身母亲？"

苏娅忽然跪在母亲面前，徐静雅被女儿的举动吓了一跳，她连忙扶女儿起来，"你这是做什么，站起来，有什么话你起来说。"

苏娅不起来，"妈妈，这个婚我非离不可，毛毛，毛毛不是小姜的孩子。"

"你说什么？"

"毛毛不是小姜的孩子。妈，纸里包不住火，这件事他们迟早会知道。"

"不是小姜的孩子，那他是谁的孩子？"徐静雅气急败坏，"你说，你说他是谁的孩子，你说呀。"

"他死了，毛毛的亲生父亲死了。"苏娅泣不成声。隔壁熟睡中的毛毛也被惊醒了，顿时，大人小孩，哭成一片。

"谁？你说谁死了？"

"毛毛的爸爸。"

徐静雅只觉得天旋地转，女儿的话叫她震惊，叫她气绝。从生下苏娅的那一天起，她的心就没有安稳过，总是担心女儿会发生什么事情。小的时候，担心她得病；上学了，担心她被人欺负；女儿青春期了，担心她误入歧途；好不容易参加工作了，又担心她被男人的花言巧语骗去童贞和感情；总算是结婚了，有了孩子，做母亲的心终于放下大半了，结果冷不丁当头一棒。原来她这么多年的预感和担心都是对的，这个女儿，她终于给了她迎头一击。这个狠心的女儿呀，她彻底把她打趴下了。

徐静雅一个星期没有和女儿说过一句话，夜里，躺在床上，她回忆起自己的一生，幼年丧母，十几岁离开家，第一次恋爱就遭遇骗局。结婚了，丈夫又有外心，而她还不幸遭受强暴，怀了个来历不明的孩子。漂亮英俊的儿子曾是她的骄傲，可如今身陷囹圄。倾注半生心血养大的女儿竟然又是这样，她的要求高吗？她从来没有像别的父母那样指望儿女成龙成凤，她只求他们像普通人那样平平安安生活。可是，就这样一个朴素的要求，竟然也双双落空。她失声痛哭，哭老天爷对她太残忍，哭自己这一生太悲惨。她在舞台上演过那么多的悲剧，哪一出都没有她的经历更悲惨。她从柜子里翻出戏衣，披在身上，甩着长长的水袖，满腔悲愤唱道：

看来老天爷不辨愚贤

良善家为何遭此天谴

作恶的为什么反增寿年

……

四下里旗杆人人得见

还要你六月里雪满阶前

这楚州要叫它三年大旱
那时节才知我身负奇冤

苏娅被母亲的动静惊了睡眠，轻轻推开母亲房门一角，看母亲全身心专注于戏曲中，只得轻轻合上房门，无力地靠在一边。

第 十 八 章

1. 做一个单身母亲

离婚的事前前后后拖了大半年，最后还是由苏娅起诉到法院，法院判决离婚。与此同时，罗小玲也离婚了。两人就像约好似的，一前一后结婚，又一前一后离婚。

孩子年幼，法院依据常规判决归母亲抚养。苏娅原以为在孩子的归属问题上，姜家可能会据理力争，她甚至为此苦思冥想了许多对策，结果出乎意料，姜家对法院的判决毫无异议。苏娅事后回了一趟姜家，搬走自己的衣物行李，包括出嫁时，母亲陪送的嫁妆。她拿这些东西的时候，姜家的两个姐姐防贼似的盯着她，对苏娅曾有一幅菩萨心肠的姜家婆婆也冷着一张脸，三母女含沙射影，说她铁了心离婚，抓住小姜错处不放，铁定是外边有了人。苏娅听了，没作辩解。如果她们这样认为心里会舒坦一点的话，她宁愿成全她们。说到底，是她对不起姜家，对于一桩婚姻来说，小姜的错可以修改，可是她的错无法修正。小姜的错是铅笔写在白纸上，用橡皮可以擦掉。她的错是毛笔写在宣纸上，错就是错了，无法修改。

令苏娅纳闷的是姜家怎么对毛毛不闻不问，事后，通过媒人表姨的嘴，她才知道，姜家也不想留这个孩子。留下这个孩子，对小姜日后择婚是个很大的障碍。表姨不知内情，她对徐静雅说："瞧瞧姜家多现实，不是我说你，离婚的时候，就应该把孩子扔给姜家，以后小娅再找对象也不难。现在拖着个孩子，而且还是个男孩，现在的人，现实得很，谁愿意白给人家养儿子，儿子不比女儿，以后花销大着呢。"

徐静雅虚弱地笑了笑："你我都是当妈的，当妈的，谁能舍下自己的孩子。"

"说的也是，可我替小娅发愁，好端端一个姑娘家，落到这步田地，也怪我当初介绍的人不可靠，知人知面不知心，谁能想到小姜有那毛病呀。"表姨充满自责，她说："离了也好，男人要是有那个毛病，一辈子都难改，这边和寡妇断了，那边不定又和什么人牵扯上。咱小娅还年轻，我多打听着，有合适的，再给她介绍。"

"那就拜托了，重要的是对方人品好，容得下毛毛就行。"徐静雅真心实意拜托表姨。

苏娅听到这话，重重地咳嗽两声，目光尖锐地扫过来，以示不满。徐静雅生气了，指着女儿对表姨说："你瞧瞧，你瞧瞧，就这德性，我怎么生出这样一个女儿呀，打定主意一辈子赖在娘家不走了，真是气死我了。"

毛毛正是牙牙学语，乖巧可爱的年纪，看到姥姥不高兴，举着小手拿块糖果往姥姥嘴里塞，"姥姥吃糖，姥姥不生气。"

徐静雅被小家伙逗乐了，一把抱起外孙，"你这个害人精倒是长了一张甜嘴，会哄人，比你妈强多了。"

有一次，罗小玲约苏娅带着毛毛一块儿在肯德基吃汉堡，她盯着毛毛一头卷发左看右看，忽然说："毛毛很像一个人。"

苏娅手里正拿着勺子喂毛毛加热的橙汁，听到这话，手一松，勺子掉在桌子上。

罗小玲意味深长地笑了，"苏娅，我有什么秘密都要讲给你听的，你对我可一直是守口如瓶。"

苏娅说："我没有秘密。"

"撒谎，我一直不明白你为什么铁了心要离婚，而且还非要闹到法庭不可，就算小姜不检点，可你们毕竟有了孩子……"

"别说了。"苏娅打断了她的话。

"他呢，他去哪儿了？"

"谁？"

"卷毛，那个画画的卷毛，我当时就觉得你们之间不对劲儿，你看他的眼神让我觉得不对劲儿。"

"别说了。"苏娅再一次打断罗小玲的话。

"他到底去哪儿了，你总不能一辈子让毛毛没爸爸吧。"罗小玲索性把话挑明了，她对这事已经猜了个八九不离十。她心说，苏娅，你可真够隐藏得深呢。

苏娅抬头定定地看着罗小玲："他，他已经死了。"

"什么？"罗小玲惊讶地瞪大了眼睛，这也太搞了，比电视剧的情节还离谱。"他怎么好端端死了？"

苏娅的眼泪成串落下来。

毛毛发现妈妈在哭，伸手去抹苏娅的眼角，"妈妈不哭，毛毛听话。"

苏娅听到这话，哭得更厉害了。一旁的罗小玲呆愣着，不知该说什么好。

2. 不期而遇的硬币

几个月后，姜家的两个姐姐忽然找到苏娅的单位。她们冲进阅览室，二话不说，一个揪住苏娅的头发，另一个在旁边拳打脚踢，嘴里还骂骂咧咧："臭婊子，臭不要脸的，哪里怀的野种，欺负到我们姜家头上，以为我们姜家好欺负……"苏娅几乎毫无还击能力，她被姐妹俩打趴在地，头发乱成一团，衣衫也被扯破了。楼里同事听到动静挤进阅览室看热闹，几个男的上去强行把那两个女人拉开，苏娅才免于遭到更严重的侮辱。她紧紧咬着嘴唇，一言不发，心里却想，这下好了，我也不必遮遮掩掩，我与你们姜家扯平了。我对不起小姜，你们又何曾对得起我。

下了班，被打得鼻青脸肿的苏娅不敢回家，她怕母亲伤心。唯一能求助的只有罗小玲。她正要给罗小玲打电话，脑子一激灵，姜家怎么会知道这件事？这件事除了她和母亲以外，只有罗小玲知道。小姜的情妇与罗小玲是同事，姜家可能是通过这个渠道知道事情真相的。罗小玲为什么出卖她？她还嫌她不够倒霉吗？

她放弃给罗小玲打电话的念头，转而给家里打电话，她编了一个谎言："妈妈，我们单位有个女同事胆子特别小，丈夫出差了，不敢一个人睡觉，非要我去陪她一晚。"

"去吧，去吧，人家既然提出来了，你就去吧，毛毛有我呢。"

苏娅不知道自己对母亲撒谎的时候，母亲巴不得女儿不回家呢。眼看女儿的青春就到末梢了，她不想看着女儿未老先衰，把大好的年华都白白消耗。她希望女儿有自己的生活。即使不是陪女同事做伴儿，而是去和男人约会，她也愿意她这么做。苏娅已经是个离过婚的人了，还带着个孩子，这样的身份，也许找个对象不难，可是要想找个合适的那就太难了。

打过电话，苏娅觉得心里踏实了一点，她去了附近的小诊所，幸好伤势不重，医生给她脸上涂了点消炎药，叮嘱她多喝水，还告诉她，必要的话，用冰袋冷敷一下。当夜，她就住在单位。她把隔年的旧报纸与旧杂志找出来，堆积在地上排列整齐当床铺。文件柜里找出一条旧同事丢弃的军大衣，拍净上面的灰尘，盖在身上当被子。就在翻找旧报纸时，她发现了那枚一角钱的硬币，它滚落在暖气管道里，平时被擦在这里的报纸遮掩着，看不到。她确定它就是当初扔的那枚硬币，她找来一根细长的铁条，插进管道小心翼翼把它从里面往外挪动，一下，两下，三下……它终于出来了，她蹲下身，朝上的一面是国徽，不是花。"花是正面，国徽是反面。正面找，反面不找"她嘴里轻轻念叨。晚了，如果当时这枚硬币不是滚落进管道，她就有可能乖乖听从它的旨意，不给卷毛打电话。如果那样的话，后来的一切也许都不会发生。可是，她轻轻摇摇头，与其守着那样一份婚姻过一辈子，她宁愿自己还是爱上卷毛的好。在她心里，这世上所有的男人加起来，也抵不过一个卷毛。

几年后，苏娅表姨说老大不小的小姜终于再婚了，但是一直没有孩子。

表姨说，姜家到处求神拜佛，儿媳妇的肚子还是鼓不起来，无奈，只好抱养了一个女婴。不想，那女婴竟有病，先天性心脏病，经常吃药打针，是个药罐子。徐静雅叹口气，看来姜家也是时运不济。苏娅想起小姜两个姐姐对自己实施的暴行，无动于衷。姜家再怎么样，于她都是无关痛痒的了。

通过罗小玲之口，苏娅还知道，当年和小姜勾扯不清的寡妇也有了归宿，嫁了个六十岁的老头子。罗小玲眉飞色舞地讲述了老头的两个儿子不同意父亲再婚，闹到石油公司与寡妇大吵大闹，无奈老头痴心一片，不惜断绝父子关系，终于把寡妇娶进家门。罗小玲说，她对付男人还是有一套的，当年如果不是小姜父母极力拦阻，搞不好，小姜真会娶了她。真要娶了她，女的比男的大十几岁，这可是个大新闻。

苏娅听了一笑置之，对于那位不知姓名，不曾谋面的年长女士，苏娅对她是同病相怜，她们的处境何尝不是一样的？她为她的归宿感到高兴，尽管嫁的是个六十岁的老人。苏娅从对方的身上不禁看到了自己的未来，她自嘲地想，人家对待男人有一套尚且这样的结果，像她这样没一套的，境况恐怕会更糟。

毛毛小的时候，苏娅拒绝所有给自己牵钱搭桥的媒人好意。毛毛上了学，而她也年过三十，在母亲的强烈干预下，陆续见过几个离异或丧偶的男人，他们都令她失望。要命的是即使是这些个人，苏娅还没有发表意见，人家就对她捡三捡四。不是嫌年龄大了，就是嫌带着个儿子。其中有一个是中学教师，文质彬彬，苏娅对他第一印象蛮不错。据说前妻外遇，非要离婚，他就离了，儿子也被前妻带走了。他说，不管怎么样，儿子还是我的，我还是他的父亲。他反复强调这句话，言下之意是无论自己再婚与否，他都要照管自己的儿子，这种照管很明显就是指经济上的资助。苏娅点点头，自己的孩子嘛，当然有责任照管。接下来，他说到苏娅的儿子。他说，你儿子的父亲，就是你的前夫，他是做什么的？苏娅皱皱眉，你的意思是？他说，做父亲的有责任照顾自己的儿子，儿子又不随母亲的姓。苏娅说，我的儿子就随我的姓，她叫苏毛毛。他疑惑地问，孩子的父亲一点也不承担对他的抚养吗？苏娅明白他的意思了，这个男人，哟，真是现实。她摇摇头，不，我的孩子就是我一个人单独抚养的，他连父亲的面都没见过。对方显然失望了，而且，不合时宜地说了一句令苏娅啼笑皆非的话，他说，你要是个女儿该多好！

他们见面的场所是一家茶馆，苏娅被他的这句话逗笑了，这个男人真可爱，连掩饰都不会，也太直接了。苏娅刚喝到嘴里的一口茶笑喷到了桌面，她掏出纸巾擦抹桌子，边擦边说，您的意思是我给我家儿子做个变性手术吧。对方立刻闹了个大红脸。事后，人民教师还给苏娅主动打电话，说是愿意继续交往一段时间。苏娅拒绝了，一个嫌弃儿子性别的家伙还想做他的继父，去他的。

苏娅回家把见面的情景转述给母亲，母亲说："人家只是个普通教师，无财无权无势，考虑问题自然现实，儿子意味着将要背负更沉重的负担，求学、工作、买房子、娶媳妇，小娅呀，你的苦日子还在后头呢。"

苏娅对毛毛说："听到了没有，姥姥说妈妈的苦日子还在后头呢，你长大了，可得自己娶媳妇，自己买房子，妈妈没那能力了。"

毛毛说："我长大了，挣很多很多的钱，带着妈妈和姥姥坐飞机去外国。"

"去外国干什么？"

"买好吃的，买很多很多好吃的。"

苏娅与徐静雅被毛毛的童言稚语逗笑了，她们同时发出了快活的笑声。苏娅是真爱这个小家伙，为了他，她想，她是愿意把自己的命都交出去的。

这几年，苏娅经历了很多折磨，经历了很多折磨的苏娅早已谈不上年轻漂亮。单位实行自负盈亏，领导换了几任，效益一年不如一年。幸亏有母亲的退休金垫底，不然，可是入不敷出。工作倒是越来越清闲，许是因为收入低，单位领导睁只眼闭只眼，考勤纪律都很松懈，有点本事和门路的纷纷停薪留职，在职的也都搞起第二职业。苏娅动了心思，她把母亲压箱底的几万块钱拿出来，在商场租了专柜雇用售货员卖服装。生意随着时令时好时坏，这个月赔了，下个月又赚了，一年到头，撑不着也饿不死，但多少也能贴补点家用。每个月，苏娅总会挑一个双休日乘火车去省城服装批发市场进货，同时也去看望苏曼。眼看苏曼的刑期将满，她想好了，等哥哥出来，她就租个较大的门面，专营服装。兄妹俩一起经营，日子总会过下去的。

3. 康美美的救赎

这天，家里来了一个年轻女子，穿着打扮很时髦，波浪卷长发，宽边墨镜像发卡一样戴在头发上，手里拎着一只黑皮手袋。

苏娅不在家，只有徐静雅和毛毛，她敲开门后问："请问这是苏曼家吗？"

徐静雅纳闷地说："是的，请问你是？"

"您是苏曼老师的母亲？"

"是的。"

"我是他的学生。"

"学生？"

"是的，我是苏曼老师的学生。"

"那你有什么事吗？他现在不在家。"

这个女人二话不说，从手袋里拿出一个大信封，她说："这是我给苏曼老师的，请您收下。"

"这是什么？"

"这是我的一点心意。"

徐静雅拿起信封，掂了掂分量，沉甸甸的，里面是什么东西呢？她有些疑惑，她追问："你究竟是谁？这里面是什么东西？"

对方低头说："我对不起苏老师，是我把他害了，希望他能原谅我，等他回来，我还会来看他的。"说完，便转身告辞。

徐静雅拆开信封，里面掉出几摞钱，数了数，有五万呢。她赶紧追出去，死活拉住那个女子，把钱塞回对方手中，她说："不明不白的钱我们不能要。"

那个女子推托不过，只好又把钱拿走了。

等苏娅回到家，徐静雅赶紧把白天发生的事告诉她，苏娅思索片刻，肯定地说："我知道她是谁，她是那个叫康美美的女学生，是她把哥哥害进监狱的。她心里有愧，才给我们钱的。"

"给钱有什么用？给钱就能让小曼不进监狱吗？他这辈子最好的年华都毁了，都毁了。"徐静雅悲从中来，眼泪成串地掉下来。

那个女人果然是康美美，当年十七岁的女学生，如今已是风姿绰约的成年女郎。第二天，她找到了苏娅的单位，苏娅态度冷淡地接待了她。"我妈说你去过我家，我一猜就是你，当年我在你家门外守了两天两夜，就是想见你一面，问清楚事情的究竟，结果你母亲把我连轰带骂撵走了。我了解我的哥哥，我的哥哥是什么样的人，我再清楚不过了，他不可能做出诱奸自己学生的行为，可是，他却戴着这个罪名进了监狱。"

康美美低头不语。

"事情过去这么多年了，我哥哥再过两年也该出来了，他把一个男人最好的青春年华都留在了监狱。你想请他原谅，自己去找他说，跟我说没用。"

康美美掩面啜泣，"对不起，我一直很内疚，但是，那时候，我做不了父母的主。我是真心喜欢苏老师，我喜欢他，崇拜他。你也是女人，你也经历过那样的青春期，昏天黑地地喜欢一个人，不能自拔，越陷越深。可是，我万万没有想到这样的喜欢会害了他。我那时候，不够勇敢，我太怯懦。"

苏娅眼前浮现出钟老师的样子，跟着是卷毛，她怎会不知道无可救药爱上一个人是什么滋味，她太了解那种感受了。可是，她绝对不会因为喜欢，因为爱，而伤害到对方，无论是有意的，还是无意的，她宁愿自己下地狱，也绝不会伤害自己爱过的人。她冷冷地说："我了解那样的喜欢和爱，但那都不是为自己开脱的理由。如果你当时能够勇敢站出来说明真相，为我哥哥开脱罪责，那么，即使我哥哥被判刑，也一定没有十二年这么久。十二年有多久，你知道吗？四千多个日日夜夜，一个人生命中最宝贵的青春年华，就这样没了，完了，毁了。我告诉你，如果我是你，无论我的父母如何阻拦，无论怎么样，我也一定会毫不犹豫那么做的，哪怕我自己身败名裂，哪怕我自己碎尸万段，哪怕我自己鲜血淋漓，我都会那么做。你不配说你喜欢我哥哥，你不配，你根本不懂什么是爱情，什么是喜欢……你的爱情，你的喜欢都太廉价了。五万块钱，你想用五万块钱修正你的过错吗，你以为这样就能赎回你的罪孽吗？我不会成全你的，你走……你给我走，我不想再看到你。"苏娅冲动地站起来，她走到窗前，满脸是泪。

"相信我，除了苏老师，我没有喜欢过其他人。这几年，我在国外读书，我一直没有忘记苏老师，每次想起他，我的心都很疼，很疼，你明白吗？我说的是真的，我错了，我对不起他，我刚刚回国，就四处打听他的下落，我说的是真的，我想去看他，你告诉我，他在哪里，我去看我，我亲自对他说，我对不起他，请他原谅。"

"瞧，这就是你的人生，出国留学，学成归来，多么风光，多么得意，可是我哥哥……因为哥哥，我爸爸去世了，我母亲从此一蹶不振。"苏娅说到这儿说不下去了，她想起这些年母亲经历的苦和难，跟着她过着贫穷拮据的生活。她怎么能怨到哥哥头上，对于母亲来说，这个家一半的灾难是她这个女儿造成的，她怎么敢把责任都推卸到哥哥的头上。她叹了口气，"好了，不说了，现在说什么都太晚了。"

康美美从苏娅手里要走了苏曼监狱的地址，她说要给苏曼写信，还要亲自去看他。苏娅希望她说的是真的，对于哥哥晦暗的人生来说，康美美的出现也许是一抹光，会让他重新审视自己，会令他减轻自己的负罪感。貌似文弱的哥哥其实是个敢于担当的男人，他一直耿耿于怀，认为自己是有罪的。因为他是老师，因为他年长于康美美，他便把两个人共同犯下的错误独自承担了。苏娅认为哥哥有错，而且，也有罪，但罪不至付出这么沉重的代价。命运实在叵测，它随意扔下一粒稻草，就让他们兄妹俩的人生险象环生。

后来再去探监时，苏娅感觉到苏曼的精神状况大不一样，他的话多了起来，详细打问外边的情形，询问母亲的身体状况。他的眼睛里有了令苏娅熟悉的光芒，就像他少年时代谈天说地时常常涌出的激情和热忱。他一直忍着一个好消息不说，直到苏娅临走，他才终于说："小娅，告诉妈妈，我下个月就能回家了。"

"你说什么？"苏娅惊得跳起来。

"我表现好，减刑了。"

"哥，你不是骗我的吧，你说的是真的？"

"不骗你，你不用再来看我了，到时候，我自己回家。"

"我来接你。"

"不用，真的不用。"

"不，我一定要来接你。"

"康美美说她来接我的，她就在这边工作，离得近，方便。"

苏娅敏感地捕捉到了哥哥说起康美美的时候，脸上浮出一闪而逝的红晕。

"你不恨她？"她问。

"恨？为什么要恨，我跟你说过，当年的事，都是我的错。"

"我不相信是你的错，如果说有错，两个人都有错。"

"以前的事不用再提了。"

"康美美经常来看你？"

"一个星期来一次。"

苏娅从监狱出来，第一时间给康美美打了电话，"谢谢你常去看我哥哥。"

"你不用和我这么客气。"

"我哥哥说你在省城工作，你做什么工作？"

"我开了一家广告公司，苏老师下个月就出来了，他答应出来以后到我公司帮忙，我那里正缺人手。"

"你，你不要骗他，我哥哥太可怜了，你不要给他希望，又让他失望。"

康美美在电话里哭了，"你不要这么说，你这么说我会难过，我喜欢你哥哥，从来就没有变过。"

一个月后，苏曼和康美美一起回到了青城，衣冠楚楚的苏曼同康美美站在一起，丝毫也不逊色，他依旧是个英俊的男人。算起来，他只比康美美大八岁。徐静雅翻着黄历掐指头数年份算了半天，说他们俩无论从属相，还是生辰，都挺般配。以往的恩恩怨怨，一笔勾销，徐静雅对康美美从头到脚喜欢得不得了，惹得一旁的毛毛生出醋意："姥姥，你是不是看见大姐姐比毛毛都亲啊。"

一家人被毛毛的话逗引得笑了起来，苏娅说："毛毛，她可不是大姐姐，以后你得管她叫舅妈。"

毛毛自小就和妈妈一道去监狱看过舅舅，他对舅舅一点也不陌生，他说："舅舅，经常有人说我和你长得一样好看，到底是你好看，还是我好看？"

苏曼摸着小外甥一头卷发说："当然是毛毛好看，毛毛的头发是自来卷，舅舅不是。"

毛毛童言无忌："妈妈说，我的头发和爸爸一样，我爸爸就是卷发。妈妈还说，我爸爸是个了不起的画家，可惜我爸爸死了，他要是活着，你们就能见到他了。"他把自己脖子上的观音玉坠掏出来炫耀，"瞧，这是我爸爸给我的，妈妈让我戴着它，妈妈说，只要我戴着它，它就会一辈子保佑我。"

一家人都默不作声了，苏曼与康美美已经从母亲的嘴里听说了苏娅的经历，康美美问苏娅："你爱毛毛的爸爸吗？"

"当然，这还用说吗？"

"现在还爱吗？"

苏娅略一沉思："还爱，只是这种爱就像一件珍贵的衣服，无论你多么珍惜它，保护它，随着时间的漂洗，它还是会褪色的。"

"后悔吗？"

"不，从来没有后悔过。"

"如果他没有出车祸，你们就能在一起了。"

"很难说，也许我留不住他。但无论怎么样，我对自己做过的事情从不后悔。我甚至庆幸生了毛毛，他是我爱的男人的孩子，只要想到这一点，我就很安慰。"

"你很伟大。"

"不，我是个平凡的人。"

"你的伟大就在于你并不知道自己很伟大，以后有什么打算，不想再婚吗？"

"我没有刻意拒绝再婚，只是没有合适的对象。我对未来没有打算，我从小就是个平庸的孩子，没有理想。而且，我觉得生活也不是有理想就能达成的，走一步说一步吧。"

4. 蓝色的青春

苏娅逛音像店时，看到苏拉的新作品，一部低成本的文艺片，片名叫《蓝色的青春》，编剧和导演都是苏拉。她买了一张回家看，其中有一个镜头吸引了她：男女主人公相约看电影，散场后，男孩送女孩回家，女孩上楼了，男孩还没有离开，他久久地望着女孩居住的楼房，迟迟不肯离去。夜深了，男孩仍然徘徊在附近。后来，他悄悄走进女孩家的楼道，走到女孩家门前，做了一件莫名其妙的事——他从裤兜里掏出一根红线绳，轻轻拴在了门把手上。昏暗的光影里，他微微一笑，露出白皙的牙齿……

苏娅记忆的闸门瞬间打开，她恍惚记起有那么一天，她发现自己家门把手上好端端系着一根红绳。她问母亲，是谁系上去的？是不是因为春节特意系上去避邪的。母亲否定了，母亲说，过年只贴对联，谁家系红绳呀，一定是谁家的孩子调皮拴上去的。后来那红绳哪里去了，是啊，究竟哪里去了？她真想时间即刻倒流，她要把那根红绳解下来，收藏好。原来是苏拉，原来是苏拉啊，他真是有一颗青涩的，少年的，细腻、唯美的心。这样的苏拉和她以为的苏拉是无法重叠的，一定有些什么是她不知道的，一定有些什么是她忽略的，也一定有些什么是她误会的。然而，经过时间的清洗，一切都成定局。倘若苏拉与她之间真得存在着一些秘密，一些误会，那么，又能怎样？能够改变什么吗？不能，什么也不能了。那么，就这样吧，只好这样了，就让它永远，永远蒙在岁月的尘土里寂无声息吧。

看完影片，她叹了口气，打开影碟机的仓门，把光盘拿出来。她做了个莫名其妙的动作，把这张碟片贴在了自己的脸上，刚从运转中结束的碟片热乎乎的，她长久地，紧紧地贴在自己的脸上，仿佛追溯一段青春的记忆。

她的青春一去不复返了，成长的过程就是不断丢失的过程，一路走，一路丢。青春、梦想、眼泪、友谊、爱情、回忆。他们朝她走来，又离她而去。贾方方、常秀妮、苏拉、钟老师，还有卷毛……她永远记得他们，她记得他们每一个人。

有一天，苏娅带着毛毛去文化中心借阅动漫书，路经一片住宅区时，她拉着毛毛下了车。这片住宅区都是高层建筑，每一幢楼都有三十几层高，巍峨耸立。毛毛说："妈妈，我们什么时候能住上这样的房子？"

苏娅说："快了，咱家的房子马上要拆迁了。"

毛毛说："太好了，到时候我们和姥姥一起搬到这里住。"

苏娅拍拍儿子的脸蛋："好吧，那我们就买这里的房子。"

她带着毛毛在楼群间转来转去，毛毛说："妈妈，你在找什么？"

苏娅说："我在找和你爸爸认识的地方。"

"你和爸爸就是在这里认识的？"毛毛惊喜地问。

"是的，以前这里是一个很大的露天广场，我和你爸爸就在这里认识的，可是我分不清在哪个方位了，这里全都变了。"

走出住宅区，苏娅抬头仰望蓝天，她用手搭在额前，遮掩灿烂的阳光。毛毛问："妈妈，你看到了什么？"

苏娅说："我看到了毛毛的爸爸和妈妈在跳舞，他们在蓝色的天空跳舞。"